KB000587

괴물 장미

괴물 장미

정이담
장편소설

황금가지

차례

1부

오늘도 짐승은 행패를 부렸다. 입마개를 씌워 둘걸.

메리 제인은 배기관을 타고 다락방에서 뛰어내렸다. 불 꺼진 일층에서 남자들의 낄낄대는 웃음과 고함소리가 들렸다. 발음들이 불분명했다. 바깥까지 술 냄새가 진동했다. 메리는 반바지와 운동화 차림으로 달렸다. 주유 탱크를 지나 백 미터쯤 가면 공터가 나오고 이십 분을 더 걸으면 지하도가 있다. 낡은 야구 점퍼 속의 물감 통이 덜컥거렸다. 메리는 붉은 단발이 흠뻑 젖을 정도로 속도를 냈다.

목적지가 가까워지자 발소리를 죽였다. 주변에는 아무도 없었다. 메리는 굵직한 나뭇가지들을 모았다. 검은 마스크를 착용하고 라이터로 불을 붙였다. 시야가 한 뼘 정도 밝아졌다. 메리는 벽을 살폈다. 화려한 패턴의 거대한 황금 장미가 있었다. 메리는 안도의 한숨을 쉬었다.

'아직 아무도 못 봤어.'

메리는 스프레이 물감을 빠르게 흔들었다. 오늘 밤, 마지막 꽃잎을 완성할 예정이었다. 단 한 장의 꽃잎을 남기고 재료가 떨어져 몇 주간 아무것도 그리지 못했다. 어제 물감 한 통을 겨우 훔쳤다.

'작업이 끝나면 멋지게 서명을 해야지. 태그 네임은 뭘로 할까?'

메리 제인은 너무 촌스럽고, 수수했다. 더 강하고 아름다운 이름을 가지고 싶다. 동네 변두리 주정뱅이가 운영하는 주유소 집 딸의 작품이라곤 상상도 못할 이름.

'**멜리니**. 멜리니는 어떨까? 어감도 좋고, 기억하기 쉽잖아.'

생각만으로도 짜릿했다. 메리는 도안을 가늠하며 손을 움직였다. 오른쪽 밑동부터 색을 채웠다. 메리의 손놀림을 따라 벽면이 황금빛으로 물들었다. 완전히 몰두한 메리는 드디어 마지막 꽃잎을 구현했다. 메리는 가까스로 탄성을 참았다. 벽을 가득 채운 황금 장미는 밤을 불태울 것처럼 아름다웠다. 겹겹이 포개어진 꽃잎은 키스 직전의 입술처럼 달콤했다. 잎맥은 눈부신 혈관 같았고, 촘촘히 돋은 가시의 잔인성은 꽃송이가 가진 우아함을 돋보이도록 했다. 메리는 황홀에 차 자신의 그림을 감상했다.

그때였다. 통로 끝에서 인기척이 들렸다. 메리는 황급히 불을 껐다. 삽시간에 어둠이 찾아왔다. 메리는 스프레이를 숨기고 벽에 붙었다. 누군가 이쪽으로 오는 중이었다. 불규칙한 발소리였다. 메리는 자세를 낮춰 바깥으로 기었다. 스르륵, 턱. 스르륵, 턱. 무언가를 질질 끌다가 부딪히는 소음이 들렸다. 거친 숨소리도 가까워졌다. 광견병에 걸린 개의 헐떡거림 같았다. 등골이 쭈뼛 섰다. 머릿속이 혼란했다. 뛰어 도망갈까 아니면 저 사람이 지날 때까지 숨을까. 몸이 바짝 긴장했다. 수축된 종아리 근육이 차가웠다. 메리는 식은땀이 흐르는 손을 쥐었다 폈다.

그때, 지하도에 남자의 처절한 비명이 울렸다. 심장을 내동댕이치는 것 같았다.

"살려…… 줘……. 사람…… 살려……."

분명 사람 목소리였다! 메리는 부들부들 떨었다. 구조를 요청하는 목소리가 계속 들렸다. 하지만 메리는 꼼짝할 수 없었다. 이어 푸욱, 투두둑 하고 고기를 뭉개거나 뼈를 부수는 소리가 났다. 메리는 눈물을 흘렸다.

'뭐야? 이게 뭐지?'

멱을 따인 동물의 우짖음 같은 것도 들렸다. 와드득. 콰드득. 둔탁한 소리를 마지막으로 이질적인 침묵이 찾아왔다.

'……'

메리는 제자리에 굳었다. 범죄자? 연쇄살인마? 정신이상자나 조직폭력배? 지금 벌어진 일의 정체를 알 수 없었다. 주변은 너무 어두웠다. 시각은 차단되었지만 청각은 과도하게 예민했다. 빨대로 액체를 흡입하는 듯한 소리가 들렸다. 젖은 무언가가 마찰하는 소리도 들렸다. 철벅, 철벅, 차박, 차박. 오금이 저렸다. 무엇을 할지 알 수 없었다. 코끝에 매캐하고 비릿한 냄새가 풍겼다. 메리는 아버지에게 얻어맞아 종종 코피가 터진 적이 있었다. 그때마다 맡았던 익숙한 냄새였다.

메리는 뒷걸음질쳤다. 그러다 바닥 틈새에 발이 걸렸다. 그만 스프레이 통을 떨어트리고 말았다. 통은 애석하게도 지하도 안으로 굴렀다. 도로록……. 방금까지 나던 소리들이 전부 멈추었다.

메리는 주마등이 스친다는 걸 깨달았다.

'왜? 왜? 왜? 왜, 하필 나야?'

질문들이 머리를 가득 채웠다. 어둠 속에서 황금색 홍채 두 개가 나타났다. 용암처럼 번뜩이는 눈이었다.

메리는 그것과 눈이 마주친 후 기절했다.

***

음산한 분위기, 숨이 꼴까닥 넘어가는 소리, 끔찍한 냄새와 누군가 자신의 어깨를 쥐는 소름끼치는 감각……. 메리는 생각했다. *또 이 꿈이야*……. 다시 한 번 생각했다. *꿈이었으면 좋겠다*…….

메리는 침대에서 눈을 떴다. 아빠가 욕지거리와 함께 방문을 두들겼다.

"일어나, 메리, 이 게으르고 쓸모없는 년! 해가 중천인데 여태 뭐 하는 거야!"

메리는 벌떡 깨어났다. 자신의 손발을 매만졌다. 핏기가 사라진 걸 빼곤 멀쩡했다. 넘어지면서 긁힌 무릎의 상처가 있었지만, 대부분 무사했다. 꿈인가? 메리는 얼굴도 만져 보았다. 쾅쾅쾅, 아빠가 요란하게 문을 두드리며 소리 질렀다.

"일어났어!"

메리는 악을 썼다. 아빠는 발로 문을 차곤 내려갔다. 거나하게 취한 게 분명했다. 술을 진탕 마신 날이면 아빠는 한결 같이 패악을 부렸다. 익숙한 일상이었다. 미리 옷장으로 문을 막아 다행이었다. 아니었으면 그가 문을 부수었을 거다. 메리는 신발을 신고 침대에서 내려왔다. 옷장을 밀다 자신이 점퍼 차림인 걸 발견했다. 심장이 쿵쾅거렸다. 꿈이 아니었나?

시선을 돌리자 활짝 열린 창문이 보였다. 해진 베이지 색 커튼이 펄럭였다. 팔뚝에 소름이 돋았다. 메리는 허겁지겁 방 구석구석을 살폈다. 배기관을 타려고 치워 두었던 의자나, 빠르게 스케치했던 벽화 도안들은 그대로였다. 하지만…….

'젠장, 망했다.'

아빠가 다시 소리를 지를 때까지 메리는 방을 뒤엎었다. 그녀의 얼굴이 일그러졌다. 벽화를 그린 금색 스프레이 물감 통. 그게 사라졌다. 메리는 이빨을 딱딱 부딪쳤다. 어젯밤의 일들은 꿈이 아니었다. 자신은 아빠 몰래 바깥에 나갔고, 벽화를 그리다가 참혹한 사건을 맞닥뜨렸다. 그 후 정신을 잃었다……. 그리고…….

숨이 막혔다. 자신이 어떻게 집으로 돌아왔는지 전혀 기억나지 않았다. 창문은 열린 채였다. 방문이 막힌 걸로 보아 현관으로 들어 온 것도 아니었다. 스스로 배기관을 타고 기어올랐거나, 아니면……. 그게 아니면……. 대번에 사지가 얼어붙었다.

지금은 알코올 중독자 아버지가 상소리를 하더라도 상관없었다. 대체 누가 자신을 집으로 데려왔을까? 어둠 속에서 들었던 끔찍한 비명과 냄새……. 메리는 머리를 부여잡았다. 차라리 아빠처럼 술에 취해 헛것을 보았거나 미친 거라면 나으련만. 지금 메리의 정신은 놀랍도록 또렷했다.

1층으로 내려가자 뉴스 소리가 들렸다. 지역 소식이 방영 중이었다. 소파에 늘어진 아빠의 뒤통수가 보였다. 주먹만 한 탈모 자국이 휑했다. 주변은 빈 술병들이 즐비했다. 메리는 그의 어깨 너머로 텔레비전을 보았다. 리포터가 대사를 읊자 경고문이 적힌 노란 테이프들이 나타났다. 메리는 헛숨을 들이켰다. 폴리스 라인이 쳐진 곳은 익숙한 장소였다. 메리는 자리에 붙박혀 움직일 수 없었다. 아빠가 면상에 신문을 던졌을 때에서야 정신을 차렸다. 메리는 부엌으로 달려가 프라이팬을 꺼냈다. 기름을 붓고 날계란을 깼다. 요란한 소리를 내며 흰자와 노른자가 일그러졌다. 메리는 그걸 정신없이 휘저었다. 음식이 타는 냄새가 났다. 하지만 메리는 손을 멈추지 않았다. 머릿속이 방금 본 영상으로 가득 찼다.

늦은 시간 귀가하던 중년 남성이 살해되었다. 시체는 목이 사라진 채 방치되었다. 카메라가 모자이크 처리된 시체의 잔해와 사건 현장을 비추었다. 핏물이 흥건했다. 그 뒤편으로…….

거대한 황금색 장미가 있었다. 샛노란 광택은 화면에서도 돋보였다. 그러나 꽃잎은 순수하지 않았다. 해충에게 습격당한 것처럼 붉은 반점이 묻었다. 사람의 피였다. 카메라는 혈흔으로 뒤덮인 벽화를 똑똑히 비추었다. 다만 메리가 잃은 건 보도되지 않았다.

금색 스프레이 물감 통은 감쪽같이 사라졌다.

***

메리의 열아홉 평생 이번 주보다 끔찍한 날은 없었다. 두 살 경 엄마가 가출했을 때도, 네 살 즈음 아빠에게 배를 채여 늑골이 부러졌을 때도, 여덟 살에 자다가 오줌을 쌌다고 다리미로 팔을 고문당했을 때도 이 정도는 아니었다.

살인마가 자신을 안다. 어쩌면 오래전부터 지켜보았다가 이번 타깃으로 삼으려는 건지 모른다. 공포감이 치솟았다.

'왜 하필 나야?'

메리 제인은 혀를 깨물어 죽고 싶었다. 주유소 일을 하는 동안 쉴 새 없이 눈물이 올라왔다. 범인은 아빠보다 악질일까? 그렇다면 정말 최악이었다. 비인간적으로 유린하다 죽이려는지도 몰랐다. 그런 짓을 당할 바엔 약을 먹거나 목을 매는 편이 낫지 않을까?

한편으로 억울했다. 돼지 같은 아빠 밑에서 어떻게 십구 년을 버텼는데. 성인이 되면 몰래 빼돌린 저금을 털어 가출할 생각이었다. 아빠를 고소하여 멋지게 복수할 예정이었다. 폭언들을 녹음했던 건 진탕 얻어맞고 빼앗겼지만, 고물상에서 주운 카메라로 몸 곳곳에 생긴 상처를 찍어 두었다. 침대 밑을 뜯어 그걸 숨겼다. 경찰이나 다른 사람들이 자신을 믿어 줄 나이가 될 때까지……. 변호사를 선임하여 그를 감방에 처넣을 때까지 죽지 않고 버티기로 결심했다.

정말로 삶이 견디기 어려울 때면 벽화를 그렸다. 큼직한 공간에 색을 뿌리면 황홀했다. 머리가 셋 달린 사악한 개나 남자를 잡아먹는 악마를 그리기도 했다. 우연히 황금색 마커를 얻은 후 번개처럼 영감이 떠올랐다. 황금색은 메리를 매료시켰다. 풍부한 금색 바다에 묻혀 작업할 때면 누군가와 포옹하는 느낌이었다. 아무리 끔찍한 낮이라도 밤의 작품을 생각하면, 최소한 자신에게 예술적인 숙명이 있다고 여기면 버틸 수 있었다. 그랬는데, 대체 왜…….

가슴에 바위가 얹힌 듯 답답했다. 호흡이 벅찼다. 갈증도 일었다. 살인 사건이 보도된 후, 일주일간은 별다른 소식이 없었다. 수사 중이라는 말만 반복할 뿐, 경찰은 용의자조차 추리지 못했다. 목격자를 수배한다는 공고가 붙었다. 하지만 메리는 연락할 엄두가 나지 않았다. 살인자가 언제 어디서 자신을 지켜보는지 몰랐다. 경찰에게 보호를 요청해도 되는지 확실치 않았다. 아무 일도 일어나지 않는다는 게 더 끔찍한 상상을 불렀다. 목이 탔다. 잠깐 쉬어야겠다 싶던 메리가 기름 호스를 놓으려던 찰나였다. 가게 입구로 자동차 한 대가 들어섰다.

"대박."

메리는 절로 감탄사를 뱉었다. 외곽 도시에서는 쉽게 볼 수 없는 차종이었다. 은회색의 미끈한 몸체가 공기를 갈랐다. 황금색 방패 위에 적과 흑의 줄무늬, 검은 말이 새겨진 엠블럼. 영화에서나 보던 고가의 자동차였다. 차가 우아한 곡선을 그리며 메리의 앞에 멈췄다. 메리는 순간 고뇌했다. 저런 차도 주유 구멍은 같은 곳에 있나? 이따위 싸구려 연료를 넣어도 될까? 문짝이라도 긁으면 어쩌지?

"안녕, 꼬마야."

창문이 열리자 메리는 두 배로 놀랐다. 운전자는 굉장한 미모의 여성이었다. 비단 같은 윤기가 흐르는 검고 긴 머리카락, 투명할 정도로 창백한 얼굴과, 석류 같은 입술이 돋보였다. 그녀는 기품이 흐르는 자태로 선글라스를 벗었다. 은하수를 담은 밤하늘처럼 치장한 손톱이 찬란했다. 짙고 긴 속눈썹 아래로 무한한 깊이감을 가진 검은 눈이 드러났다. 그녀의 표정은 조각처럼 무심했다. 도회적이고 세련된 인상이었다. 메리는 넋을 놓고 그녀를 감상했다. 자신을 부르는 소리도 알아채지 못했다. 꼬마야, 여자가 메리를 재차 불렀다.

"꼬마야, 들리니?"

"앗, 네……. 손님! 얼마나 드릴까요?"

"기름은 됐어."

여자가 메리를 응시했다. 메리는 홀린 듯이 그녀를 바라보았다. 상대는 지상의 어떤 존재라도 현혹될 것 같았다. 손을 바깥으로 내미는 행동조차 고상했다. 비현실적으로 붉은 입술이 운을 뗴었다.

"여기서 며칠 묵고 싶은데……, 아는 곳이 있니?"

메리는 그녀의 차를 힐끔댔다. 어떤 장소도 부족하다는 생각이 들었다. 메리는 손톱을 뜯었다.

'도시도, 촌도 아닌 애매하고 누추한 동네에……. 그녀와 어울릴 곳이 있을까? 괜한 데를 알려주었다 욕먹으면 어쩌지?'

메리는 망설였다. 여자가 상체를 밖으로 내밀었다. 그녀는 메리의 손을 쥐어 손톱을 깨물던 걸 멈추게 했다. 그녀가 가까워지자 메리의 얼굴이 달았다. 여자는 메리의 손끝을 매만졌다. 메리는 슬그머니 그녀에게서 손을 빼어 주머니에 넣었다. 그녀는 창틀에 턱을 괴더니 나긋나긋하게 말했다.

"너희 집도 괜찮아."

메리는 딸꾹질을 했다. 기름때와 암모니아, 알코올로 찌든 자신의 집은 그녀에게 가장 어울리지 않았다. 메리는 황급히 손을 내저었다. 조금만 가면 민박을 운영하는 곳이 있다고 설명했다. 그러나 그녀는 확고하게 청했다.

"돈은 원하는 만큼 줄게. 너희 집에 묵게 해 줘. 부탁해."

부탁이라니. 그녀가 할 말이 아니었다. 도리어 메리 쪽에서 황송하면 몰라도. 메리는 기름 묻은 손바닥을 빠르게 문질러 닦았다. 차와 여자를 번갈아 보았다. 여자의 의도를 읽을 수 없었다. 어찌할 줄 모르는 메리를 본 여자가 미소 지었다. 입술선이 미려하게 휘자 그녀의 얼굴엔 봄기운 같은 빛이 감돌았다.

"차도 태워 줄게."

"……먼저 아빠에게 허락받고 올게요."

메리는 가까스로 대답했다. 여자는 가볍게 고개를 까닥였다. 상대는 자연스럽게 메리에게 악수를 청했다. 메리도 얼떨결에 손을 잡았다. 그녀의 매끈한 피부에서는 좋은 향이 풍겼다.

'못난 내 손이랑 정말 다르다……'

그렇게 생각하자 잡은 손이 뜨거웠다. 메리의 마음을 아는지 모르는지 여자가 웃었다.

"부탁할게. 난 바네사라고 불러."

"……메리 제인이에요."

"메리."

바네사는 메리의 손등을 자신의 입술로 가져가 꾹 눌렀다. 메리의 손등에 선명한 립스틱 자국이 남았다. 메리는 목까지 붉어졌다.

'이 세상 사람이 아닌가? 다른 나라에서 왔나? 외국인들은 전부 이렇게 인사하나?'

그녀는 신비하지만 이상한 여자였다. 조금만 더 있다가는 자신도 이상해질 것 같았다. 메리는 황급히 그녀를 뿌리치고 집으로 달렸다. 그녀에게서 나던 은은한 향이 자신의 손에 옮은 것 같았다. 달리는 내내 난생 처음 맡는 그 향이 자신을 따라왔다.

***

바네사의 말을 전하자 아빠는 버럭 소리를 질렀다. 십여 분 간 욕을 듣던 메리의 눈에 울타리 사이로 들어오는 은회색 자동차가 보였다. 정차한 차와 그곳에서 내린 주인을 본 아빠의 태도가 백팔십도로 달라졌다. 그는 흔쾌히 일 층 방을 내어주었다. 가구는 낡았지만 채광은 좋은 방이라며 숙박비를 선불로 요구했다. 바네사는 순순히 지폐 뭉치를 내밀었다. 아빠는 눈이 휘둥그레 커졌다. 그는 거들먹거리며 가슴을 펴더니 돈을 낚아채어 그대로 술을 마시러 갔다. 바네사가 트렁크를 열었다. 메리는 그녀를 도우려 다가갔다. 그녀의 짐은 가방 하나가 전부였다.

"언니는 어디서 왔어요?"

"아주 먼 곳."

"……무슨 일 해요? 혹시 배우나 모델 그런 거예요?"

"글쎄……."

바네사는 모호한 미소만 띄웠다. 무엇이든 정확히 대답하는 법이 없었다. 일부러인지, 의뭉스러운 구석이 많았다. 메리는 그녀가 계속 궁금했다. 한번 질문이 터지자 속사포처럼 말이 나왔다. 하지만 답을 들으면 들을수록 바네사의 인상은 막연해졌다. 메리는 강아지처럼 그녀의 뒤를 따랐다. 바네사는 방을 적당히 둘러보고 소파에 앉았다. 먼지가 날렸지만 신경쓰지 않는 모양이었다. 그녀가 첫 번째로 시작한 건 손톱 손질이었다. 주머니에서 꺼낸 얇은 칼로 끝 부분을 다듬었다. 메리는 아직 그녀 곁에 있고 싶었다. 괜한 질문을 던지면서 그녀 주변을 얼쩡거렸다.

"여긴 식사할 곳이 마땅치 않아요. 저녁을 준비할까요?"

"아니, 괜찮아."

"……내일 아침은요?"

"별로, 필요 없어."

"……간식이나 야식도요?"

"응. 사양할게."

더 이상 말을 걸 소재가 떨어지자 메리는 풀이 죽었다. 둘 사이엔 사각거리는 칼날 소리만 울렸다. 메리는 콧등의 주근깨를 문질렀다. 바네사는 섬세하고 능숙한 솜씨로 손톱에 윤을 냈다. 메리는 작은 입을 오물거렸다. 바네사가 고개를 들었다. 메리와 시선이 마주쳤다. 메리는 마른 침을 삼켰다. 그녀가 자신을 보면 끝없는 별무리에 사로잡히는 기분이었다. 시공 너머를 꿰뚫는 눈동자가 광활한 침략자처럼…… 파고들었다. 바네사가 메리에게 손짓했다. 자신의 옆을 툭툭 쳤다. 메리는 그녀의 눈치를 보았다. 내가 곁에 앉아도 될까? 그녀는 내가 가까워지는 걸 원할까?

"이리 와."

바네사가 단호한 목소리로 말했을 때에서야 메리는 쭈뼛쭈뼛 그녀 곁에 앉았다. 바네사는 말없이 손톱 손질을 재개했다. 메리는 주먹을 폈다 쥐길 반복했다. 손바닥에 땀이 배었다. 바네사는 황금색 매니큐어를 골랐다. 알싸한 향이 느껴졌다. 어두운 밤하늘 같던 손가락이 황혼 무렵의 금빛으로 변했다. 그녀는 부드러운 솜으로 표면을 닦고 보호제를 발랐다. 자국이 남지 않도록 두세 번의 붓질을 겹쳤다. 메리는 황금 꽃을 떠올렸다. 보드라운 꽃잎의 결이 한 겹 한 겹 펼쳐지는 모습을 닮았다. 메리가 그녀의 손짓에 열중하는 사이, 바네사가 입을 열었다.

"우유를 넣은 커피 정도라면 먹을게."

말뜻을 알아채자마자 메리의 얼굴에 화색이 돌았다. 감정을 숨기기 어려운 티가 났다. 바네사가 빙긋 미소 지었다. 그녀는 화장품을 말리려 입김을 불었다. 붉은 입술과 황금색 손톱의 조화가 메리의 가슴을 뛰게 했다. 바네사가 메리에게 권했다.

"너도 해 줄까?"

메리는 도리질을 치며 손을 뒤로 숨겼다. 기름때 묻고 뭉툭한 자신의 손에 저런 호사라니, 어울리지 않았다. 우스꽝스러울 게 뻔했다. 바네사는 메리의 얼굴 가까이 손을 가져갔다. 흘러내린 메리의 붉은 머리카락을 귀에 걸쳐 주었다. 메리가 놀라는 사이, 바네사는 메리의 손을 끌어당겼다. 메리의 귀가 달아올랐다.

"손, 줘 봐."

메리는 몸을 뒤로 뺐다. 하지만 바네사는 완강했다. 결국 메리는 자신의 손을 그녀에게 맡겼다. 자꾸만 손가락이 움츠러들었다. 못생긴 손톱 꼴이 부끄러웠다. 바네사는 개의치 않고 메리의 손을 다듬기 시작했다. 연약하고 소중한 무언가를 돌보는 듯한 몸짓이었다. 처음엔 스틱으로 끝을 둥글린 후, 두어 번 쓰다듬었다. 그녀의 엄지와 메리의 엄지가 맞물렸다. 메리는 초조감을 감추지 못했다. 동시에 바네사에게서 느껴지는 청량한 향에 정신이 몽롱했다. 바네사는 손가방을 뒤적였다. 안에서 각질 제거용 칼을 꺼냈다. 메리는 갑자기 소스라치며 눈을 꽉 감았다. 바네사가 손을 멈췄다.

"무서워요."

얼굴이 파래질 정도로 메리의 몸이 굳었다. 팔에도 힘이 들어갔다. 목덜미에는 식은땀이 흘렀다. 언니에게 이상한 꼴을 보였다. 하지만……. 바네사는 묵묵히 메리를 바라보다가 칼을 집어넣었다. 대신 자신이 썼던 황금 매니큐어 뚜껑을 열었다. 붓을 천천히 적시더니 메리의 손을 조심스레 쥐었다. 얇고 정교하게 색을 바르기 시작했다. 메리는 다시 눈을 떴다. 바네사의 손가락과 같은 색으로 변하는 자신의 손을 응시했다. 붓 끝의 황금이 메리의 손톱으로 옮겨졌다.

"손톱을 기른 적은 없어?"

오른손을 전부 칠한 바네사는 탑코트를 마무리하며 물었다. 메리는 완성된 손톱을 전구 불에 이리저리 비추었다. 별과 꿀을 섞은 것처럼 아름다운 색이었다. 손을 기울이면 빛이 산란했다. 저절로 감탄이 나왔다. 메리는 손톱에서 눈을 떼지 못하면서 말했다.

"뽑히기 쉬우니까요……."

메리는 무심코 대답하던 입을 막았다. 손톱에서는 기름 대신 에나멜 향이 풍겼다. 왼손은 바네사가 쥐고 있었다. 그녀는 어떤 말도 하지 않았다. 메리는 그녀의 안색을 살폈다. 바네사가 무슨 뜻인지 알아챘을까? 오래도록 손끝에서 곪았던 두려움을, 눈치 챘을까? 바네사는 눈을 내리 깐 채 나머지 색을 입히는 작업에 열중했다. 메리는 주춤대며 팔을 내렸다. 여전히 속내를 알기 어려운 사람이었다.

"한번 보면 잊지 못할 보석 같지?"

그때, 바네사가 메리의 왼손에 깍지를 끼었다. 겹쳐진 열 개의 황금색 손톱이 반짝였다. 메리는 황홀한 마음으로 그 모습을 바라보았다.

"누구도 함부로 캐거나 부술 수 없는 보석 말이야."

메리는 고개를 끄덕였다. 바네사는 섣부른 말은 하지 않았다.

그녀의 말대로 바네사와 자신의 손톱은 작고 희귀한 광물들이 빛을 반사하는 것처럼 보였다. 영원히 기억하고 싶은 장면이었다. 메리는 오래도록 그녀와 자신의 손톱을 바라보았다.

"여긴 무슨 일로 왔어요?"

메리가 물었다. 바네사는 메리에게 다정한 시선을 보냈다. 맞닿은 손에서 맥동이 느껴졌다.

"친구를 만나러 가던 길이었어. 허기가 져서 잠깐 쉬어야겠다고 생각했지. 그러다 너를 보았어. 아주 오랫동안 찾던 사람이 있는데……. 너랑 많이 닮았어. 그래서…… 꼭 이곳에 묵고 싶었어."

메리는 전신이 달아올랐다.

'이건…… 상투적인…… 수작이야. 작업 멘트…… 같은 거.'

그런 생각을 하면서도 바네사에게서 눈을 뗄 수가 없었다. 길고 풍성한 속눈썹과, 밤처럼 고요한 눈동자. 온전한 시선으로 자신을 바라보는 그녀. 메리는 자신이 그녀를 보는 것도, 그녀가 자신을 보는 것도 좋았다. 지금만큼은 살인자에 대한 것도 머릿속에서 지웠다. 바네사를 화폭에 담고 싶다는 열망이 올라왔다. 황금으로 캔버스를 가득 칠하고, 벨벳처럼 붉은 물감으로 그녀를 그리고 싶다. 메리는 얽힌 손에 힘을 주었다. 바네사는 움직이지 않은 채 메리를 지켜보았다.

'생애 최고의…… 작품으로 남기고 싶다. 시간이 지나도 영원한.

전설이 된 영물이나 흡혈귀처럼…… 몇 세기를 지나도 생존하는 걸작으로.'

바네사가 짙은 미소를 지었다. 메리는 그녀의 시선 자체에서 정말 꽃향기가 난다고 생각했다. 머리가 어지러웠다. 바네사의 앞에서는 무력해져도 좋았다. 그녀의 품에 안기고, 입 맞추고 싶은 충동이 들었다. 바네사의 그윽한 눈동자는 모든 걸 품을 것만 같았다. 상대의 존재가 밀물처럼 자신에게 밀려오는 감각. 메리는 천국의 화원에 눕더라도 이만큼 행복하지는 않으리라 생각했다. 바네사가 메리의 손을 당겼다. 그녀가, 청량한 목소리로 메리에게 속삭였다.

"혹시 죽이고 싶은 사람 있어?"

***

투숙객이 있는 덕에 아빠는 한동안 조용했다. TV를 보다가 술에 곯아떨어지는 정도였다. 오랜만에 평화가 찾아왔다. 메리는 기분이 좋았다. 일어나자마자 콧노래를 부르며 부엌으로 갔다. 간단한 샐러드와 계란 요리를 했다. 우유와 시리얼도 꺼냈다. 양념을 재다가 바네사의 말이 생각났다. *죽이고 싶은 사람 있어?* 갑자기 목구멍이 탔다. 아랫입술이 바짝 말랐다. 입안에서 감돌던 말이 있었다.

'있어요, 언제나 있었어요.'

그 말을 하고 싶었다. 바네사가 묻기 전에는 절대로 꺼낼 수 없었던 사실. 메리는 빠르게 칼질을 했다. 유통기한이 지나 숨이 죽은 야채들이 늘어졌다. 메리는 그나마 성해 보이는 것을 그릇에 담고, 나머지 반은 아무렇게나 냄비에 던졌다. 물이 끓자 훅 더운 열기가 몰려왔다.

'죽이고 싶어요……. 짐승이라고 부르는 그 새끼를 말이에요.'

메리는 재료들을 마구 휘저었다. 변색된 야채는 벌건 소스와 뒤섞여 사라졌다. 가슴이 요동쳤다. 입이 간지러웠다. 하지만 바네사에게, 어제 처음 본 사람에게 모든 이야기를 할 수는 없었다. 자신이 품은 추악한 마음을 그녀에게 말하는 게 꺼려졌다. 지금까지 누구도 메리를 그녀 같은 눈으로 본 적 없었다. 더없이 상냥하고 아름다운 눈. 메리는 그녀의 아름다움을 동경했다. 그녀가 자신의 손처럼 메리의 손을 물들일 때 황홀했다. 그녀처럼 아름답고 싶었다. 우아하고, 깨끗하고, 자신감 넘치는……. 그래서 메리는 치밀어 오르는 대답들을 눌렀다. 솔직할 수 없었다. *없어요, 그런 사람.*

대답을 들은 바네사는 메리의 머리를 찬찬히 쓰다듬었다. 그녀의 손길은 꿈에서도 나왔다. 그녀의 손짓 한 번마다 메리는 울고 싶었다. 핑계를 대면서 방을 나온 후에도, 메리는 계속 그녀를 생각했다. 바네사가 했던 것처럼 자신의 머리카락과 손톱을 만졌다. 반짝이는 손톱을 가지자 메리는 더 이상 이걸 물어뜯고 싶지 않았다. 대신 손톱을 만지는 데 열중하다 프라이팬을 태울 뻔 했다. 메리는 한숨을 내쉬었다. 지금 내가 대체 뭐 하는 거람. 그녀는, 정말, 이상한 사람이었다. 온종일 자신을 고민하게 만들다니.

"안녕."

등 뒤에서 바네사의 목소리가 들렸다. 메리는 화들짝 놀랐다. 긴 머리를 한쪽으로 묶은 바네사가 검은 가운 차림으로 있었다. 맨 얼굴인데도 여전히 입술은 붉었다. 의자를 빼어 앉는 바네사에게 메리도 말했다.

"안녕."

바네사는 신문을 읽기 시작했다. 메리는 요리를 담으며 그녀를 힐끔거렸다. 신문 첫 페이지에 지하도의 살인 사건이 대서특필 되었다. 범죄 현장 사진 위로 바네사의 손톱이 스쳤다. 잔상이 눈부신 알림 같았다. 메리는 식탁으로 다가섰다. 그릇을 바네사 앞으로 밀었다. 바네사는 시선을 주었지만, 음식에 손을 대진 않았다. 메리는 그녀에게 먼저 권했다.

"변변치는 않지만. 드세요."

"나는 커피 정도면 돼."

"그래도…… 손님인데. 계란이나 수프, 베이컨 정도는 드릴 수 있어요."

"아니, 괜찮아. 사양할게."

그녀는 정말 아무것도 먹지 않을 셈이었다. 한참이 지나도 음식 양은 줄지 않았다. 체중 관리를 하는 걸까? 연예인들에게 다이어트는 기본이라고 들었으니까. 그래도, 메리는 그녀에게 호의를 표현하고 싶었다. 메리는 다시 부엌으로 가 주전자와 컵을 꺼냈다. 원두를 갈고 물을 끓였다. 고소한 냄새가 풍겼다. 메리가 바네사에게 걸 말을 생각하며 수저를 휘젓는 동안, 바네사가 말했다.

"난 고기 타는 냄새를 싫어해."

메리는 그녀를 돌아보았다. 바네사가 턱을 괸 채 자신을 응시하고 있었다. 어제와 같은 눈동자였다. 메리는 중얼거렸다.

"나돈데."

바네사가 웃었다.

"너도 그래?"

메리는 고개를 끄덕였다.

"그러니까……. 달콤한 라떼나 에스프레소 정도면 괜찮아. 거품 낼 줄은 알아?"

선반 어딘가에 고물이 된 거품 프레스기가 있었다. 사용법이 까마득했지만 메리는 고개를 끄덕였다. 바네사에게 줄 커피라면 공을 들이는 게 당연했다. 메리는 우유를 데운 후 에스프레소를 잔에 담았다. 액체를 붓고 손잡이를 움직였다. 금방 뽀얀 거품이 올라왔다.

"잘하네."

어느새 바네사가 뒤로 와 섰다. 메리는 긴장했다. 커피 위로 우유를 붓는 손이 미세하게 떨렸다. 금색 손톱이 아른거렸다. 시나몬이나 코코아 파우더가 없다는 게 떠올랐다. 메리는 속이 상했다.

'좀 더 제대로 된 커피를 대접하고 싶은데.'

"여긴, 이렇게……."

바네사가 메리의 손을 겹쳐 잡았다. 부드러운 감촉에 메리의 심장이 뛰었다. 바네사는 분말이 밀려오지 않도록 조절하는 법을 가르쳐 주었다. 황금색 손들이 엉긴 사이로 흰 거품이 흘렀다. 죽었던 음료가 부활한 것 같다고, 메리는 문득 생각했다. 두 개의 손이 움직이는 모양은 크로키처럼 자유로웠다.

"고마워, 향이 좋다."

바네사는 완성된 커피를 받아들었다. 눈을 감고 청아한 모습으로 맛을 음미했다. 잔에 닿는 입술과, 커피를 넘기는 목덜미까지도 완벽했다. 그녀가 웃자 메리는 마음이 놓였다. 바네사는 메리에게도 잔을 건넸다. 메리도 커피를 마셨다. 고소하면서도 황홀한 온기가 목구멍을 적셨다. 자신이 만든 것 중 가히 최고였다.

바네사는 자신이 커피를 마시는 동안 내내 이쪽을 쳐다보았다.

메리는 가슴이 철렁했다. 애틋함. 그녀의 눈은 이 단어를 말했다. 가련하고 무한한 애틋함. 바네사가 왜 이런 표정으로 자신을 보는지 알 수가 없었다. 혼란스럽지만 메리는 그 시선이 계속되길 바랐다. 위장으로 들어가는 커피가 뜨거웠다. 에스프레소의 향은 진하고 은밀했다. 문득 메리는 흑요석처럼 검은 동공을 발견했다. 정말로 새카맸다. 자신의 모든 걸 비추려는 우주만큼 검었다.

바네사가 금빛 손톱을 메리에게 내밀었다. 정확히는 메리 입가의 거품을 손가락으로 닦았다. 다정한 손길이었다. 검지로 입술 끝을 훑고, 엄지로 정돈했다. 결을 따라 쓰다듬는 움직임이 느려졌다. 그녀는 소중한 무언가를 돌보는 것처럼 메리를 대했다. 메리는 누구와도 이런 접촉을 한 적이 없었다. 당황스러웠다. 꼼짝할 수가 없었다. 그만큼 강력했다. 전날 밤의 맞닿음보다도 애절한 감각이 전해졌다.

메리는 설명할 수가 없었다. 어째서 날갯죽지 사이가 뻐근한지, 쇄골이 당기고 코끝이 얼얼한지. 심장이 뛰고…… 눈가가 뜨거운지. 모든 게 처음 느끼는 것이었다.

"바네사! 여긴 죄다 흙투성이야. 내 구두가 남아나질 않겠어, 먹을 만한 것도 없는데 왜 하필 여기로 오라는 거야?"

그때, 쾅 하는 요란한 소음과 함께 대문이 열렸다. 높은 톤의 여자 목소리가 둘 사이를 가로질렀다. 집 전체를 울리는 목소리에 메리는 잔을 떨어트릴 뻔했다. 메리와 바네사는 현관으로 나갔다. 문 앞에 바네사 못지않게 화려한 흑인 여성이 서 있었다. 허락 따위는 안중에도 없는 이 침입자는 성큼성큼 집을 돌아다녔다. 그녀는 붉은 킬 힐과 모피 숄, 주렁주렁 걸린 액세서리들을 착용했다. 그녀가 걸을 때마다 쿵쿵 바닥이 울렸다. 인장을 두드려 찍는 듯한 소리를 냈다. 정수리에서 나비 모양으로 묶은 금발이 물결쳤다. 천 미터 밖에서도 눈에 띌 인상이었다. 바네사가 머리를 짚으며 한숨을 쉬었다.

"리사."

"집들도 초라하고, 빈대라도 나오면 어떡해? 다른 건 몰라도 그건 정말 못 참아!"

리사라고 불린 여인은 둘의 코앞까지 거침없이 다가왔다. 메리는 순간 그녀 때문에 아빠가 고함을 지를까 봐 두려웠다. 그러나 리사는 메리를 눈치 채지 못한 것처럼 바네사에게만 불평을 쏟았다. 그녀가 갑자기 바네사의 목덜미를 끌어 코를 댔다. 변덕스럽고 대담한 행동에 메리는 깜짝 놀랐다. 킁킁거리며 냄새를 맡던 리사는 손사래를 쳤다.

"뭐야, 언니, 이미 먹어 치웠구나? 웬일이래, 혼자서."

"입 다물어, 리사."

바네사가 나직하게 으르렁댔다. 메리는 단호한 바네사의 모습에 놀랐다. 먹어 치웠다는 리사의 말도 의아했다. 어제부터 바네사는 아무것도 입에 대지 않았다. 외출하는 것도 못 봤다. 몰래 식당에라도 갔다는 소리일까? 아니면 따로 챙긴 식량이 있는 걸까? 궁금증을 해결하려면 우선 이 요란한 불청객의 정체를 파악해야 했다.

"저기, 이렇게 함부로 들어오면……."

"숙박료는 낼게. 됐지?"

리사는 품에서 무언가를 꺼내 메리의 손에 툭 놓았다. 메리는 경악했다. 보석이었다. 그것도 손바닥을 가득 채울 만큼 큼직한 다이아몬드. 메리는 입을 딱 벌렸다.

'이거 진짜일까? 혹시 모조품으로 촌뜨기를 우습게 여기려는 거 아냐?'

그러나 광물의 투명한 빛은 메리가 보기에도 범상치 않았다.

이어서 리사는 계속 투덜댔다. 자신은 바네사와 같은 방을 쓰지만 바깥에서 잘 거다, 일주일에 두 번은 허브를 넣은 물에 목욕을 해야 직성이 풀린다, 이런 너저분한 곳에선 기분이 나지 않는다 등……. 쉴 새 없는 재잘거림이 이어졌다. 바네사는 별다른 응대를 하지 않았다. 커피만 두세 모금 홀짝거렸다. 메리는 두통이 찾아올 지경이었다. 리사는 그 후로도 십여 분 방을 돌아다니면서 삿대질을 했다. 바네사가 잔을 다 비울 때 즈음, 리사는 그녀에게서 시선을 거두고 대신 메리를 쳐다보았다. 리사는 선명한 녹색 홍채를 가졌다. 그녀의 눈이 에메랄드처럼 번뜩였다.

"아아, 얘가 혹시 '멜리사'를 닮았다는?"

리사는 팔짱을 끼곤 심술궂은 표정을 지었다. 짝다리를 짚고 서 메리를 위 아래로 훑었다. 메리의 신경이 곤두섰다. 그녀의 시선은 바네사와 확실히 달랐다. 이유 없는 불쾌감이 찾아왔다. 더하여 새로 등장한 이름도 거슬렸다. 멜리사? 그건 누구지? 이 사람의 등장처럼 놀랄 만한 일이 더 생길까? 기억을 되짚어 보니 바네사가 누군가를 찾는다고 했었다. 그 이름일까? 메리가 미간을 찌푸리자, 리사는 코웃음을 쳤다.

"고작 이런 똥강아지 같은 꼬맹이가 멜리사를 닮았다고? 지나가던 개가 웃겠네."

"……리사."

바네사가 험악해지자 리사는 겨우 잠잠해졌다.

메리는…… 그녀를 결코 좋아할 수 없으리라 생각했다.

***

메리는 친모가 누군지 모른다. 메리는 혼혈이었다. 그녀의 엄마는 동양인이었으나 국적이 어디인지는 듣지 못했다. 아빠는 그녀의 사진조차 불살랐다. 메리는 요람에 누운 자신을 상상했다. 어렴풋이 자신을 내려다보던 검은 머리 여성을 기억한다. 그녀의 얼굴에는 어쩐지 푸른빛이 감돌았다. 눈두덩이와 코에 퍼런 물이 든 얼굴이었다. 가끔 상상 속에서 그 얼굴은 거울에 비친 메리, 자신의 모습과 겹쳤다. 메리는 손을 뻗어 그녀의 얼굴을 만지고 싶었다. 하지만 닿는 건 차가운 거울 표면뿐이었다.

아빠는 철없을 시절부터 문제를 일으키는 데에는 선수였다. 술값을 마련한답시고 주유소에서 강도짓을 하다 체포되었다. 그때가 열아홉이었다. 이제 막 성년이 되었음을 고려하여 판사가 아량을 베풀었다. 두 가지 선택지를 고를 수 있었다. 감옥에 가거나, 군대에 가거나. 아빠는 당연히 후자를 선택했다.

얼마 지나지 않아 타지에서 파병 요청이 왔다. 그는 군부대에서도 도박과 마약으로 빚을 졌다. 속절없이 불은 빚 때문에 채권자들에게 쫓기던 상황이었다. 그는 도피 삼아 임무에 지원했다. 국가는 그를 살상 전문 부대에 배정했다. 천덕꾸러기의 삶을 산 그에게 그곳만은 오아시스였다. 그는 전장에서 환대받았다. 국가는 나서서 그의 존재를 반겼다.

아빠는 종종 그때의 활약을 떠벌렸다. 그는 상대를 보지도 않고 총을 갈기거나 학살용 칼을 휘두를 수 있었다. 메리는 생각했다, 그가 사람의 눈을 바라볼 정신이 있었다면 모든 행적이 가능하기나 했을지. 한 번이라도 그가 실행하는 폭력에 의문을 품고, 반박할 수 있었다면 그런 즐거움이 가당키나 했겠는지. 그는 합법적으로 자행하는 살육, 그 자체를 누렸다. 여하간 전쟁이 끝나자 아빠는 알코올 중독자로 돌아왔다. 그는 전시에 받은 보너스로 주유소를 차렸다. 남은 돈으로는 엄마를 사 결혼을 했다. 메리는 그들이 부부가 되기 전 이미 여자의 뱃속에 있었다. 메리를 낳은 지 사 년째 되던 해, 그녀의 엄마는 가출했다.

가끔 엄마라는 존재는 무엇인지 궁금했다. 엄마가 있다는 건 어떤 느낌인지 알고 싶었다. 그녀가 자신을 떠난 이유가 언제나 궁금했다. 하지만 열 살 경, 메리는 엄마의 마음을 완전히 이해했다. 눈빛이 엄마를 닮았다는 이유로 메리는 자주 맞았다. 그는 메리가 얼마나 버릇없고, 막돼먹었으며, 괴물 같은지 말했다. 그의 말이 자신을 따라오지 않는 때가 없었다. 메리는 최소한의 행동 기준을 정했다. 생존하기 위한 최후의 방어선이었다. 그의 심기를 거스르지 않는 선에서 필사적으로 벗어날 방법을 강구했다. 메리는 끈질기게 버텼다. 그녀가 열 살 되던 해에 아빠는 "너 같은 년 때문에 니 어미가 떠난 거다!" 하고 소리쳤다. 그때 메리는 깨달았다. 아빠는 살면서 단 한 번도 제대로 된 말을 한 적이 없었다. 그의 삶은 거짓투성이였다. 자기 자신도 모르는 거짓과 핑계로 점철된 삶이었다.

'너 같은 년 때문에 떠난 거다.'

그 말을 듣는 순간, 메리의 가슴 한편에서는 강렬한 반발심이 올라왔다. 메리는 확신했다. 엄마는 집을 떠날 수밖에 없었다. 이유는 분명했다. 바로 아빠 때문이었다.

메리는 결심했다. 인생이라는 게임에서 끝까지 살아남는 건, 내 안의 엄마를 죽이려는 당신이 아니라 메리 제인, 자신이라고.

투숙객들이 생기자 아빠는 한동안 조용했다. 그러나 나흘이 지나자 속옷 바람으로 어기적거리며 걸어 다녔다. 술에 전 코가 벌겠다. 메리는 그가 창피했다. 바네사와 리사가 그와 마주치지 않길 바랐다. 최대한 빨리 그에게 식사를 가져다주고 재우는 게 최선이었다. 가장 먼저 만든 식사는 그의 방에 가져갔다. 식탁에 나오도록 놔두는 것보단 그게 나았다. 그는 사타구니를 벅벅 긁으며 접시를 받았다.

"오랜만에 안마나 해 봐."

메리는 미간을 구겼다. 욕설이 목구멍까지 치밀었다. 그가 냄새나는 속옷 차림으로 밥을 푸는 모습이 역했다. 사람은 멀리서 보면 아름다울지 몰라도 가까이에서 보면 추악하다. 메리는 그를 보며 깨달았다. 인면수심 같으니, 인간의 마음을 가진 내가 짐승의 속내를 이해해야 할까? 평소였으면 적당히 상대를 했을 테지만, 메리는 오늘 처음으로 그를 거절했다.

"싫어."

그가 눈을 부릅떴다. 곧바로 숟가락을 바닥에 내던졌다. 메리는 주먹을 쥐었다. 몸에 힘이 들어갔다. 그가 혀를 찼다.

"손님들이 있잖아."

아빠가 입술을 이죽댔다. 돼지처럼. 짐승처럼.

"딸인데 뭐 어때."

그가 으등거렸다. 조금만 시간이 지체되면 난동을 부릴 게 뻔했다. 바네사와 리사의 얼굴이 메리의 머릿속에 스쳤다. 그런 꼴은 보이고 싶지 않았다. 메리는 고개를 숙였다.

"알았어. 그렇지만 허벅지 아래는 안 할 거야."

***

바네사는 닷새째 메리의 집에 묵었다. 지내는 동안 그녀는 별다른 일을 하는 것 같지 않았다. 종일 햇살 좋은 곳에 앉아 책을 읽거나 단장을 했다. 그녀가 가장 좋아하는 일광욕 장소는 메리가 일하는 모습이 정면으로 보이는 나무 아래였다. 그녀는 선글라스를 끼고 그늘에 앉아 차가운 커피를 홀짝였다. 복잡한 글이 빼곡한 책을 탐독했다. 주유를 하다 고개를 돌리면 언제나 그녀가 보였다. 아마 그녀도 자신을 볼 수 있을 터였다. 메리는 자신도 책을 읽으려 시도했다. 이해할 수 없는 낱말이 가득해 곧 포기했다. 대신 틈 날 때마다 그녀를 곁눈질했다. 바네사를 관찰하는 건 일상의 단비 같았다.

볕이 들 때마다 시선을 드는 바네사는 한 폭의 명화 같았다. 손님이 없으면 메리는 주유 탱크 아래 웅크려 바네사의 모습을 스케치했다. 긴 머리카락과 붉은 입술, 미동 없이 책을 읽는 바네사는 훌륭한 피사체였다. 무엇보다 그녀의 분위기는 사람을 매료하는 데가 있었다. 조각 같은 생김새는 경박스럽지 않았다. 여신처럼 우아하고 위압적인 공기가 흘렀다. 그녀가 책장을 넘길 때마다 금색 손톱이 반짝였다. 메리는 자신도 같은 손톱을 가진 게 뿌듯했다. 비록 제 손톱은 짧고 못났지만…….

'보석 같지? 누구도 함부로 캐거나 부술 수 없는 보석 말이야.'

바네사의 그 말을 떠올리면 메리는 주체할 수 없는 기쁨에 휩싸였다.

다만 바네사가 언제 식사를 하는지 의문이었다. 그녀는 매일 아침 메리에게 텀블러를 가득 채울 만큼의 커피를 주문했다. 그걸 하루 종일 마셨다. 그 외에 바네사가 음식을 먹는 건 본 적이 없었다. 그녀는 때로 리사와 단둘이 외출했다. 어쩌면 그때 식사를 하는지도 몰랐다. 하지만 빈도가 너무 적었다. 리사는 바네사보다 자주 나갔고 해가 질 때에야 돌아왔다. 그러나 바네사가 그녀와 동행한 건 고작 두 번 정도였다. 메리는 바네사가 신종 다이어트를 하는 걸까 싶었다. 물론 바네사는 아름답지만, 그걸 위해 저렇게 밥을 먹지 않으면 몸이 상할 텐데. 메리는 걱정이 되었다. 자신이 누굴 염려할 처지인지는 모르겠지만, 이상하게 바네사에 대한 생각은 멈춰지지 않았다.

"이거, 나야?"

정수리 위에서 들린 목소리에 메리는 깜짝 놀라 스케치북을 던졌다. 기척도 없이 바네사가 코 앞에 다가왔다. 나쁜 짓을 들킨 기분이었다. 메리는 뺨을 붉혔다. 바네사가 스케치북을 주웠다. 사뿐한 손놀림으로 페이지를 넘겼다. 자신의 초상화가 있는 부근에서 멈추었다.

'아, 안 돼……!'

메리는 당장 그걸 뺏고 싶었다. 안에는 벽화 도안들과 제멋대로 그린 크로키들이 있었다. 가장 많이 그린 건 바네사였다. 메리는 민망함으로 머리끝까지 시뻘겋게 되었다.

"멋지다. 너에겐 이렇게 보이는구나."

바네사가 감탄하자 메리는 더욱 쥐구멍으로 숨고 싶었다. 바네사는 메리가 떨어트린 펜도 주웠다. 그녀는 여백에 사람 형태를 끄적였다. 무엇이든 잘할 것 같은 외모와 다르게 그림은 영 서투른 솜씨였다. 바네사는 웃으며 스케치북을 메리에게 돌려주었다.

"난 아무리 연습해도 실력이 늘지를 않더라고."

메리는 쑥스러움에 마주 웃었다. 어쩐지 그녀가 친근하게 느껴졌다. 그녀가 작품을 좋아했으면 싶었다. 바네사는 그림 한 장을 가리켰다.

"이게 가장 마음에 들어."

메리는 마른 침을 삼켰다. 그건 황금 장미 도안이었다. 지하도에 남겼던 마지막 그림. 불현듯 지난 살인 사건이 떠올랐다. 메리는 스케치북을 등 뒤로 숨겼다.

"그냥…… 한번 그려 봤어요. 자랑할 수준은 아니에요."

"예술 작품 같은걸. 난…… 그림을 그리는 사람들이 좋아. 대단하다고 생각해."

바네사가 우아한 미소를 짓는 바람에, 메리는 하마터면 당장 황금 장미를 보여 주겠다고 선언할 뻔 했다. 메리는 얼굴을 붉히며 눈을 내렸다. 자신만 간직하던 세계를 누군가 마주하고, 알아주는 건 생각보다도 훨씬 더 기분 좋은 경험이었다. 바네사로부터 많은 이야기를 듣고 싶었다. 자신을 바네사에게 보여 주고 싶은 것처럼, 자신도 바네사의 세계를 들여다보고 싶었다. 바네사가 좋아하는 것, 싫어하는 것, 지금 중요히 여기는 게 무엇인지…… 그녀의 과거, 사랑했던 것, 슬펐던 일, 괴로웠던 시간들 전부…… 알고 싶었다. 지금의 바네사가 어떤 시간들을 딛고 이루어진 존재인지 궁금했다. 메리는 바네사의 말들을 음미했다. 그러다 무심코 물었다.

"……'멜리사'도, 그림을 그렸어요?"

질문을 들은 상대를 본 메리는 아차 싶었다. 바네사의 얼굴이 삽시간에 굳었다. 메리는 심장이 내려앉았다. 마음이 앞서 선을 넘었다. 메리는 멜리사라는 이가 누구인지 내내 궁금했다. 그녀가 언제부터, 무슨 일로 그 사람을 찾는지 알고 싶었다. 심지어 바네사는 메리와 멜리사가 닮았다고 했다. 리사는 그걸 비꼬았다. 신경이 쓰이지 않을 수가 없었다. 하지만…… 벌써 묻는 건 일렀을까? 자신이 멜리사를 안다고 도움이 될 수 있는 것도 아닌데. 더군다나 어두워진 바네사의 표정을 보니 잘못했다는 생각이 들었다. 그러나 이미 엎질러진 물이었다. 그녀는 멜리사에 대한 이야기가 달갑지 않은 게 분명했다. 바네사가 한숨을 쉬었다. 메리는 더욱 안절부절못했다. 자신의 입을 수십 번 저주하기 시작했다. 바네사가 마지못해 고개를 끄덕였다.

"그래. 그 아이도…… 그림을 좋아했어. 언제나, 언제나…… 커다란 꽃을 그렸어."

"제가 너무 사적인 질문을 했죠…… 미안해요."

"네가 왜 사과를 해. 알고 싶은 이유가 있었을 텐데."

메리는 고개를 숙였다. 마음이 무거웠다. 바네사를 속상하게 만들고 싶지는 않았다. 바네사는 다시 미소를 지으며 메리의 등을 쓰다듬었다. 하지만 메리는 죄책감을 느꼈다. 멜리사를 회고하는 바네사의 말투는…… 마치 세상에 없는 걸 그리워하는 어조였다. 메리는 직감적으로 알았다. 메리도 종종 엄마가 그리울 때 저런 목소리를 낸 적 있었다. 바네사는 어쩌면 오랫동안 멜리사를 찾았고, 만나지 못했으며, 지금도 애타게 그리워하는지 몰랐다. 메리는 다른 사람 때문에 바네사가 저런 얼굴을 하는 게 속상했다. 방금 전까지 좋았던 기분이 곤두박질쳤다.

"견딜 수 없는 것들이 많으면 그림을 그린다더라."

그때, 바네사가 메리를 껴안았다. 마주 닿은 살결이 서늘했다. 그녀는 체온이 낮았다. 메리는 자신이 열 덩어리 같다고 느꼈다. 그녀의 어깨가 메리의 입술에 닿았다. 비단 같은 머리카락이 뺨에 스쳤다. 메리의 마음이 일렁였다. 그녀의 포옹은 다정하고 편안했다. 메리는 떨리는 손끝으로 바네사의 허리를 끌어안았다. 그녀에게서 좋은 향기가 났다. 아직 무엇 하나 분명한 건 없었다. 하지만 끊임없이, 뱀처럼 움직이고 흔들리는 마음의 흐름이 느껴졌다.

메리는 그녀에게 스며들고 싶었다.

***

TV가 동일 지역의 살인 사건을 더 보도했다. 지난번 범행 발생지인 지하도와 가까운 곳에서 새로운 사체가 발견되었다. 피해자는 마흔다섯의 은행장이었다. 그는 술에 취해 귀가하던 중 봉변을 당했다. 재킷 주머니에서 지갑과 신분증이 확인되었다. 금품도, 다른 신체 부위도 멀쩡했다. 다만 시체의 목이 뜯겨 있었다. 즉, **머리만 사라졌다**.

금전을 노리거나 원한 관계에 의한 범행은 아닌 걸로 판명되었다. 신문은 이 독특한 사체를 자세히 묘사하기 시작했다. 건장한 남성의 머리가 깨끗하게 잘려나간 형태. 테러 조직이나 사이비 종교 광신자들, 피도 눈물도 없는 연쇄살인범의 소행이라는 추측들이 난무했다. 거대 짐승이나 외계 생물체의 짓이라는 말도 떠돌았다. 소문들은 무성했지만 실체를 잡은 추리는 하나도 없었다. 수사가 난항을 겪는다는 보도만 되풀이되었다.

한동안 잊었던 두려움이 메리에게도 되살아났다. 아무리 문단속을 해도 안심이 되지 않았다. 종종 악몽을 꾸고 깨기도 했다. 어디선가 살인자가 자신을 지켜본다고 생각하면 소름이 돋았다. 기사에서 본 목이 뜯긴 시체 묘사나 정황들이 머릿속에 맴돌았다. 결국 새벽 네 시가 되도록 잠을 설쳤다. 메리는 자리에서 뒤척이다가 일어났다. 물이라도 마신 후 다시 잠을 청해야겠다고 생각했다. 기운 없는 발걸음으로 계단을 내려왔다. 부엌에서 물을 한 컵 들이킨 후 돌아오는데, 바네사와 리사의 방에 불이 켜진 게 보였다. 메리는 걸음을 멈췄다.

'이렇게 이른 시간에 뭘 하는 걸까?'

그때, 방 안에서 무언가가 우당탕탕 구르는 소리가 들렸다. 메리는 화들짝 등을 움츠렸다. 살그머니 발을 옮겨 문간으로 다가갔다. 바네사와 리사가 모두 깨어 있는 모양이었다. 두 사람의 목소리가 들렸다.

'아니면…… 밤새 무슨 일이 있었나?'

메리는 문에 귀를 댔다. 말의 내용은 정확히 들리지 않았지만, 둘이 언성을 높여 싸우는 중이었다. 드물게도 바네사가 화를 내고 있었다. 대부분 그녀가 엄격하게 호통을 쳤고, 리사는 코웃음 소리를 내며 빈정대었다.

"곧 보름달도 뜨는데, 배고프단 말이야! 달이 찰수록 허기지는 걸 언니도 알잖아. 나는 언니만큼 인내심이 없어! 어차피 '그건' 맛대가리도 없었어. 난 젊은 것들이 좋은데, 구린 냄새만 나고……."

메리는 문과 밀착했다. 무례한 행동인 걸 알지만 호기심이 앞섰다. 조금씩 소리가 자세해졌다. 바네사는 갑자기 침묵했다. 또각, 또각. 리사의 것으로 추정되는 구두굽 소리가 들렸다. 그녀는 요란하게 방을 돌아다녔다. 쿵쿵 신경질적으로 발을 구르기도 했다. 하지만 상대는 묵묵부답이었다. 몇 분간이나 정적이 이어졌다. 결국 한층 풀이 꺾인 리사의 목소리가 들렸다.

"알았어. 언니가 먹지 말라면 안 먹을게."

'무슨 소리지? 다이어트 얘기인가?'

구두 소리가 문 근처로 다가왔다. 메리는 흠칫 놀라며 몸을 떼었다. 황급히 계단 틈새로 숨었다. 기척은 직전에서 멈췄다. 사각, 누군가 문을 손톱으로 긁었다. 쥐가 나무를 파먹는 것 같은 소리. 그게 한동안 계속되었다. 박박, 나뭇결을 따라 표면을 뜯고 긁는 소리가 이어졌다. 이윽고 리사의 목소리가 들렸다.

"……그런데 걔가 멜리사가 아니라면, 내가 먹어도 돼?"

"그 애는 내 꺼야."

쿵. 리사가 성을 내며 문을 찼다. 메리는 후다닥 계단 위로 도망쳤다. 방문을 닫고 곧장 침대로 파고들었다. *그 애는 내 꺼야.* 목소리의 주인은 분명 바네사였다. *멜리사가 아니라면 내가 먹어도 돼?* 그 말이 무슨 뜻인지 메리는 알 길이 없었다. 둘이 싸우는 연유가 짐작도 되지 않았다. 다만 메리의 귓가에는 바네사의 한 마디가 고장 난 테이프처럼 윙윙댔다. *그 애는 내 꺼야, 그 애는 내 꺼야…….* 심장이 죄었다.

'언니는…… 무슨 뜻으로 그 말을 한 걸까?'

바네사의 얼굴이 떠올랐다. 검고 긴 머리카락 사이로 밤처럼 까만 눈을 빛내면서, 장미처럼 붉은 입술로 말했을까? *그 애는 내 꺼야.* 혈액이 온 얼굴과 손발로 몰렸다. 메리의 가슴에 묘한 기대감이 피었다.

아침이 밝자마자 그녀에게 달려가 캐묻고 싶었다.

'혹시 언니도 날…….'

이제 심장은 통증마저 느꼈다. 하늘의 별 같은 언니, 숭고한 우상 같던 언니. 메리는 그녀에게 자신이 가당찮은 존재라는 걸 알았다. 초라하고 머리에 피도 안 마른 꼬맹이. 그게 메리 제인 자신이었다. 하지만…… 어쩌면……. 메리는 새끼 고양이처럼 몸을 웅크렸다.

오늘 밤 잠들기는 글렀다. 메리는 새벽이 지날 때까지 앓았다.

***

지독한 연기 냄새가 가득했다. 잔돈 정리를 마치고 퇴근하는 길이었다. 하루 종일 바네사의 말을 생각하느라 일도 하는 둥 마는 둥 했다. 아빠는 낮술을 하러 사라진 지 오래였다. 감시자가 없으니 마음껏 한눈을 팔 수 있었다. 메리는 자신만의 시간을 온통 바네사를 생각하는 일에 썼다.

아침에 일어나 보니 리사와 바네사는 외출해서 없었다. 어젯밤 들은 말에 대해 물을 기회를 놓쳤다. 아쉬웠지만, 그들이 있더라도 바로 질문할 수는 없었으리라고 위안했다. 종일 바네사에게 어떤 말을 할지 고민했다. 마음이 간질거리기도 했고, 오싹하고 두려운 기분이 찾아올 때도 있었다. 난생 처음 묻고 싶은 질문들을 떠올리면 손이 자주 저렸다.

'나는 언니에게서 무슨 말을 기대하지? 어떤 진실을 알고 싶지? 내가 바라는 건……. 언니가 날 어떻게 생각하는지 묻는다면……. 만약 언니가, 언니가 내게……. 답을 알려 준다면 나는 달라질까?'

메리는 얼굴을 감쌌다. 볼이 뜨거웠다. 메리는 질문을 정리하지 못한 채 하루를 마쳤다.

그런데, 집 앞 공터 한가운데에 새카만 연기가 자욱했다.

누군가 물건을 태우는 중이었다. 메리는 불길함을 직감했다. 한두 번 겪는 상황이 아니었다. 이가 갈렸다. 서둘러야 한다는 걸 알면서도, 발이 족쇄를 채운 것처럼 느렸다. 담벼락을 돌자 아빠의 등이 보였다. 그는 불 안으로 쓰레기들을 던지고 있었다. 그의 손에…… 메리의 스케치북이 있었다.

그는 종이를 한 장씩 떼어 구긴 후 불태웠다. 메리는 바락 소리 질렀다. 머리끝까지 열이 올랐다.

"맘대로 방에 들어가지 말랬잖아!"

아빠의 거대한 몸이 느릿하게 움직였다. 벌건 코, 풀린 눈, 듬성듬성 난 머리털, 충치가 가득한 이빨……. 모두 죽을 만큼 싫었다. 그는 항상 이랬다. 악귀라도 씌었는지, 집요하게 자신을 괴롭혔다. 그게 마치 유일한 취미인 것처럼. 옷장 속에 숨겨 두었던 스케치북을 찾아 낸 걸로 보아 방은 난장판일 터였다. 그가 이러는 건 한 두 번이 아니었지만, 이번은 그를 용서할 수 없었다. 바네사의 초상화가 재가 되어 사라지는 게 보였다. 잡화점을 뒤져 겨우 훔친 연필과 지우개까지도 불 속으로 사라졌다.

메리는 너무나, 끔찍할 만큼 화가 났다.

눈앞이 온통 벌겠다. 그가 두터운 손으로 물건을 태우면서 웃는 게 보였다. 짐승 새끼. 메리는 이를 악물었다. 울음이 나오려는 걸 참았다. 여기서 눈물을 보이면 그가 원하는 대로 되는 거였다. 메리는 기를 쓰고 상대를 노려보았다.

"네년이 큰소리 칠 자격이 있냐?"

그는 품속에서 무언가를 꺼냈다. 술 냄새가 진하게 풍겼다. 그의 손에 들린 사각형의 물체를 본 메리는 속으로 욕지거리를 뱉었다. 온몸의 핏기가 식었다. 그는 끈질기고 지독한 기생충이 분명했다. 아니면 사람으로 환생한 거머리든가. 그렇지 않다면 왜 이토록 메리의 모든 희망을 빨아먹는가. 그가 사람이라면 매순간 절망만 남길 리 없었다. 메리는 그를 짐승이라고 믿는 게 마음이 편했다.

그는 바닥을 뜯어 숨겼던 카메라까지 찾아냈다. 폭력의 목격자인 카메라를. 기어코 방을 침입해 바닥까지 부순 거다. 그는 전원을 켜더니 사진들을 하나하나 넘겼다. 메리는 사색이 되었다. 다리, 허벅지의 멍, 배의 상처, 팔과 머리의 핏자국……. 모든 기록이

저 안에 있었다. 그는 엄지손톱이 뽑힌 사진이 나오자 동작을 멈췄다. 그걸 메리 쪽으로 내밀었다.

"또 이렇게 만들어 주랴?"

메리가 침묵하자 그는 카메라를 통째로 불 속에 던졌다.

기계에서 폭발음이 울렸다. 지금까지의 증거들이…… 새카만 재가 되었다.

'당신은 악마야.'

메리는 생각했다.

'처음부터, 다시 처음부터 하면 돼. 어차피 한 번으로 끝날 것도 아니었고. 기회는 더 있어. 여러 번……. 아주 여러 번……. 반복해서……. 수없이, 또다시…….'

스스로를 위로할수록 비참해졌다. 힘이 죽 빠졌다.

'……저 짓을 또다시? 앞으로도 계속? 또…… 겪어야 한다고?'

허탈했다. 비명을 지르고 싶지만 그럴 기운도 없었다. 메리는 체념한 채 팔다리를 늘어뜨렸다. 아빠가 허리띠를 푸는 게 보였다. 메리는 입술을 깨물었다. 자신이 그를 고발하려 한 게 들통났으니, 보복이 돌아올 게 뻔했다. 메리는 그를 바라보기만 했다. 잇몸에서 피가 났다. 하지만 꼼짝할 수 없었다. 머릿속은 이미 고통을 예상하고 있었다.

따끔한 괴로움이 덮칠 거야. 몇 번을 겪어도 익숙해지지 않는

고통들이. 눈앞에 불이 번쩍, 서늘한 화끈함이 지나고, 깜깜해지고, 하얗고, 또 하얗고……. 마지막엔 붉고……. 벼락처럼 노란 빛이 번뜩이다가……. 아무것도 보이지 않을 거야.

메리는 고개를 숙이고 어깨를 긴장시켰다. 차라리 그의 분풀이가 빨리 지나가는 게 나았다. *죽어 버릴걸.* 메리는 일 초라도 빨리 그의 팔에 피로감이 들길 바랐다. *도와줘.* 작게 올라온 그 말은 곧 사라졌다. 그 말은 힘이 약했다. 좌절만 남는 희미한 말……. 연약하고 허약한 말. 한 번도 응답받은 적 없던 말. 메리는 포기했다. 아빠의 그림자가 바싹 다가왔다. 가래를 뱉는 숨소리조차 컸다. 반면 메리는 목을 움츠렸다. 이미 사라진 존재처럼 구는 게 최선이었다. 적어도 오래 때릴 마음이 들지 않도록……. 메리는 숨죽였다.

"꼬마를 잠시 빌리고 싶은데요."

누군가 메리의 어깨를 감쌌다. 자신을 당기는 손길을 느끼자마자 메리는 급격히 숨을 토했다. 기침이 나왔다. 메리는 입술을 깨물었다. 바네사였다. 어느새 다가온 그녀는 황금빛 손톱으로 메리를 끌어당겼다. 메리는 땅만 바라보았다. 아빠가 제자리에 멈춘 게 보였다. 바네사는 메리를 놓지 않은 채, 담담하게 말했다.

"드라이브를 가려는데, 길을 잘 아는 사람이 필요해서."

아빠가 불만스러운 눈길로 바네사와 메리를 번갈아 봤다. 지금은 해가 저문 아홉 시였다. 가로등도 엉성한 길에는 어둠뿐이었다.

드라이브는커녕 제대로 보이는 것조차 없었다. 그러나 바네사는 개의치 않았다. 그녀의 뻔뻔하고 단호한 태도에 메리의 아빠가 눈살을 찌푸렸다. 바네사는 눈 하나 깜짝하지 않았다. 팽팽한 대치가 이어졌다. 결국 아빠가 헛기침을 하더니 꼬리를 내렸다.

"……될 대로 하쇼."

그는 성큼 몸을 돌려 집으로 향했다. 떠나기 전 메리에게 눈을 부라리는 것을 잊지 않았다. 나중에 두고 보자는 의미였다. 메리는 그를 애써 무시했다. 바네사가 메리를 자신의 차로 끌었다. 메리는 고개를 들지 못한 채 그녀를 따랐다.

메리는 조수석에 앉았다. 바네사가 시동을 걸고 차를 출발시킬 때까지 둘은 아무 말도 하지 않았다. 메리는 처음 타는 고급 자동차에 감탄할 새도 없이, 내내 바닥만 바라보았다. 등에 닿는 시트는 놀라울 정도로 안락했다. 하지만 비참했다. 모든 게, 비참했다…….

두 여성이 탄 차는 비포장도로도 부드럽게 달렸다. 사방이 어두웠다. 저녁 별들만 어슴푸레했다. 메리와 바네사의 차는 멈추지 않았다. 백양나무가 늘어선 길을 지났다. 나무줄기들이 흰 빛을 냈다. 속력을 낼 때 잎들이 스스스 하고 울었다. 껍질이 벗겨진 둥치들은 얼룩투성이였다. 딱지가 앉은 자신의 손톱이 생각났다. 밤바람이 메리의 뺨을 스쳤다. 메리는 엄지를 가렸다. 매니큐어는 반

정도 벗겨졌다. 손끝으로 나머지도 조금씩 긁어냈다. 남들처럼 자라지 못했던 손톱이 드러났다. 메리는 손톱을 입으로 가져갔다. 손끝에 이빨이 닿았을 때, 가까스로 멈추었다. 다시 손을 내렸지만 진정이 되질 않았다. 메리는 필사적으로 무릎을 끌어안았다.

그녀들을 태운 차는 십여 분을 더 달렸다. 언덕을 오르자 드넓은 평지가 나왔다. 바네사는 차를 세웠다. 어둠 속에서 한동안 침묵이 흘렀다. 드문드문 풀벌레 소리가 들렸다. 고요한 밤이었다. 꽤나 멀리 온 모양이었다. 마을에서 새는 불빛이 흐렸다. 촛불만큼 작고 희미하게 보였다.

메리는 양팔에 얼굴을 묻었다. 까진 손톱 끝이 떨렸다. 메리는 울음을 터트렸다.

***

달은 숲과 두 여성을 은청색으로 감쌌다. 메리가 흐느낄 때마다 금빛이 별처럼 도드라졌다. 공간에 자욱한 그림자를 헤치는 시늉을 하며, 바네사는 가만히 기다렸다. 운전대를 잡고 메리의 우는 소리를 들었다. 바람이 잡초와 나뭇잎들을 헝클었다. 사각거리는 소리들이 들렸다. 기이한 존재들이 웅성이며 다가오는 듯했다. 메리는 숨을 헐떡였다. 얼굴을 가린 채, 경련하는 입술로 말을 시작했다.

“전에 죽이길 원하는 사람이 있느냐고 물었죠. 있어요. 언니. 죽이고 싶어요. 다 죽여 버리고 싶어요.”

바네사는 대답하지 않았다. 다만 팔을 뻗어 메리의 어깨를 도닥였다. 메리는 아랫입술을 짓이겼다. 참으려 했지만 눈물을 주체할 수 없었다. 눈을 감아도 자꾸 화염이 보였다. 모든 게 타들어갈 때 생기는 그을음과 매캐한 연기, 그 안으로 사라지는, 꺼져가는 것들이……. 혼령처럼 눈앞을 맴돌았다.

“아니……. 사실은 죽고 싶어요…….”

메리는 절망적으로 외쳤다. 헛구역질이 났다. 등을 찬찬히 두드리는 바네사의 손길만이 버팀목이었다.

“집에 가기 싫어요.”

얼굴이 눈물범벅이 되었다. 눈두덩이가 뜨거웠다. 내일이면 퉁퉁 부어 말이 아닐 것이다. 스케치북과 펜이 필요했다. 그림을 그리고 싶었다. 그렇게라도 쏟지 못하면 심장이 타 버릴 것 같았다. 그럴수록 검은 재로 변한 그림들과, 증거가 되지 못한 사진들이 떠올랐다. 하루가 너무 길었다. 메리가 어른이 되려면 아직도 많은 밤이 필요했다.

‘어른이 되면 모든 게 달라지기는 할까? 몇 년을 더 참으면 다른 일이 생길까? 기다리고, 또 기다리면…… 세상이 변할까? 하지

만 나는 언제까지 참아야 하지? 여기서 더, 얼마나, 버티고 참아야 하지?'

사시나무 떨듯이 몸이 떨렸다. 집에는 매일같이 아빠가 기다린다. 자신은 매 시간 영혼이 갉아 먹히는 것만 같았다. 메리는 지금까지 혼자였고, 앞으로도 혼자일 거라 확신했다. 왜 자신은 지금 당장 죽을 용기도 없을까? 옥상에 오르거나, 천장에 줄을 매달았을 때, 스스로를 찌르려고 칼을 들었을 때에도 걷잡을 수 없이 눈물이 났다. 탈진하도록 울고 나면 다시 지겨운 삶이 반복되었다. 누구도 설명해 주지 않고, 기억해 주지 않는 고통스런 나날만 한없이 이어졌다.

"손목을 청테이프로 묶이고 맞은 적도 있어요. 삼 초 안에 몽둥이를 가져오지 않으면 더 크게 혼났어요. 뺨이 붓고 다리가 부러진 날도 셀 수 없이 많아요. 내가 노력하지 않았다고 말하지 마세요. 나는 밤새 도망친 적도 있어요. 바로, 이 길을, 언니랑 온 이 길을……. 혼자서 맨발로 달렸어요."

바네사의 손이 멈췄다. 손바닥은 여전히 메리에게 닿아 있었다. 사방이 고요했다. 지금은 오직 메리와 바네사만의 시간이었다. 진공 속 우주 같았다. 어떤 생명체도 없는 광막한 공간 같았다. 그래서 메리는 속을 죄다 게우고 싶었다. 메리는 바네사가 손을 떼지 않기를 바랐다. 이곳에서 바네사와 단둘이 존재하고 싶었다. 소멸

하지 않고…….

"택시를 타고 도망쳤어요. 그런데 운전기사가 문을 잠그고 위협했어요. 불알을 차 버리고 경찰서로 갔더니……. 발랑 까진 애들은 혼이 나야 한다고 했어요. 나보고 반성을 하랬어요. 집을 나오지 말랬어요. 나는 다시 절뚝이면서……. 이 길을 돌아갔어요. 그때도 혼자였어요."

그날처럼 무릎과 발목의 통증이 되살아났다. 오늘은 맞은 적도 없는데. 한번 기억에 새겨진 상처는 쉽게 환상통을 만들었다. 그건 더욱 공포스러웠다. 물리치려 해도 거둬지지 않는, 멀어지려 노력해도 거세어지는 고통이 있다면 어떻게 벗어날 수 있는지. 메리에게는 누구도 가르쳐 주지 않았다. 안전벨트를 푼 바네사가 메리에게 가까이 다가왔다. 그녀는 메리를 끌어안았다. 메리는 그녀의 어깨에 턱을 기댔다.

"그날 밤, 아빠 친구들이 잔뜩 왔어요. 건넛집 홉킨스 아저씨가 말했어요. '너네 아빠는 되는데 나는 왜 안 돼?' 그건 다리미 고문보다도 최악이었어요."

"메리……."

바네사가 메리를 불렀다. 나직한 목소리에는 한숨이 묻어 있었다. 메리는 말을 멈추기 싫었다. 자신에게 주어진 마지막 기회처럼 느껴졌다. 날이 밝으면 후회하더라도, 꼬리를 물고 이어지는 기억들을 오늘만은 말해야 살 것 같았다.

"황금색 장미를 그리고 싶었어요. 그렇지 않으면 죽을 것만 같았어요. 나는 이걸 피워낼 수 있는……. '인간'이라는 걸……. 잊고 싶지 않았어요……."

울먹임과 함께 말들이 멎었다. 바네사는 가만히 눈을 감고 메리를 껴안았다. 서늘하지만 부드러운 품속에서 메리의 호흡이 가늘어졌다. 반딧불들이 간간히 반짝였다. 메리의 등이 오르내리는 박자에 맞춰 바네사는 손을 토닥였다. 둘은 한참동안 서로를 안고 무언가를 기다렸다. 시계가 열두 시를 알렸다. 자정이 되자 바네사가 말했다.

"메리, 너만 원한다면……. 나는 널 위해서 얼마든지 괴물이 될 거야."

"……."

메리의 속눈썹에서 마지막 눈물이 떨어졌다. 별들이 하나 둘 얼굴을 드러냈다. 주위는 어둠뿐이었다. 메리를 안은 바네사의 팔이 달빛을 받아 눈부셨다. 그녀의 머리카락은 밤보다도 짙었다. 하지만 그녀는 메리에게 유일한 등불처럼 점등되었다. 메리는 그녀에게 기대었다. 밀물처럼 나른함이 몰려왔다. 메리는 생각했다. 언니의 말은 얼마나 슬프도록 달콤한지. 하지만 마법에 걸린 동화 속 인물들이 으레 그리하듯, 자신도 척척한 현실로 돌아가야 할 때였다.

자신은 원하던 고백들을 언니에게 털어놓았다. 언니는 모든 이야기를 들어주었다. 평생 기억하고 싶은…… 말을 해 주었다. 그녀의 손톱을 보석 같다고 해 준 일이나, 그녀를 위해…… 괴물이 되어 주겠다는 말까지. 메리는 언니의 말들을 오래도록 되새기겠다고 결심했다. 언니가 이곳을 떠나더라도 지금의 순간들은 남아…… 삶이 불타는 것 같을 때 잠시 꺼내어 목을 축이겠다고. 그러면 지옥 같은 밤은 작아지고, 자신은 하루를 더 지날지도 모르니까. 질척한 피곤이 메리의 전신을 감쌌다. 시계가 새벽 한 시를 가리키는 걸 보고 나서 메리는 말했다.

"……집에 가요."

바네사는 조용히 메리의 머리를 쓰다듬었다. 묵묵히 차의 시동을 걸었다. 바퀴가 다시 움직였다. 울창한 밤의 숲길을 되돌아갔다. 어슴푸레한 그림자들만 벌떼처럼 겹쳐 그녀들을 따라왔다. 메리는 시트에 몸을 깊숙이 묻었다. 언니의 향이 났다. 집이 가까워지고 있었다. 눈꺼풀이 무거웠다. 그래도 흐릿한 시야 속 길이 얼핏, 예전과는 다르다고 느꼈다.

***

예상대로 집 안은 엉망이었다. 의자 다리와 탁자 유리가 박살나 있었다. 아빠의 방에서 코 고는 소리가 났다. 메리는 한숨을 쉬며 파편들을 치웠다. 바네사가 다가왔다. 그녀도 유리 조각들을 주웠다. 메리는 손사래를 쳤다.

"혼자서도 괜찮아요. 들어가서 쉬세요. 손님이잖아요."

바네사는 그녀의 말을 따르지 않았다. 계속 부서진 것들을 쓸어 모았다. 메리는 고마우면서도 미안했다. 바네사가 메리에게 속삭였다.

"메리, 아까 내 말은 진심이야."

"알아요. 고마워요……. 그렇지만 이젠 괜찮아요. 언니는 언니 일도 있고……. 멜리사도 찾아야 하잖아요."

어째서 그 이름이 떠올랐을까. '멜리사'는 언급할 때마다 마음 한쪽이 불편한 이름이었다. 하지만 이번만은 일부러 그녀를 입에 담았다. 그렇지 않으면, 바네사의 호의에 계속 기대고 싶을 것 같았다. 그녀를 과도하게 바라고, 탓하고, 열망할까 두려웠다. 짐이 되기 싫었다. 어차피 무너질 기대를 하고 싶지 않았다. 메리는 꿔이지 않는 약속은 본 적이 없다. 메리에게는 오늘 밤의 위로 정도면…… 충분했다. 메리는 바네사를 보지 않은 채 말했다. 반대로 바네사는 손에 든 물건을 내려놓고 메리를 직시했다.

"멜리사는 죽었어."

메리가 우뚝 멈췄다.

머릿속이 윙 울렸다. ……또 실수를 한 걸까.

'언니가 날 상냥하게 대하는 바람에…… 마음이 앞섰어.'

자신의 이기심에, 자기 방어를 위해 멜리사의 이름을 빌렸다는 생각이 들었다. 심지어 언니를 상처 입힐 말이었을지도 모르는데. 메리는 가슴이 아팠다. 자신은 언제나 이렇다. 모든 걸 망친다. 어쩌면 아빠의 무지막지한 폭력들도…… 얼마쯤은 자신이 초래한 걸지도 모른다. 네 년 때문에 그 년이 떠난 거다! 아빠의 말이 맞을지도 모른다. 메리는 가까스로 말했다.

"……미안해요. 난, 나는 언니가 찾는 사람이 멜리사인 줄 알고……."

"……내가 찾던 건 바로 너야."

메리의 고개가 번쩍 들렸다. 바네사가 흔들림 없는, 고혹적인 시선으로 메리를 보고 있었다. 메리는 얼굴이 뜨거웠다. 허둥대다가 유리 조각에 손을 베였다.

"아야."

바네사가 금방 메리의 곁으로 다가왔다. 그녀는 메리의 손을 부드럽게 쥐더니, 피가 맺힌 부근에 입을 가져다 댔다. 느리게 상처를 들이마시는 듯…… 입술을 움직였다. 그녀의 동작이 마치 키스하는 것만 같아서……. 메리는 그녀를 쳐다보지 못했다. 말소리가 떨렸다.

"나, 나, 나를. 왜요?"

"사과하고 싶은 게 있어. 그 전에…… 네가 어떤 사람인지 알고 싶었어. 그래서 여기 꼭 묵어야만 했지."

"왜, 하필 나에요. 멜리사를 닮아서요? 우린 겨우 일주일 전에 만났는데……."

바네사가 무슨 연유로 절 찾았는지, 무엇을 사과하고 싶은지 메리는 도무지 짐작할 수 없었다. 그저 바네사가 붉은 입술을 댄 손가락이 너무 뜨거워서…… 데일 것 같았다. 바네사는 미소 지으며 메리의 손에서 입을 떼었다. 핏방울을 삼키듯이 입술을 오므렸다.

"그 아이도…… 너처럼 꽃을 잘 그렸어. 특히 황금색 장미를, 매일같이 그렸어."

메리는 모든 걸 고백하겠다고 선언할 뻔 했다. 당장 그녀의 손을 끌고 황금 장미 벽화 앞으로 가고 싶었다. 지금은 살인 현장에 덩그러니 남은 그 꽃을. 피로 물든 황금빛을. 털어놓고 싶었다.

'이건 괴상한 우연의 일치야. 그뿐이야. 진정하자, 진정해……. 언니를 끌어들일 수는 없어.'

메리는 스스로를 다독이며 시선을 내렸다. 바네사는 그녀의 손을 다정하게 잡았다.

"멜리사는…… 어쩌다가……."

"……알고 싶어?"

바네사가 얼굴을 가까이 했다. 그녀가 메리와 눈을 맞췄다. 메리는 호흡을 들이켰다. 숨이 닿을 거리에서 마주한 바네사는 심각하게 아름다웠다. 천사가 재림한 것처럼. 바네사는 뻣뻣하게 선 메리를 보며 웃었다. 상대의 뺨을 잡더니 귓불에 가벼운 입맞춤을 했다.

"……그 애는 자살했어. 거짓말을 남긴 후에……. 불에 타 죽었어."

"……."

메리의 입에서 딸꾹질 소리가 났다. 눈치 없는 가슴을 치면서 메리는 물을 마시고 싶다고 둘러댄 후, 부엌으로 도망쳤다. 바네사는 따라오지 않았다. 메리는 떨리는 손으로 물 한 컵을 마셨다. 망설이다가 한 잔을 더 따라 마셨다. 목이 자꾸 탔다.

거실로 돌아왔을 때, 주변은 말끔하게 치워져 있었다. 바네사의 모습은 보이지 않았다. 방으로 돌아간 모양이었다. 메리는 낡은 소파에 털썩 주저앉았다. 몸을 웅크리자 언니와의 포옹이 기억났다. 메리는 무릎을 끌어안은 채 밤새도록 흐느꼈다.

***

메리는 비가 그친 숲길을 걷고 있었다. 바닥마다 물웅덩이가 고였다. 하늘이 표면에 비쳤다. 길은 에메랄드 색으로 변했다. 메리는 맨발로 길 위를 걸었다. 물의 파편이 찰박찰박 튀었다. 그때마다 길가의 꽃들이 흔들렸다. 투명한 색의 수정 꽃이었다. 햇살이 내리쬐자 꽃들은 무지갯빛을 반사했다. 메리는 금색 스프레이를 가지고 있었다. 사방은 검은 줄기의 나무들이 가득했는데, 그녀는 그것들을 금색으로 바꾸면서 걸어갔다. 연한 녹색 물이 메리의 다리를 타고 올라왔다. 움직이는 식물 줄기가 되는 기분이었다. 여정의 끄트머리에 커다란 호수가 있었다. 물은 하늘빛이었고, 그 안에서…… 고래 한 마리가 뛰어 올랐다. 메리는 탄성을 질렀다. 수많은 물방울을 흩뿌리며 뛴 고래는, 다시 풍덩 잠수했다. 등에서 분수를 뿜는 동시에 두 마리의 고래가 날아올랐다. 물방울이 사방으로 튀었다. 곡선으로 쏟아지는 잔해들이 무수한 날개 같았다. 메리는 웅덩이 주변을 뛰어다니며 황금 꽃을 그렸다. *세상에서 제일 큰 황금 장미를 그려야지.* 메리는 물 전체를 아우르는 꽃을 그리기 시작했다. 고래들은 세 마리, 네 마리로 늘어나…… 이윽고 떼를 이루며 헤엄쳤다. 고래들의 등에 황금 장미가 비쳤다. 고래들의 헤엄은 거대한 꽃다발이 살아 움직이는 것 같았다. 메리는 힘차게 팔을 휘둘렀다. 마지막 선을 그렸다. 황금 장미를 완성했다. 메리가 선 자리를 전부 뒤덮을 정도로 눈부신 빛이 보였다.

쓰레기 같은 년! 나쁜 년!

콰르릉. 갑자기 천둥이 울렸다. 고래와, 숲과, 물이 순식간에 돌처럼 굳었다. 천장에 털 난 입이 나타났다. 삐뚤고 누렇게 뜬 이빨들이었다. 입이 벌어지더니 기다란 혀가 나왔다. 혀는 딱딱하고 길쭉했다. 뭉툭한 끄트머리가 화염을 뿜었다.

너 따위를 누가 구하겠어. 그 계집애들?

메리는 비명을 질렀다. 장미가 수만 개로 조각났다. 웅덩이에서 불길이 치솟았다. 고래들은 끓는 물에서 펄쩍 뛰었다가 까맣게 타 추락했다. 붉은 연기가 자욱했다. 하늘에서 내려온 흉기가 고래들을 때렸다. 꽃다발 같던 고래들은 물 대신 피를 뿜었다. 타 버린 눈깔들이 흩어졌다. 동공 속에 황금색 꽃잎이 날아와 박혔다.

가장 길고 검은 고래가 뛰어올랐다. 비단처럼 검은 윤기가 흐르는 고래의 등엔 황금 꽃이 잔뜩 박혔다. 검은 고래는 입을 쩌억 벌렸다. 날카로운 송곳니가 무수히 많았다. 고래는 불길 사이를 몇 번이나 펄떡대다가, 하늘의 입술을 콱 깨물었다. 털 난 입이 비명과 함께 피를 뚝뚝 흘렸다. 고래는 전부 흡혈했다. 메리는 시뻘겋게 달궈진 황금 꽃들을 끌어 모으며 주저앉았다.

***

몸에 힘이 없었다. 밤새 악몽에 시달린 탓이었다. 메리는 옷을 챙겨 입고 비틀대며 계단을 내려갔다. 거실 소파에 리사가 있었다.

낡은 카키색 천 위로 그녀의 나비 모양 금발이 도드라졌다.

리사는 소파 하나를 차지하고 비스듬히 누운 자세로 담배를 피웠다. 아빠가 거무죽죽한 얼굴로 문간에 서 그녀를 힐끔댔다. 술이 깨면 그는 소시민으로 돌아갔다. 리사 같은 타입에게는 더욱 기를 못 폈다. 그는 리사를 힐끔대다가 별 말 하지 못하고 밖으로 나갔다.

메리는 그녀에게 다가갔다. 리사는 연기를 뻑뻑 내뿜으면서, 대낮부터 와인 한 병을 들이켰다. 메리를 발견한 그녀가 태연하게 잔을 내밀었다.

"마실래?"

그녀가 잔을 내밀자 비릿한 향이 풍겼다. 그녀가 마시는 건 유난히 탁한 색의 와인이었다. 곧 지독한 담배향이 코를 덮었다. 메리는 고개를 저었다. 리사는 언짢은 얼굴이었다. 미간을 찌푸리더니 연기를 계속 뿜었다. 메리는 그녀의 맞은편에 앉았다.

"바네사 언니는요?"

"아직 씻는 중."

"그렇구나."

리사의 퉁명스러운 말투를 듣자 질문을 하기가 어려웠다. 묻고 싶은 게 산더미였지만 메리는 입을 다물었다. 리사는 여기 온 첫날처럼 메리를 위 아래로 훑었다. 그러더니 콧방귀를 뀌었다.

"바네사가 뭐라고 말하든 너무 믿지 마."

"……무슨 소리에요?"

"말 그대로. 언니도 가엾은 사람이야. 그러다 보니 종종 감상에 빠지는 때가 있을 뿐."

"……당신이 그런 말 할 자격은 없잖아요."

"하, 내가? 자격이 없다고?"

리사가 코웃음을 쳤다. 그녀는 테이블에 담배를 비벼 자국을 남겼다. 와인 잔을 벌컥벌컥 들이켰다. 그녀가 한 쪽 입술만 올려 웃었다.

"난 너보다 바네사와 훨씬 오래 안 사이야. 너 같은 어린애 따위는 상상도 못할 만큼 긴 시간을 말야. 까불지 마라, 꼬맹아."

메리는 무릎에 놓은 주먹을 꾹 쥐었다. 분한 마음이 들었다. 리사는 자신을 질투하는 것 같았다. 이유는 알 수 없지만, 리사의 도발에 메리는 화가 치밀었다. 하지만 달리 반박할 말이 없기도 했다. 어젯밤, 자신의 진실을 의탁하고 바네사의 조각 하나를 겨우 넘겨받았다. 그게…… 전부였다. 심지어 메리는 바네사의 이야기에 놀라 도망치기까지 하지 않았던가. 어린애라는 리사의 핀잔이 맞았다. 바네사라는 사람은 자신에게 벅찰지도 모른다. 메리는 스스로가 초라하게 느껴졌다. 자신은 자기 앞가림 하나 감당하기도 어려우니까. 메리는 괴로웠다. 그에 비해 바네사와 오랜 시간 함께 했을 리사는 대단했다. 그녀들 사이에 있을 유대감과, 리사가 가진 자신감이 부러웠다.

"충고하는데, 넌 평생 '멜리사'를 이길 수 없어. 그러니까 포기해."

메리는 입술을 깨물었다. 또 그 이름이다. *멜리사, 멜리사, 멜리사.* 대체 그녀는 언니의 무엇이었기에 잊을 수 없는 이름으로 자꾸만 나타나는 걸까. 바네사의 말이 떠올랐다. *내가 찾던 건 너야.* 달콤한 미지의 말. 믿고 싶으면서도 믿어지지 않던 그 말.

'멜리사에게도 그런 말을 한 적이 있었을까?'

입술을 물며 메리는 리사를 노려보았다. 리사도 지지 않고 눈빛을 받아쳤다. 리사는 담배를 던지더니 자신의 품속을 뒤적였다. 큼직한 귀걸이가 흔들렸다. 그녀는 무언가를 꺼내어 메리 쪽으로 굴렸다. 도르르……. 발치에 닿은 물건을 집은 순간 메리는 경악했다. 그건 길쭉한 원통이었다.

"이걸…… 어떻게……."

숨이 막히고 식은땀이 났다. 메리의 동요를 본 리사의 녹색 눈동자가 번들댔다. 오렌지 립스틱이 명백한 비웃음을 그렸다.

"바네사의 가방 속에 있었어. 네 거 맞지?"

그건 바로 메리가 사용했던 황금색 물감이었다. 상표와 용량까지도 똑같았다. 지하도에서 벽화를 그렸던, 황금 장미를 완성한, 그리고…… 살인을 목격한 날 잃어버렸던 바로 그 스프레이였다.

온몸이 덜덜 떨렸다.

'바네사 언니가 이걸 갖고 있었다는 건 무슨 뜻이지? 언니는 언제부터…… 알고 있었지? 어디서 이걸 찾았고, 왜 지금까지…….'

바네사의 말 하나가 뇌리를 스쳤다. *죽이고 싶은 사람 있어? 그 애는 내 꺼야.*

"이제 욕실을 사용해도 돼. 리사, 실내에서 담배는 줄이래도."

바네사의 목소리가 들려 메리는 화들짝 놀랐다. 들고 있던 통을 쿠션 아래에 쑤셔 넣었다. 리사는 냉소했다. 머리카락의 물기를 털며 바네사가 나왔다. 흰 가운 차림이었다. 티 없이 맑은 얼굴에 은은한 홍조가 올랐다. 그녀가 다가오자 따뜻한 김과 파우더 향이 느껴졌다. 리사는 기지개를 펴며 일어섰다. 메리를 흘끗 본 후, 방으로 들어갔다. 바네사가 대신 자리에 앉았다. 메리는 그녀를 쳐다보지 않았다. 의아한 표정으로 바네사가 메리를 살폈다.

"왜 그래, 안색이 안 좋네."

"아니에요. 아무것도……. 잠을 제대로 못 잤나 봐요……."

"열이라도 있는 건 아니고?"

바네사는 자연스러운 손길로 메리의 이마를 짚었다. 특별히 서늘한 체온이 느껴졌다. 메리는 싸늘한 밤공기를 상기했다.

'사건이 벌어진 날, 방까지 나를 옮긴 살인자의 팔은…… 어떤 느낌이었지?'

기억나지 않았다. 다만 기절 직전 눈앞에 나타났던 황금색 홍채가 떠올랐다. 메리는 바네사의 손톱으로 시선을 옮겼다. 그건…… 대체 무엇이었을까. 메리는 입술을 떨었다.

언니, 언니는 왜 그걸 갖고 있었어요?

어디서 찾았어요? 언니가, 혹시, 언니가……

범인이에요?

날 죽이러 왔나요?

질문이 턱 밑까지 찼다. 그러나 차마 뱉을 수가 없었다. 어떤 대답을 듣든 두려웠다. 메리는 몸을 숙였다. 그녀가 고개만 젓자 바네사는 걱정 어린 얼굴을 했다.

"열은 없는데……. 그래도 오늘은 쉬는 게 어때?"

"괜찮아요, 정말."

메리는 가까스로 대답을 쥐어짰다. 여전히 바네사의 눈을 볼 자신은 없었다.

그때, 욕실에서 리사의 째진 목소리가 울렸다.

"언니, 설마 머리카락 빠졌어?"

"그래."

바네사는 수건으로 머리카락을 정돈하며 말했다. 갑자기 리사는 발악을 시작했다.

"악! 악! 어떻게 그런 꼬맹이한테!"

"시끄러워, 리사."

리사는 한동안 더 욕실에서 난동을 부렸다. 메리는 바네사에게 고개를 숙인 후 도망치듯 집을 뛰쳐나왔다. 더 이상 그녀들의 수상한 말을 듣고 싶지 않았다. 바네사가 누구인지, 어떤 이유 때문에 이곳에 왔는지 알면 알수록 혼란스러웠다. 주유소로 달리는 와중에도 바네사의 눈과 손길이 잊히지 않았다.

그건 전부 아찔하게 아름다운 기억이라, 마음이 캄캄했다.

***

정신이 내내 다른 곳에 있었다. 거의 다 벗겨진 매니큐어 조각이 보였다. 언니한테 한 번 더 칠해 달라고 할까, 무심코 생각했다가 소스라쳤다. 황금 장미 벽화를 완성한 후 이상한 일들만 즐비했다. 악몽 같은 살인 사건과 그녀들의 방문. 어제의 울음과 위로. 유실되었다 돌아온 금색 스프레이까지. 머리가 어지러웠다.

바네사가 묵던 일주일 간, 메리의 삶은 난생 처음 다채로웠다. 그녀 곁에는 폐건물과 지하도를 전전하며 그림을 그릴 때 느낀 생생함이 있었다. 그런데 만약, 살인이 일어난 바로 그날. 바네사가 현장에 있었다면? 범인과 관련이 있는 사람이라면……?

바네사가 했던 말이 떠올랐다. *죽이고 싶은 사람 있어? 네가 원한다면 난 얼마든지 괴물이 될 거야.* 그건 대체 무슨 뜻이었을까.

관자놀이가 지끈거렸다.

'믿고 싶지는 않지만 만약, 정말로 만약에……. 언니와 리사가 '그' 연쇄살인마라면. 최소한 공범자라면. 이전부터 내 주소를 알고……. 의도적으로 접근했다면?'

메리의 등에 소름이 돋았다.

'그렇지만 왜? 무슨 이득이 있어서? 살인마들 중엔 피해자를 지켜보다 죽이는 취향도 있다던데. 혹시 그런 걸까? 정말로?

언니는 언제부터 날 알았지?

어쩌면 멜리사도……. 언니 때문에 죽은 건 아니었을까…….'

여기까지 생각이 미치자 깨질 듯한 두통이 찾아왔다. 헛구역질이 올라왔다. 메리는 화장실로 달려갔다. 속을 게워냈다. 그러나 아무것도 나오지 않았다. 다리만 부들부들 떨렸다.

'하지만 왜?'

메리는 정강이 사이에 고개를 묻었다. 물때 냄새가 코를 찔렀다.

'언니, 바네사 언니. 당신은 누구지?'

눈물이 뺨을 타고 흘렀다. 서글펐다. 그녀가 누구든, 지금은 잔뜩 원망하고 싶었다. 온갖 끔찍한 가설들이 머리를 채우는데도…… 바네사, 그녀는 메리의 머릿속에서 끊임없이 아름다웠기 때문에.

'언니, 언니는 왜 날 찾아왔어요.'

달밤 속에서 눈부시던 그녀가 떠올랐다. 밤의 여왕 같은 머리카락, 또렷이 메리를 담던 흑진주 같은 눈. 새빨간 입술이 상냥하게 이름을 불러 줄 때마다 가슴이 어찌나 뛰었던지. 그러나 지금은 모든 매혹들이 저주스러웠다. 자꾸만 이질적인 감각이 살아났다. 우는 자신을 끌어안던 품, 등을 쓸던 손, 다정하게 이마를 짚던 그녀……. 못난 손톱을 보석으로 만들고 가장 외롭던 밤길을 다르게 만들어 준 그녀……. 메리는 양팔로 몸을 감쌌다.

'언니는 괴물일까? 나는…… 그렇게 아름다운 괴물은 본 적이 없어.'

메리는 으스러지는 소리가 날 정도로 이를 악물었다. 그랬다. 메리는 괴물을 잘 안다고 자부했었다. 괴물투성이의 삶, 그건 메리가 살아온 열아홉 해 전부였다. 털북숭이 아빠의 다리가 생각났다. 코뿔소 같은 투박함, 깨진 술병들과 더러운 입술, 거무튀튀한 혓바닥, 굳은살로 뒤덮인 손바닥……. 누런 손톱 아래에는 때가 가득했다. 메리는 눈을 감았다.

그래, 차라리 언니가 괴물이라면…….

언니가 나를 죽인다면.

아름답기라도 할까.

머릿속이 황금색 장미로 가득 찼다. 메리는 숨을 몰아쉬었다. 바네사를 만나고 싶었다. 그녀의 얼굴을 보고, 울든 화를 내든 하고 싶었다. 진실은 중요치 않았다. 본모습을 드러내라고 소리치고 싶었다. 그게 무엇이든…… 지금보단 나았다. 메리는 눈물을 닦고 일어섰다.

카운터 앞에 돌아오자 아빠의 뒷모습이 보였다. 메리는 제자리에 멈췄다. 그는 메리를 눈치 챘지만 시선만 주고 통화에 열중했다. 너덜거리는 바지 사이로 손을 넣어 사타구니를 긁었다. 그는 실실대며 수화기 너머로 농을 던졌다. 메리에게는 그 내용이 똑똑히 들렸다.

"남자도 없이……. 지들끼리 애먼 데까지 온 거면…… 뻔하지 뭐……."

그가 낄낄댔다.

"고런 년들은 혼쭐이 나야 해."

메리의 머리카락이 곤두섰다. 저건…… 바네사와 리사에 대한 이야기였다.

"지들이 뭘 어쩌겠어? 보아하니 몸 좀 굴려 본 꼴이라니까."

메리는 직감했다. 해가 지면, 진짜 괴물들이 찾아올 것이다.

메리는 그대로 몸을 돌려 바깥을 향해 뛰었다.

***

"메리."

집에는 검은 타이즈와 가죽 재킷을 입은 바네사가 있었다. 그녀는 꽃 모양 크리스털 귀걸이를 하던 참이었다. 메리를 발견한 그녀의 얼굴에 화색이 돌았다.

"아까…… 리사에게 들었어. 그 아이 말은 신경 쓰지 마……."

"나가요!"

메리는 버럭 소리 질렀다. 바네사의 얼굴이 창백해졌다. 메리는 붉어진 눈시울로 밖을 가리켰다.

"떠나요, 지금 당장!"

"메리……. 왜 그래, 마음 많이 상했어? 리사의 얘기는……."

"듣기 싫어요, 가요. 어서 가 버려요. 내 눈앞에서 지금 당장 꺼지라구요!"

소동을 눈치 챈 리사가 방에서 나왔다. 그녀는 입술을 삐죽이며 벽에 기댔다. 예상한 일이라는 듯 둘을 관찰했다. 반면 바네사는 당황한 얼굴로 메리의 어깨를 잡았다.

"메리, 난……."

"싫어! 저리 가요! 가 버리라고!"

메리는 그녀의 손을 뿌리쳤다. 바네사는 화가 난 표정을 지었다. 그러나 메리는 개의치 않았다. 그녀를 지나쳐 바네사의 방으로 들어갔다. 침대 위와 화장대에 흩어진 그녀들의 물건을 가방에 마구

쓸어 담았다.

"무슨 짓이야, 메리."

뒤를 따라온 바네사의 목소리에 노기가 어렸다. 그러나 메리도 물러서지 않았다. 미친 듯이 물건을 움켜쥐고 치웠다. 불그스름한 단발이 마구 흐트러졌다. 메리는 가방을 현관에 쿵 소리가 나도록 던졌다.

"꼴도 보기 싫으니까 당장 사라져요!"

날카로운 비명이 퍼졌다. 바네사는 메리에게 눈을 고정시켰다. 미동도 하지 않고 서로를 응시하는 시간이 이어졌다. 리사는 둘을 번갈아 보면서 콧방귀를 뀌었다. 메리는 문을 가리켰다.

"어서요."

"……."

"제발."

바네사는 천천히 다가와 가방을 주웠다. 검은 머리카락이 그녀의 목덜미를 타고 흘렀다. 메리는 바닥만 노려보았다. 눈에 핏발이 설 정도로 이를 악물었다. 망설이던 바네사는 느리게 현관으로 향했다. 그녀가 문손잡이를 돌렸다. 찰칵, 잠금 쇠 소리가 유난히 컸다.

"……메리. 미안해."

현관을 나서기 전, 바네사가 한 말이었다. 메리는 돌아보지 않았다. 응답도 하지 않았다. 바네사는 그녀를 지켜보다가 발걸음을 옮겼다. 언니의 기척이 멀어졌다. 그녀가 메리의 집을 떠난다. 메리를 떠났다……. 또각, 또각……. 선명하던 구두 소리가 멀어졌다. 찰칵, 현관문이 잠겼다.

메리는 제자리에 주저앉았다. 자신은 다시 혼자였다. 메리는 땅에 이마를 박고 엎어져 울었다.

'죽어 버려.'

마음속에서 누군가 속삭였다. *너 같은 건 죽어 버려.*

***

해가 지자 메리는 묵직한 몸을 가까스로 일으켰다.

'움직여. 움직여야만 해. 죽는 것도 움직여야 가능하잖아.'

그녀는 비틀거리며 계단을 올랐다. 자꾸 계단 턱에 종아리를 부딪쳤다.

'또 멍이 들겠네…….'

중심을 잃은 몸이 벽에 부딪혔다. 살갗이 쓸려서 따가웠다. 발을 옮길 때마다 삐걱거리는 계단 소리가 유난히 음울했다. 이 층 방으로 향하는 길은 끝없는 지옥의 굴레처럼 길었다. 메리는 방문을 열었다.

흰 달이 떠오르는 중이었다. 보름달이었다. 정면에 난 창으로 눈부신 달빛이 한가득 들어왔다. 메리는 비척비척 그쪽으로 다가갔다. 의자를 놓고 맨발로 창틀에 올랐다. 베이지 색 커튼을 부여잡았다. 다리가 후들거렸다. 배관을 타고 자주 오르내리던 높이였으나, 지금은 까마득하게 느껴졌다. 눈물이 쏟아졌다.

'자살한 영혼들은 구원받지 못한다던데.'

그러나 이미 메리 자신은 지옥 속에 있었다. 살아 있는 땅에서도 구제받지 못한 사람이 미련을 가질 필요 없었다. 하지만……. 메리는 입술을 깨물었다.

'한 발만 떼자. 한 발만 떼면……. 단 한 걸음만 떼면 돼. 지금까지 더한 꼴도 많이 겪었잖아. 그러니, 제발……. 제발…….'

메리는 스스로를 다그쳤다. 그러나 몸은 꼼짝하지 않았다.

메리의 흐느낌이 짙어졌다. 경직된 몸은 주인의 말을 듣지 않았다. 그녀의 의지를 거부했다.

'떨어지면, 끝나. 뛰어내리면 끝난다고. 제발, 제발 이제 그만하자…….'

메리는 전신이 하얘질 정도로 울었다. 그래도 발은 요지부동이었다. 절망스러웠다. 결국 자신은 삶을 이기지 못했다. 커튼을 쥔 손톱이 들려 피가 났다.

메리는…… 무서웠다…….

죽고 싶지 않았다.

그때, 방문이 벌컥 열렸다.

"다른 년들은 어딜 가고 볼품없는 머저리만 남았어?"

메리는 소스라치며 뒤를 보았다. 아빠가 있었다. 그는 말할 것이다. *내 딸인데 뭐 어때?* 그 뒤로 다른 남자들이 보였다. 하나, 둘, 셋, 넷, 다섯……. 상습범들. 메리는 읊조렸다. 짐승보다 더한 괴물들. 그들은 창틀에 선 메리를 보고서도 무반응이었다. 아빠가 살찐 배를 끌며 다가왔다. 메리의 뒤로 커다란 달이 환하게 빛났다.

"오지 마! 짐승 새끼들……."

메리가 외쳤지만 그들은 서로 눈짓을 교환하며 웃을 뿐이었다. 아빠가 손을 뻗었다. 메리는 밖으로 몸을 기울였다. 훌쩍 발을 뗐다. 쿵. 바닥과 부딪히는 소리가 났다. 정수리와 척추에 진한 통증이 찾아왔다. 메리는 비통함에 얼굴을 감쌌다. 아빠가 자신의 머리채를 잡고 방으로 끌어내렸다. 그녀는 집으로 돌아왔다.

'바보, 멍청이, 머저리 같은 메리.'

메리는 그의 손아귀에서 빠져나가기 위해 몸부림쳤다. 하지만 소용이 없었다. 그들의 억센 팔이 메리를 끌고 계단을 내려갔다. 상스러운 농담과 낄낄대는 소리만 들렸다. 메리는 소리를 질렀다. 누구도 신경 쓰지 않았다. 메리는 생각했다.

'조금만 더 빨리 뛸 걸, 그랬어야지. 이건 다 네 탓이야, 메리, 바보 멍청이 같은 메리 제인……. 끔찍하고 멍청한 메리 제인……'

아빠는 그녀를 소파에 던지고 몸으로 눌렀다. 메리는 팔다리를 뒤틀며 발악했다. 남자들이 그녀의 입을 틀어막았다. 비명을 지를 수가 없었다. 허벅지가 아프도록 눌렸다. 바지가 벗겨졌다. 메리는 양팔을 마구 휘둘렀다. 누군가의 뺨을 치고, 쿠션을 떨어트렸다. 그 바람에 아래에 숨겼던 물감 통이 굴렀다. 덜그럭……. 하지만 그걸 신경 쓰는 사람은 없었다. 오직 벌겋게 취한 징그러운 얼굴들뿐이었다. 냄새나는 혀가 뺨을 핥자, 메리는 그의 손을 깨물었다. 메리는 절규했다.

언니, 도와줘.

쨍그랑. 갑자기 유리가 부서지는 요란한 소리가 났다. 집 안의 창문들이 동시에 열렸다. 차디찬 돌풍이 불더니, 쿵. 육중한 물체가 떨어졌다. 또각, 또각. 단정한 구두소리가 들렸다. 매캐한 연기 냄새가 났다. 짙은 비린내가 풍겼다. 소리가 들려온 쪽을 본 남자 몇이 공포에 떨었다. 아빠가 손을 멈췄다. 메리는 그를 밀고 상체를 일으켰다. 부은 눈으로 주변을 확인했다. 통증으로 눈꺼풀이 잘 떠지지 않았다. 눈물 때문에 시야가 뿌옜다. 하지만 달빛을 받아 환히 빛나는 금발과 그녀의 손에 들린 담배, 그 옆의 검고 긴 생머리와 흰 얼굴, 선연한 붉은 입술은 똑똑히 보였다. 리사, 그리고…… 바네사.

'바네사 언니……!'

그녀가 앞으로 걸어나왔다. 바네사는 표범같이 우아한 자태로 바닥에 떨군 무언가를 집었다. 비린내가 더 짙어졌다. 메리는 사력을 다해 눈을 껌벅거렸다. 고인 눈물을 흘려보내자 시야가 또렷해졌다. 바네사가 든 물체가 보였다. 메리의 금색 스프레이와…….

홉킨스 아저씨의 머리통.

메리는 헐떡였다. 아빠의 오랜 친구이자 가장 괴팍한 인물 중 하나였던 홉킨스 아저씨. 그의 몸통은 머리와 분리되어 탁자 옆에 쓰러져 있었다. 리사가 그녀로부터 잘린 목과 스프레이를 받아 들었다. 리사는 홉킨스의 머리를 농구공이라도 되는 양 던지고 받기 시작했다. 그녀는 사악한 마녀처럼 낄낄댔다. 그때마다 피가 쏟아져 리사의 손목과 바닥이 흥건하게 젖었다.

패닉에 빠진 남자들이 소리 지르며 그녀에게 달려들었다. 바네사가 그들을 붙들어 땅에 처박았다. 그녀는 맨손으로 그들의 목을 잡은 채 허공으로 휘둘렀다. 우두둑, 뼈가 부러지는 소리가 났다. 그녀는 무심한 표정으로 늘어진 몸뚱이를 내던졌다. 믿기 어려운 광경이었다. 사태를 파악한 다른 이들이 뒷걸음질쳤다. 주저앉아 오줌을 지리는 사람도 있었다.

"괴, 괴, 괴물이야……!"

바네사는 목이 부러진 시체를 뒷굽으로 짓밟았다. 그녀가 움직일 때마다 황금색 귀걸이가 반짝였다.

"메리, 우린 괴물이 맞아. 네가 원하면…… 얼마든지 그렇게 될 거랬지."

바네사는 천천히 메리에게 다가왔다. 메리는 숨을 멈췄다. 달빛을 받으며, 성령의 현신처럼…… 걷는 바네사가 황홀했다. 메리를 짓누르던 아빠가 기겁하며 바네사에게 술병을 던졌다. 그러나 그건 바네사에게 닿기도 전에 깨졌다. 그녀는 순식간에 아빠의 팔을 뒤로 꺾고 내리찍었다.

"아악!"

그가 비명을 질렀다. 그의 코가 부러지더니 피가 터졌다. 메리는 떨면서 몸을 웅크렸다. 바네사는 넘어진 아빠의 몸 위에 여유로운 태도로 걸터앉았다.

"늙은 것들은 곯아서 맛대가리가 없다니깐."

리사가 뒤에서 새침하게 말했다. 그녀는 홉킨스의 머리를 그릇처럼 들고 흐르는 피를 죽 들이켰다. 다 마신 후엔 찌꺼기를 아무렇게나 바닥에 버렸다. 오렌지 색 입술 사이로 날카로운 이빨이 보였다. 그녀는 쇼핑 목록을 정하듯 기다란 손가락으로 남은 사람들을 세었다. 한 명의 코앞에서 손톱이 멈추었다. 지목당한 상대의 눈이 흔들렸다. 저항할 새도 없이, 리사가 그에게 손을 휘둘렀다. 고양이가 할퀴는 모양새로, 쿵.

남자의 목은 깔끔한 단면을 남긴 채 떨어졌다. 음료수 뚜껑이라도 딴 것 같은 경쾌한 소리가 났다. 하지만 바닥을 구르는 건 분명히 '머리'였다. 리사의 손목을 타고 핏물이 떨어졌다.

"두 명 남았네."

리사가 말하자 나머지가 경악했다. 그들은 혼비백산하여 도망치기 시작했다.

"귀찮아라."

리사는 고개를 꺾으며 입 꼬리를 올렸다. 다음 광경들은 단 몇 초 만에 펼쳐졌다. 그녀는 인간이라 할 수 없는 움직임으로, 한 마리 재규어처럼 등을 굽혀 펄쩍 뛰었다. 남자의 등에 붙어 사정없이 목덜미를 뜯었다. 그들이 비명을 질렀다. 리사는 송곳니로 끊임없이 살점을 씹었다. 짓이겨진 혈관과 척수가 드러났다.

리사는 그들의 머리채를 잡아 휘둘렀다. 레고 블록처럼 드드득 소리를 내며 목이 뽑혔다. 분해된 몸통은 썩은 나무처럼 무너졌다. 시체들은 발기한 채 죽었다. 사타구니 사이가 튀어나온 꼴이 희한했다. 리사는 머리통을 들어 게걸스레 먹어 치웠다. 새빨간 구두 뒷굽으로 우뚝 선 살덩어리를 너트렸다.

바네사에게 깔렸던 아빠가 신음했다. 메리는 눈앞의 광경이 꿈인지 현실인지 구분할 수가 없었다. 그때 바네사가 금빛 손톱을 내밀었다. 그녀는 메리의 뺨을 쓰다듬었다. 그녀의 접촉은 생생했다. 그녀의 동작이 메리에게 현실을 알렸다. 이건 전부 사실이었다.

거부할 수 없는 현재였다. 달빛을 반사해 황금처럼 빛나는 바네사의 아름다움만이 비현실적이었다.

"메리…… 나와 함께 가자."

그녀는 품속에서 두꺼운 사슬을 꺼냈다. 그걸 메리의 손에 쥐어주었다. 메리는 눈물이 터졌다. 피멍 든 자신의 손톱이 보였다. 메리는 눈물을 멈추지 못하면서 물었다.

"거절하면…… 날 죽일 건가요?"

"아니, 그렇지 않아."

바네사가 메리의 눈물을 닦아주었다. 메리는 그녀를 바라보았다. 바네사는 이국의 여신처럼 찬란했다. 그녀는 메리의 어깨를 둥글게 쓰다듬었다. 부드러운 음성으로 권했다.

"다만…… 넌…… 선택할 수 있어."

메리는 사슬을 내려다보았다. 아빠가 구더기처럼 꿈틀댔다. 바네사는 꿈쩍하지 않았다. 그녀의 발 아래에 아빠의 몸통이 있다. 펄떡이지만 저항할 수 없는 살집 가득한 몸이. 바네사는 금색 손톱으로 그의 뒷머리를 누른 채 메리를 기다렸다. 메리는 아빠와, 바네사와, 리사를 번갈아 보았다.

"언니는 날…… 어떻게 찾았어요?"

바네사는 눈을 가늘게 뜨더니 웃었다. 풍성한 속눈썹이 공작새의 깃처럼 흩날렸다.

"황금색 장미가 인도했지."

메리는 옷을 추슬렀다. 허벅지 안쪽의 오랜 화상 자국이 보였다. 매를 맞은 흔적들도 보였다. 그녀는 생각했다.

언니, 여긴 공범자들이 가득한.

수많은 타살들의 나라니까…….

나 하나쯤 더 괴물이 된다고, 뭐가 달라지겠어요. 그렇죠……?

메리는 홀린 듯이 일어났다. 그녀는 의식을 치르는 숭배자처럼 사슬을 치켜들었다. 아빠의 목과 손을 결박했다.

바네사는 메리의 머리를 쓰다듬었다. 아빠가 몸을 굴리며 악을 썼다.

"괴물 새끼, 이 괴물들……! 살려줘, 사람 살려……!"

바네사는 메리의 손을 잡았다. 그녀는 메리를 자신의 품으로 끌어당겼다. 메리는 그녀를 거부하지 않았다. 둘의 얼굴이 급격히 가까워졌다. 바네사는 메리의 뺨을 감싸고 귓볼에 입을 맞추었다.

리사가 배를 두드리며 다가왔다. 그녀는 스프레이 통을 내밀었다. 아빠가 소리치자 리사는 구둣발로 그의 입을 틀어막았다. 주머니에서 꺼낸 라이터를 바네사와 메리의 앞에 장난스럽게 흔들었다.

"미디움 아니면 웰던?(Medium or Well-done?)"

바네사가 어깨를 으쓱했다. 리사는 이를 드러내고 웃었다. 직전의 식인 행위를 증명하듯 그녀의 턱을 타고 핏줄기가 떨어졌다. 메리는 바네사의 가슴에 얼굴을 묻었다. 바네사가 그녀를 껴안았다. 리사는 불을 켰다. 스프레이를 사용하자 물감이 뿜어졌다. 양손을 겹치니 화려한 금색의 화염이 분사되었다.

새카만 고깃덩이가 요동쳤다. 그건 돼지처럼 꽥꽥댔다.

2부

미안해, 멜리사.

***

바네사, 메리, 리사를 태운 자동차는 한 교회 앞에 멈췄다. 리사는 능력을 숨길 생각도 없는지 지붕 위에 매달려 있다. 트렁크에는 마늘 한 포대가 있었다. 리사는 구취 제거에 좋다며 그걸 한 주먹 입에 털어 넣었다. 우적우적 씹어 길바닥에 뱉었다. 헨젤과 그레텔의 빵조각처럼 잔해들이 굴렀다. 메리는 바네사의 옆좌석에 앉았다. 둘은 말없이 길을 달렸다.

교회 문을 열자 벽면을 채운 스테인드글라스가 보였다. 성모 마리아와 가브리엘 천사의 수태고지 장면이 묘사되어 있었다. 연단 가운데에는 거대한 십자가가 있었다. 리사는 날렵한 움직임으로 단을 올랐다. 여기저기를 들추면서 코를 킁킁댔다.

"냄새가 나는데. 사냥감 냄새."

그녀는 발을 울리며 이 층으로 사라졌다. 세 명의 목사를 끌고 내려왔다. 야닌 밤중에 습격당한 그들은 어리둥절한 얼굴이었다. 리사는 커튼을 찢더니 그들의 양손을 결박했다. 그녀가 '사냥감'들의 입을 천으로 틀어막는 동안 바네사와 메리는 자리를 찾아 앉았다. 리사는 그들을 희롱하기 시작했다. 팔로 목을 감거나, 근육과 신체 부위들을 주물렀다.

둘은 나이 든 남자였고, 한 명은 젊었다. 리사는 첫 번째 목사의 이마를 핥았다. 그의 손을 풀더니 깍지를 끼웠다. 그녀의 검고 윤기 나는 피부 위, 오렌지 입술 아래 송곳니가 반짝였다. 리사가 속삭였다.

"오늘 이 손으로 죄를 지은 적 있어?"

대답을 듣기도 전에 그녀는 상대의 손목을 꺾었다. 우두둑 하는 소리가 났다. 상대는 눈을 까뒤집고 게거품을 물더니 기절했다. 다른 이들이 파랗게 질렸다. 리사는 부러져 직각으로 너덜거리는 손목에 입술을 댔다. 동맥에 이를 박자 피가 솟구쳤다. 리사는 뚫린 살 위를 점령한 액체들을 먹어 치웠다. 남자의 팔이 회색으로 변했다. 리사는 남은 걸 구석으로 차 버렸다. 두 번째로 나이 든 남자에게 다가갔다. 리사의 입가는 혈흔으로 지저분했다. 그녀는 개의치 않고 웃었다.

"여자아이를 추행하고 거짓을 말한 적 있어? 아내를 때리고 사역이라 말한 적은?"

남자는 겁에 질려 고개를 저었다. 리사는 손가락을 쭉쭉 빨며 다음 질문들을 했다.

"방조한 적은? 폭행당하는 여인에게 순종하라 한 적은? 비명이 없는 척 하거나 그녀를 물건으로 여긴 적은? 지옥을 강요한 적은? 너의 편의를 위해 그녀를 탓한 적은? '인격'이란 말을 잊은 적은?"

리사는 답을 기다리지 않았다.

"뭐…… 이제 와서 아무렴 어때."

대번에 그에게 달려든 리사는 목의 살점을 씹고 짓이겼다. 외마디 비명을 지르는 머리가 점점 몸통에서 뜯겼다. 너덜대는 얼굴과 몸 사이로 리사는 깊이 얼굴을 묻었다. 구취제를 더 가져올걸, 리사는 게걸스레 남자를 흡입했다. 그녀의 이마와 눈꺼풀, 코와 뺨, 턱이 피로 엉망이었다. 그녀는 남은 혈관과 근육의 신경까지 이빨로 찢었다.

"식사 끝. 디저트를 먹어 볼까?"

리사는 입술을 닦으며 얼굴을 들었다. 피범벅이 된 얼굴로 마지막 남자를 찾았다. 그가 울면서 뒤로 기었다. 하지만 리사의 손아귀를 빠져나갈 수 없었다. 그의 다리 사이가 둥글게 젖었다. 리사는 그의 턱을 쥐면서 말했다.

"너는 순결한 냄새가 나긴 하는데……. 진짜 깨끗한 거 맞아?"

젊은 남자는 뒹굴면서 비명을 질렀다. 그러나 듣는 사람은 아무도 없었다. 리사가 남자의 머리채를 쥐었다. 그의 목덜미에 핏줄이 벌겋게 섰다. 피부 위로 혈관의 모양이 드러났다. 리사는 그의 귀를 핥았다. 웃옷을 벗겨 드러난 가슴에 먹잇감이 된 이들의 피로 낙서를 했다. 그녀가 획을 그을 때마다 남자가 몸을 경련했다.

"난 신상품이 좋아."

리사는 그의 배꼽에 입을 묻었다. 키득거리며 갈비뼈 아래를 긁어 상처를 냈다. 마구잡이로 손장난을 이었다.

"먹을까, 말까? 기다렸다 먹을까? 아니면 바로 맛볼까?"

리사가 흥얼댔다.

바네사와 메리는 한동안 서로 마주보았다. 먼저 침묵을 깬 건 바네사였다.

"내가 누군지 알고 싶다면…… 넌 네 이름을 버려야 해. '그'가 네게 준 이름을."

메리는 아랫입술을 물었다. 집을 떠날 때, 더 이상 자신을 사랑해 줄 사람은 없다고 생각했다. 몇 초 안 가 웃음이 났다.

'왜 하필 그런 착각을 했지? 시커먼 재가 된 아빠. 운전석의 언니. 나는 왜 오직 나를 박해한 그에게, 죽음까지 걸고 희망을 찾았을까. 그의 존재밖에 몰랐을까. 다른 길을 왜 전에는 몰랐을까.'

메리는 서글펐다.

한편으론 뺨을 스치는 바람이 상쾌했다. 죄책감을 느낄 만큼 후련했다. 눈부시게 아름다운 바네사와, 어마어마한 힘을 과시하는 리사 때문이었다. 메리는 알고 싶었다. 눈 앞의 '다른 길'들에 대하여. 그녀들을 알고, 질문하고, 그녀들의 세계를 만나고 싶었다. 메리는 고개를 끄덕였다. 바네사는 그녀의 뺨을 쓰다듬었다.

"네게 모든 걸 말하려면 새로운 이름이 필요하단다."

메리는 황금 장미 벽화에 새기려던 태그네임을 떠올렸다. **멜리니.** 인상파 화가 피에르 보나르의 연인 마르트 드 멜리니에게서 착안한 이름이었다. 그녀는 처음부터 거짓 속에 산 여성이었다. 피에르와의 삼십 년 동안 본명인 마리아 부르탱을 숨겼다. 시간이 오래 지난 후 그녀의 진짜 이름이 알려졌다. 메리는 TV에서 그녀의 다큐멘터리를 보았다. 그녀는 사람들과 거의 관계를 맺지 않았다. 오직 피에르의 그림 속에서만 극렬한 황금색으로 남았다. 그녀는 결벽적으로 목욕을 했다. 작품 속에서도 끊임없이 몸을 씻었다. 대부분의 삶을 유령처럼 물에 떠 있었다.

메리는 궁금했다. 그녀는 무엇을 그리도 씻어내고 싶었을까. 욕조 바깥의 그녀를 그린 작품은 극소수였다. 그중 정원 탁자에 앉아 정면을 응시하는 초상화가 있었다. 멜리니는 고양이 같은 눈동자와 낙엽색 단발을 가졌다. 붉은 빛을 띄운 부스스한 금색 곱슬머리를 본 순간, 메리는 그녀를 자신의 거울이라 상상했다. 또는, 어쩌면…… 그녀가 제 어머니는 아닐까 싶었다.

그녀는 왜 어떤 글도, 그림도, 목소리도 남기지 않았을까. 오로지 남편의 작업 속에서만 무기질 같은 모습으로 기록되었을까. 어떤 말도 하지 않았을까. 스스로를 가둔 끝없는 자폐, 무한한 적막을 넘을 수 없었을까. 타인의 시선 속에서 황금으로만 부서져야 했을까. 화가가 표현한 그녀의 방과 욕실 벽, 바닥에도 금빛이 자욱했다. 황금 장미를 그리고자 결심한 날, 메리는 그녀의 이름을 사용하고 싶었다. 침묵하지 않는 황금 장미로 그녀를 피우고 싶었다. 메리는 결심했다.

'그녀의 이름이 되자.'

더욱이……. **멜리니**는 **멜리사**와도 어감이 비슷했다. 그게 메리의 마음을 동하게 했다.

"멜리니. 멜리니라고 할게요."

바네사의 눈빛이 비 오는 날의 호수처럼 흔들렸다. 그녀가 메리의 얼굴을 양손으로 감쌌다.

"좋아……. 멜리니. 어서 와. 나의 세계에. 지금부터…… 우리 고백의 키스를 하자."

그녀는 메리에게 깊이 입을 맞추었다. 메리의 머릿속에 파노라마처럼 영상들이 밀려왔다.

***

법복과 양복, 가운과 사제복을 입은 남자들이 가득했다. 그들은 검은 연단 위를 빼곡하게 채웠다. 남자들이 커다란 망치를 두드리며 소리쳤다.

"교회에 가지 않는 자는 마녀다. 그러나 열심히 다니는 자도 마녀일지 모른다."

그들이 망치를 내리칠 때마다 새빨간 피가 흘렀다. 그 아래로 금화가 수두룩하게 쌓였다.

풍경은 한적한 마을로 바뀌었다. 사람들은 전통 복식을 입었다. 머리에 천을 둘러 쓴 바네사가 보였다. 지금과 똑같은 얼굴이었다. 그녀는 약초풀이 든 바구니를 안고 길을 걸었다. 광장 한가운데에 거대한 십자가가 서 있었다. 둥치에는 짚더미가 일 미터쯤 깔렸다. 기둥 곳곳엔 그을음이 덕지덕지 묻었다. 구석에서 한 줄기 푸른 연기가 올라왔다. 점심에 마녀 화형식이 있으리라는 예고였다. 바네사는 십자가를 쳐다보았다. 어깨를 움츠리며 고개를 돌렸다. 그녀의 발걸음이 빨라졌다.

바네사의 집은 동네에서 큰 축에 속했다. 회갈색 벽돌과 붉은 지붕, 푸른 페인트가 발린 창문 안으로 책이 빼곡한 서재가 보였다. 바네사는 약초들을 벽난로에 말렸다. 앞치마와 머릿수건을 벗어 걸었다. 곱고 긴 머리를 한쪽으로 땋아 묶은 뒤, 서재로 갔다. 무엇을 읽을지 고민하다 금색 표지의 책을 선택했다. 그녀는 언제나 창가 옆 테이블에서 독서를 했다. 그곳엔 빈 꽃병과 물망초를 수놓은 덮개가 있었다. 바네사는 책장을 펼친 후 덮개를 들추었다. 아직 온기를 간직한 차가 주전자에 담겼다. 바네사는 창문을 활짝 열었다. 그녀의 얼굴이 환해졌다.

"아가씨!"

"그렇게 부르지 말래도. 바네사라고 불러."

"그래도요, 제 은인이신걸요!"

창 밖에는 꽃송이를 한 아름 안은 소녀가 있었다. 어두운 피부와 검은 곱슬머리의 그녀는 주근깨가 가득해 앳되어 보였다. 군데군데 옷을 기운 걸로 보아 형편은 넉넉지 않았다. 하지만 그녀의 새까만 눈동자에는 생기가 반짝였다. 건강미가 넘치는 인상이었다. 그녀는 창 너머로 바네사에게 꽃을 내밀었다.

"멜리사, 아버지 몸은 좀 괜찮아?"

"네, 아가씨 덕분에요."

바네사는 꽃송이 사이에서 유난히 붉은 장미를 골라 화병에 꽂았다. 나머지는 창틀에 가지런히 말렸다. 바네사가 들어오라는 손짓을 하자 멜리사는 해맑은 미소로 신발의 흙을 털었다. 그동안 바네사는 다과를 준비했다. 멜리사는 일부러 우스꽝스러운 걸음으로 문을 통과했다. 바네사는 웃음을 터트렸다.

"약재를 달일 때까지는 시간이 걸려. 그동안 과자라도 들어."

"오늘은 도울 일 없을까요? 청소든 빨래든 다 할 수 있어요."

"그런 건 괜찮대도. 말상대나 해 줘. 마침…… 커피 열매를 구했어. 금방 끓일테니 같이 마시자."

"커피라면 이교도의 음료 아니에요……?"

"얘는, 교황님이 세례를 내려 사탄을 쫓은 게 언제인데. 걱정 마. 큰 도시에서는 누구나 다 마신대."

바네사는 멜리사의 손을 끌었다. 멜리사는 일거리를 찾았다. 테이블에 놓인 과자를 먹으면서도 부지런히 움직이고 싶어 안달이었다. 재력가의 딸인 바네사는 일찍이 결혼하여 출가외인이 되었다. 하지만 남편과 이른 사별을 했다. 물려받은 재산 덕에 생활이 곤궁하지는 않았다. 본래 굉장한 독서가였던 그녀는 약초학에도 해박했다. 종종 지식을 활용하여 주민들을 돕는 걸 소일거리로 여겼다. 그러다 멜리사와 연이 닿았다. 그녀는 중병에 걸린 아버지를 위해 백방으로 약을 찾던 중이었다. 바네사는 선뜻 그녀에게 약을 조제해 주었다. 멜리사의 아버지는 바깥을 돌아다닐 정도로 쾌차했다.

그 후 멜리사는 주기적으로 바네사를 찾았다. 가난한 농사꾼의 딸이 약재 값을 지불하기는 벅차, 대신 집안일을 거들겠다고 자청했다. 바네사는 이익을 바란 게 아니라며 사양했다. 그러자 멜리사는 틈 날 때마다 수확한 작물들을 가져오기 시작했다. 아무리 말려도 정원을 손질하거나 청소를 하고 갔다. 천성이 노동에 익숙한 탓인지, 잠깐의 티타임도 맘 놓고 쉬질 않았다. 쉴 새 없이 일을 찾는 그녀에게 바네사는 혀를 내둘렀다.

"정 그러면 도움을 청하고 싶은 게 있어."

멜리사의 표정이 금세 밝아지자 바네사가 웃음을 터트렸다. 그녀는 커피의 마지막 한 방울을 들이킨 후 주변을 정리했다. 살며시 멜리사의 팔을 끌었다. 둘은 서재에 마련된 작은 방으로 들어갔다. 채광 좋은 창이 벽 가운데에 있는 공간이었다. 푸른 식물들이 가득 찬 정원이 바로 보였다. 청록과 자주를 뒤섞은 커튼이 드리워졌다. 방에는 커다란 캔버스와 물감이 있었다. 멜리사의 눈이 휘둥그렇게 떠졌다. 바네사는 그녀의 손을 붙잡았다.

"멋진 그림을 집에 걸고 싶어. 도와줄 수 있지?"

"바네사 아가씨. 제가, 제가 감히 어떻게……."

"저번에 네가 바위 위에 그리는 걸 봤어. 솜씨가 굉장하던걸."

멜리사는 뺨을 붉혔다. 하지만 선뜻 붓을 잡지 못했다. 그녀는 캔버스 앞에서 한참을 망설였다. 바네사가 먼저 나섰다. 그녀가 붓을 움직이자 구불거리는 기이한 모양이 탄생했다. 우아한 아가씨가 그린 괴물 형상에 멜리사가 폭소했다. 바네사도 그녀를 마주보고 웃었다.

"봐, 나는 무리야. 그러니 네가 도와줘야 해. 멜리사. 매일 두세 시간씩……. 얼마든지 와서 작업해도 좋아. 비용은 꼭 지불할게."

하루하루 먹고 살기 바쁜 이들에게 그림이란 사치였다. 멜리사는 파종을 마친 땅이나 돌 위에 끄적이는 걸로 만족했었다. 하지만 눈앞의 새하얀 캔버스는……. 눈 덮인 겨울 풍경보다도 눈부셨다. 멜리사는 온몸으로 기쁨을 표했다. 바네사가 그녀에게 붓을 건넸다. 멜리사는 물감을 찍어 캔버스를 채웠다. 흙과 먼지가 섞이지 않은, 부드러운 면이 느껴졌다. 멜리사가 눈물을 글썽였다.

그 후로 멜리사는 매일같이 바네사의 집을 방문했다. 새하얀 화폭에 하나둘 색이 칠해졌다. 멜리사는 주로 정원의 꽃들을 그렸다. 농사가 익숙한 그녀는 자연을 관찰하는 능력이 뛰어났다. 간간히 꽃에 파묻힌 여인의 초상화를 그렸다. 언제나 바네사가 모델이었다.

멜리사가 그림을 그리는 동안 바네사는 곁에서 책을 읽거나 물감을 만들었다. 흙이나 풀, 꽃잎, 나무뿌리를 빻고 태워 오일이나 날계란과 섞었다. 그러면 다채로운 색이 나왔다. 바네사에게도, 멜리사에게도 특별한 시간이었다. 멜리사에게 필요한 물감이 있다면 바네사는 보석이라도 선뜻 내놓았다. 원석을 분쇄하면 유일무이한 색을 얻을 수 있었다. 바네사는 멜리사가 붓으로 물감을 찍을 때 짓는 황홀한 표정이 좋았다. 그걸 위해서라면 고가품이라도 얼마든지 지불할 수 있었다.

가끔 멜리사가 바네사에게 그림을 가르쳤다. 붓을 사이에 두고 손과 손을 겹쳤다. 두 여인의 팔은 동일한 리듬으로 움직였다. 그때마다 상대의 호흡이 느껴졌다. 작업을 마치면 멜리사가 차를 끓였다. 바네사는 선반에서 과자를 내렸다. 바네사는 조각을 녹여 먹는 편이었고, 멜리사는 빠른 속도로 삼켰다. 종종 멜리사는 부스러기를 입가에 묻혔다. 바네사가 본인보다도 먼저 그걸 손으로 훑었다. 손과 입술이 자주 스쳤다. 가루를 문질러 닦는 손가락은 입술 끝에 오래 머무르길 좋아했다. 시선을 주고받은 자리에 미소가 증거로 남았다.

"아가씨, 아가씨는 좋은 분이세요. 이런 마을에 계시기는 아까울 만큼요."

"……나는 네 곁에 있는 게 좋아."

바네사의 말에 멜리사는 수줍었다. 고개를 숙이고 어쩔 줄 모르다가 잇몸이 다 보이도록 웃었다.

"머리를 빗겨 드려도 되나요?"

화장대 앞에 바네사가 앉았다. 드레스를 가지런히 정리하면 멜리사가 다가왔다. 멜리사는 굳은살이 박인 손으로 바네사의 검은 머리카락을 만졌다. 큰 빗으로 머리를 쓸고, 작은 빗으로 세세하게 정리했다. 가지런히 땋아 늘어뜨린 머리에 금실과 보석으로 치장한 그물망과 꽃 모양 장신구를 달았다. 진주가 달린 황금색 장미가 윤기 나는 검은 머리와 흰 목덜미 사이에서 대조를 이루었다. 향수까지 뿌리면 바네사는 신이 만든 완벽한 피조물 같았다.

멜리사의 얼굴은 매번 상기되었다. 그녀에게 머리를 맡기는 동안 바네사는 내내 거울 속의 멜리사를 바라보았다. 손질이 끝나면 멜리사가 기쁨에 차 고개를 들었다. 그러면 둘의 눈이 번번이 거울을 통해 마주쳤다.

봄 햇살 같이 영롱한 시선의 교환 끝에, 멜리사는 고개를 숙였다. 바네사의 백옥 같은 목덜미에 입을 맞추었다.

***

울음이 밀려오는 바람에 메리, 아니 멜리니는 바네사에게서 입술을 떼었다. 갈비뼈 위가 욱신댔다. 바네사는 장미 같은 입술로 자신에게 말했다. *괜찮아?* 그녀는 걱정스럽게 멜리니의 머리카락을 쓸었다. 멜리니는 고개를 끄덕였다. 하지만 붉어지는 눈가를 숨길 수가 없었다.

언니의 목덜미에 닿던 멜리사의 키스. 멜리니는 멜리사에게 자신을 대입한다. 하지만 자신은 멜리사가 아니었다. 그녀는 자신과 닮았지만, 멜리니는 절대 멜리사가 될 수 없었다. 그러나 멜리사는 언니를 사랑했고…… 자신도 언니를 사랑한다. 멜리사는 불에 타 죽었고…… 언니는 자신을 찾아왔다. 질투인지 불길한 예감인지 모를, 고통스런 감각이 밀려왔다.

리사는 젊은 남자의 가슴에 피로 십자가를 그렸다. 황금색 안광이 번뜩였다. 남자는 새파랗게 질려 떨었다. 두 개, 세 개, 네 개……. 젊은 목사의 가슴이 붉은 십자가로 뒤덮였다.

"역병 같아. 있지, 삼십 년쯤 전에, 나와 출신이 같은 노동자들의 금광이 있었어. 금을 노리는 곳엔 성매매도 판을 쳤거든……. 저주처럼 에이즈가 창궐했지. 당신, 지금 그 병균 같아. 스스로 얼마나 깨끗하다고 생각해?"

리사는 중얼거리며 손을 계속 놀렸다. 거대한 십자가가 그녀를 굽어보았다.

"성이 차질 않아, 성이 차질 않아……."

리사는 음산하게 말했다.

"사람들이 죽어 나가는데, 권력이 있는 자들은 다른 말만 하더라. 결국 시체들이 수두룩했지. 아이고. 소수가 금을 얻는데, 인류는 병을 얻었더라! 이게 너와 나의 역사야. 알아?"

리사가 시시덕거렸다. 가끔 눈을 돌려 바네사와 멜리니를 확인했다. 아직 의식이 끝나지 않은 걸 본 후 남자를 만졌다. 핏빛 애무가 이어졌다.

"……멜리니."

바네사가 그녀를 불렀다. 멜리니는 고개를 들었다. 바네사의 눈에 제 얼굴이 비쳤다. 볼품없이 부스스한 단발과 주근깨 가득한 얼굴.

'언니는 이런 나를 사랑할까?'

멜리니는 태어나서 한 번도 누군가를 사랑한 적 없었다. TV에 나오는 연예인조차도.

'그런데 지금 나는 어째서 이 감정을 사랑이라 확신할까?'

키스는 뜨겁고, 울고 싶고, 뱃속이 끓고, 가여운 것이었다.

"언니는 날 살리러 왔어요?"

날 사랑하러 왔어요? 다른 말은 목구멍 안으로 삼켰다. 바네사는 침묵하다가, 고개를 끄덕였다. 멜리니는 꽃송이처럼 붉고 화려한 그녀의 입술을 보았다.

'입맞춤은, 당신의 고통을 감당하고 싶게 만들어요. 울부짖는

안부와 빼저리던 생채기를 보듬고 싶어요…….'

멜리니는 말했다.

"키스해 줘요."

바네사가 다가왔다. 그녀는 멜리니의 입술을 천천히, 부드럽게 물었다.

***

연단에서 사제가 설교를 시작했다. 바네사는 수수한 검은 드레스와 회색 숄을 두르고 미사에 참석했다. 베이지 색 장갑을 벗어 무릎에 포갰다. 최근 마을은 가뭄과 해충에 시달렸다. 사제는 이단자들의 배교적 행위가 신의 분노를 샀으며 악마가 마수를 뻗쳤다고 열변했다. 사제는 땀까지 쏟으며 연설했다.

"악마적 행위의 가장 큰 특징은 남성들에게 일어나는 발기부전입니다. 이들이 마녀나 마법사를 통해 힘을 발휘하면, 특히 성교와 사랑에 부도덕한 영향을 미치지요. 그들은 사람을 미혹하고 무시무시한 죄악에 빠지도록 만듭니다. 악마적 발기부전은 자연적 발기부전과 달라서, 여자 쪽에서만 결혼 생활이 불가능해집니다. 이때에는 부인과 이혼하고 곧바로 다른 여자와 결혼해야 하지요……."

사람들이 웅성댔다. 바네사는 성경에 손을 올리고 경청하는 척만 했다. 머릿속은 온통 멜리사에게 줄 선물로 가득했다. 지난 밤, 금실을 만드는 기술을 발명했다. 풀을 바른 종이를 깔고, 아교로 금박을 붙여 가늘게 자르면 눈부신 금사가 되었다.

바네사의 가슴이 뛰었다. 이걸로 멜리사의 그림을 장식하면 환상적일 터였다. 밤새워 지은 선물을 받으면 그녀가 어떤 표정일지 빨리 보고 싶었다.

연단 위 사제는 손을 휘두르는 중이었다. 시뻘건 얼굴로 양손을 치켜드는 행태를 보니 곧 예배가 끝날 모양이었다.

"우리의 고통은 신이 침묵하시기 때문입니다. 어째서 신이 모든 재앙을 묵인하시는 걸까요? 그건 바로 악마에 홀린 사람들, 배덕한 이교도들이 원인입니다! 악마는 그 자체로는 영향을 미칠 수 없습니다. 하지만, 언제나 호시탐탐 불의를 품은 사람들을 노립니다. 특히 선천적으로 남자보다 탐욕이 많고 육체적 쾌락에 약한 여성들 말입니다! 사랑하는 자매님들, 조심하십시오. 마녀가 되지 않도록! 유혹에 빠지지 마십시오! 우리는 이를 언제나 경계하고, 신의 뜻을 새겨야 합니다! 더하여 그분의 사명을 실현하는 십일조를 빠지지 말고 내십시오! 형제자매 여러분……!"

아멘. 기도가 끝났다. 바네사는 자리에서 일어났다. 저멀리 녹색 나들이옷의 멜리사가 보였다. 바네사는 화색을 띄우며 발걸음을

옮겼다.

“바네사 안젤라, 나를 좀 보시겠소.”

“……무슨 일이시죠, 사제님.”

연단에서 내려온 반쯤 까진 이마의 사제가 그녀를 붙잡았다. 바네사는 짜증을 감추며 돌아섰다. 사제는 이마에 주름이 지고 귀밑머리가 희끗했다. 그는 흐르는 땀을 손수건으로 닦았다. 유난히 코와 귀가 붉은 남자였다.

“오늘 내 연설을 경청하는 걸 보았소. 소감이 듣고 싶은데.”

“아.”

바네사는 장갑을 착용하며 억지로 감탄사를 뱉었다. 또 시작이군. 바네사는 멜리사가 떠나진 않았는지 확인하며 대충 둘러댔다.

“훌륭한 말씀이셨어요. 가슴 깊이 명심하자고 생각했답니다.”

“헌금도 빠뜨리지 않는 건실한 자네이니……. 그럴 거라 생각했네. 크흠. 흠. 자네만큼 현숙한 여인이 어디 있나.”

“송구한 말씀을요. 그럼 이만 귀가하겠습니다.”

“잠깐만!”

남자는 그녀를 황급히 붙잡았다. 바네사의 고운 미간이 찌푸려졌다가, 본래의 우아한 미소로 돌아왔다. 그러나 멜리사가 밖으로 나가는 게 보여 초조했다. 남자의 손을 뿌리치고 싶었지만 애써 참았다. 사제는 헛기침만 하며 시간을 끌었다.

"사제님?"

바네사가 재촉하자 그제야 손을 꼼지락거리며 말했다. 인위적으로 움직이는 얼굴 근육이 보였다.

"물론…… 사별한 지 벌써 몇 년이나 지났지만……. 악마들은 마음이 약해질 때를 노린다지 않나……. 혹시 언제든 도움이 필요하면……."

"염려해 주셔서 감사합니다만, 괜찮습니다. 충분히 잘 지내고 있답니다."

바네사는 입을 가리고 미소 지었다. 속으론 역정이 났다. 멜리사가 시야에서 사라졌다. 흉작으로 일손이 부족해져 벌써 며칠이나 멜리사를 못 봤다. 미사를 핑계로 그녀를 만날 생각이었는데. 선물이라도 전하면 마음이 괜찮으리라 싶었다. 그런데 눈앞의 늙은이 때문에 다 허탕 치게 생겼다.

그는 바네사가 남편상을 당한 후로 그녀에게 유독 관심을 쏟았다. 처음엔 가엾은 신도에 대한 호의인 줄 알았으나, 사제복으로 포장한 색욕 어린 눈동자를 곧 눈치챘다. 그는 마을 사람들 몰래 사람을 시켜 편지를 보내거나 지금처럼 은근히 자신과 단둘이 있을 것을 종용했다. 그가 보낸 봉투를 뜯자마자 바네사는 기함했다. 애욕과 열정의 대상으로 그녀를 묘사한 글이 수두룩했다. 부담스러운 연정을 밝히면서, 이를 비밀로 하자고 했다. 바네사는 그와 연정을 통할 생각이 눈곱만큼도 없는데도 편지는 계속되었다. 다음 장엔 바네사를 뱀과 같은 매혹의 화신으로, 다음엔 고매하고 순결한 성녀로 묘사했다. 어떤 쪽이든 난감하고 불쾌했다. 그 자신의 이중적인 태도에 대해서는 일언반구도 없었다. 바네사는 곧바로 편지를 찢어 태웠다. 답장을 보내지 않았지만 편지는 다섯 통이나 이어졌다. 바네사는 참다못해 대충 휘갈긴 답변을 보냈다.

'사제님의 친절과 애정에는 감사드립니다. 하지만 이상은 원치 않으니 편지는 더 이상 보내지 마세요.'

그는 이후 한동안 잠잠했다. 그러나 몇 주 후, 다시 애욕과 질투로 찬 편지가 날아들었다. 그곳에 묘사된 사제는 비련에 처한 주인공이었고, 바네사는 그를 절망에 빠트린 악녀였다. 결국 바네사는 머리끝까지 화가 나, 직접 마을 사람들에게 그의 추태를 고발하겠다고 따졌다. 사제는 그녀에게 무릎을 꿇고 사죄했다. 바네사는 그에게 다시는 이런 일 없으리라는 다짐을 받고 입을 다물었다. 그녀가 교회를 나가기 전, 그는 마지막이라며 포옹을 청했다. 바네사는 일말의 연민으로 그를 다독였다. 이후 서신은 오지 않았으나, 가끔 이런 식으로 성가시게 구는 때가 있었다. 바네사는 사제가 더 떠들기 전에 먼저 작별인사를 했다.

"화덕에 냄비를 올린 걸 잊었네요, 얼른 가서 살펴보아야 하겠어요. 이만 돌아가겠습니다."

여전히 미소는 유지한 채, 그러나 상대에게 틈은 주지 않고 바네사는 빠르게 몸을 돌렸다. 또각, 또각. 구두소리만 남기고 사제의 앞에서 사라졌다. 사제는 열이 가시지 않은 얼굴로 그녀의 뒷모습을 내내 바라보았다.

"바네사 아가씨!"

"멜리사!"

문을 나서던 바네사는 오른편에서 들린 목소리에 반색했다. 멜리사가 그녀를 기다리고 있었다. 바네사는 한걸음에 달려갔다.

"한참 바쁠 텐데, 일찍 가 쉬지 않고."

"아니에요, 아가씨. 뵙고 싶었어요. 아가씨 방에 어울릴 만한 도안이 생각났거든요."

멜리사는 품속에서 낡은 천 하나를 꺼냈다. 누더기에 목탄으로 그린 스케치가 있었다. 커다란 장미꽃 모양이었다. 바네사는 감탄하며 그녀를 끌어안았다. 멜리사의 뺨이 붉어졌다.

"정말 멋져. 꼭 마음에 들어. 마침 나도 네게 주려던 게 있는데."

바네사는 손가방에서 실타래를 꺼내어 멜리사에게 쥐어 주었다. 멜리사는 눈을 크게 뜨더니, 눈시울을 붉혔다.

"아가씨, 이건……."

"매일 식구들 먹여 살리느라 여의치 않겠지만, 네가 다음 약을 받으러 올 때까지 기다리는 동안 더 만들어 둘게. 옷을 지어도 되고, 팔아서 식비에 보태도 돼. 무엇보다…… 네 그림에 어울릴 것 같아.”

멜리사는 손등으로 눈물을 훔치며 고개를 끄덕였다. 실타래를 받아 소중히 안주머니에 넣었다. 멜리사가 바네사의 양손을 붙잡았다. 체온이 높은 멜리사의 손이 따뜻했다.

“다섯 밤이 지나면 아가씨 집으로 찾아 갈게요. 그때 즈음이면 형편도 나아질 거예요.”

“그래, 언제든지 환영이야. 너라면.”

***

밤이 깊었다. 바네사는 서재에서 책을 골랐다. 각국의 언어로 된 원서들과, 약초학, 자연과학, 시와 소설, 신학 등 다양한 분류의 책이 빼곡했다. 호젓한 밤이 오면 의자에 파묻혀 독서를 하는 게 바네사의 즐거움이었다. 그러나 오늘은 집중이 자주 흩어졌다. 일요일로부터 나흘이 지났다. 내일이면 멜리사가 올 터였다. 사정이 어려우면 불가능하겠지만…… 바네사는 그녀가 보고 싶었다.

바네사는 멜리사가 흙냄새를 풍기며, 눈물범벅인 얼굴로 자신을 찾아왔던 첫날을 기억했다. 멜리사는 채소가 든 바구니를 내밀며 말했었다.

아버지를 살려 주세요…….

멜리사에겐 동생이 아래로 일곱이나 있었다. 어머니는 오랜 무기력증을 앓았다. 밖에서 품을 받거나, 농작물을 파는 일은 아버지의 몫이었다. 멜리사가 어머니를 대신하여 가사와 농사일을 책임졌다. 그러나 아버지가 쓰러지자 입에 풀칠도 어려워졌다. 매일 배를 곯고 우는 동생들을 보다 못해 수소문하던 중 바네사를 만났다. 바네사는 증상에 대해 알아 본 후, 필요한 약재를 달여 주었다. 바네사는 누구에게나 호의를 베푸는 성격은 아니었다. 하지만 처음부터 멜리사를 선뜻 돕게 된 건 특별한 이유가 있었다.

바네사는 떠올렸다. 눈동자. 그녀의 눈동자 때문이었다.

'나는 남편을 사랑했었나?'

바네사는 의문했다. 그랬다, 어떤 의미로는. 둘은 평범하게 사랑했다. 일종의 우정도 사랑이라면 사랑이라 부를 수 있을 것이다. 부모끼리의 연이 닿아 얼굴을 보는 사이였고, 이렇다 할 흠은 없는 사람이었다. 얼굴이 특출나진 않았지만 성품도 무난했다. 그와 바네사는 공공연하게 혼인하리라 여겨졌다. 그들도 별다른 이견은 없었다. 곧 둘은 부부가 되었다. 함께 사는 동안 잠자리는 딱 한 번 있었다. 특별한 쾌락도, 열정도 없던 밤이었다. 몸과 몸의 부대낌, 좋지도 나쁘지도 않은 이물감, 미약한 연대감과 동상이몽을 끼얹어야만 끝이 가능한 시간이었다. 애초에 기대도 없었으나, 허무

한 기분이 찾아왔다. 사람들이 그토록 칭송하는 사랑이란 게, 고작 이런 거라니. 그를 비난하고 싶지는 않았다. 그가 나름대로 최선을 다했다는 걸 안다. 하지만…… 바네사는 삭막함에 시달렸다. 바네사는 그의 아내라는 직함이 지겨웠다. 그는 오직 타성에 의해 사는 사람 같았다. 바네사는 현숙한 부인의 역할을 하려 애썼지만, 시간이 지날수록 영혼이 바랜 것처럼 표정이 사라졌다. 인생이 한없이 길었다. 끝없는 평행선과 같은 공허 속에 침묵만 늘었다. 설명할 수도, 설명되지도 않는 시간들이었다. 남편이 죽은 후, 바네사는 이상한 해방감마저 느꼈다. 죄책감은 잠시였다. 그가 나쁜 사람이 아닌 건 안다. 하지만……. 바네사는 누군가의 아내였던 때보다 과부가 된 지금이 훨씬 편안했다.

그때 멜리사를 만났다. 지저분하고 뭉툭해진 손마디와 때가 탄 얼굴에서 감출 수 없는 고단함이 느껴지던 멜리사. 그럼에도 유리구슬처럼 빛나던 눈동자, 그녀의 눈동자는 다른 사람들과 달랐다. 바네사는 직감했다. 그녀 안에는 화신처럼 다른 존재가 깃든 것 같다. 이런 생각은 불경스러운 걸까? 바네사는 오랜 밤을 스스로에게 물었다. 답은 하나였다. 바네사는 멜리사의 안에서 자신이 본 게 무엇인지 궁금했다.

그녀 아버지의 증상을 알기 위해 멜리사를 초대한 날, 관련된 책을 찾으러 바네사가 서재에 들어갔을 때였다. 몇 권을 골라 응

접실로 돌아온 바네사는 깜짝 놀랐다. 자신이 글을 쓰다 만 양피지 위로 멜리사가 코를 박고 있었다. 바네사는 그녀의 어깨 너머를 훔쳐보았다. 한 장 가득 섬세한 화풍으로 풀과 꽃, 열매, 동물들이 그려져 있었다. 바네사의 등줄기에 전율이 흘렀다. 멜리사는 무언가에 홀린 사람처럼 깃펜을 이리저리 움직였다. 바네사가 온 것도 눈치 채지 못할 만큼 열중했다. 그림을 그릴 때마다 멜리사의 날개 뼈, 어깨, 손등의 힘줄이 도드라졌다. 펜과 직물이 만들어 내는 사각거림은…… 존재의 증명처럼 느껴졌다. 흙투성이 소녀의 손끝에서 흐르는 검은 잉크의 궤적은 바네사가 입 맞추고 싶도록 만들었다. 그녀에게 바치는 숭배의 입맞춤을.

쿵, 쿵, 쿵.

노크 소리가 들렸다. 바네사는 책에서 눈을 떼었다. 바람 소리를 잘못 들었나 싶었는데, 재차 문을 두드리는 소리가 났다. 쿵쿵쿵. 창밖은 이미 어두웠다. 이런 시간에는 찾아올 사람이 없는데. 바네사는 책장을 덮었다. 멜리사에게 생각이 미쳤다. 멜리사는 종종 동생들을 다 먹인 늦은 저녁에야 겨우 집을 빠져나왔다. 세탁물이나 삯바느질 감을 받는다는 명목 하에 바네사와의 시간을 가졌다. 바네사는 기대감에 차 현관으로 나갔다. 멜리사의 이름을 부르며 문을 열었다.

"바네사, 나의 천사, 이 끓는 괴로움을 부디 알아 주오……!"

그러나 바네사는 삼 초 만에 자신의 선택을 극도로 후회했다. 반쯤 헐벗은 머리의 사제, 그가 있었다. 온통 벌건 얼굴의 그는 술 냄새를 풍겼다.

"돌아가세요."

바네사는 단호히 문을 닫았다. 그러나 사제는 허락도 없이 틈 사이로 몸을 집어넣었다. 바네사가 눈을 부릅떴다.

"자꾸 이러시면 사람을 부르겠어요."

"바네사, 이건 내 자유 의지가 아니오. 어쩔 수가 없소! 그대를 향한 사랑의 불길이 밤마다 나를 괴롭히오. 사는 게 사는 것이 아니고, 죽어도 죽는 것이 아닐 테요. 바네사, 바네사. 차라리 나와 함께 열정의 불길에 휩싸여 타 버리자고 요청하러 왔소!"

바네사의 얼굴이 구겨졌다. 머리가 지끈거리고 욕이 치밀었다. 하지만 주정뱅이에게는 어떤 말도 무용지물이었다. 사제가 자신의 허리를 안으려고 해, 바네사는 황급히 뒷걸음질쳤다. 가까운 선반에 촛대가 있었다. 바네사는 그걸 움켜쥐고 상대에게 들이밀었다.

"더 이상 다가오지 마세요. 명망도 있으신 분이 이게 다 무슨 추태입니까?"

"한 평생 이런 감정은 처음이오. 그대가 내 마음을 알지 못한다면, 보이지 않고 느껴지지 않아 믿을 수 없다면. 나는 죽음으로라도 연정을 증명하리라! 그러니, 오오, 바네사. 부디 차갑고 매정한 베일은 걷어 버리고 그대의 아리따운 본연을 보여 주길! 내가 그대를 가지게 해 주오!"

"소리 지를 겁니다. 저는 분명히 거절했습니다."

"바네사, 부군의 의를 생각하는 거라면……. 자네는 어질고 정숙한 여인이라, 그럴 만도 하지. 그러나 오늘의 일은 신께서 내려주신 은총, 밤의 그늘에 휩싸여 우리 단둘의 비밀이 될 걸세. 하늘도 우리의 신실함을 아시니, 남녀의 자연스러운 정이 통하는 광경 정도는 너그럽게 살피시지 않겠는가?"

"제발 떠나세요, 당장!"

바네사의 목소리가 칼처럼 날카로워졌다. 그러나 사제는 여전히 정신을 차리지 못했다. 이윽고 몸싸움이 벌어졌다. 사제가 그녀에게 달려들었다. 바네사는 촛대를 휘둘렀다. 사제의 어깨에 맞아 양초가 부러졌다. 그 바람에 불이 꺼졌다. 삽시간에 주위가 어두워졌다. 연기의 매캐함이 코를 찔렀다. 사내가 바네사의 어깨를 쥐고 몸을 밀어붙였다. 바네사는 비명을 지르려고 했으나 목이 마비되어 나오지 않았다. 대신 그녀는 남자의 팔뚝을 쥐어뜯었다. 상대가 입을 맞추려 했다. 바네사는 손톱으로 그의 눈두덩이를 할퀴었다. 남자가 악을 썼다. 우악스러운 힘이 그녀를 내동댕이쳤다. 바네사는 그의 뺨을 물어뜯었다. 광분한 사제는 바네사를 쓰러트리고 목을 졸랐다. 바네사의 눈앞이 새하얘졌다.

"아가씨, 바네사 아가씨! 이게 무슨 짓이에요!"

익숙한 목소리가 둘의 사이를 갈랐다. 남자가 떨어짐과 동시에 숨이 확 밀려왔다. 바네사는 한꺼번에 기침을 터트렸다. 남자는, 사제는 헐떡이며 엉거주춤 물러섰다. 익숙한, 그리웠던 뒷모습이 바네사의 앞을 막았다. 멜리사. 멜리사였다. 등불을 든 멜리사였다. 그녀는 사제에게 달려들어 그의 어깨를 두들겼다. 사제가 뒷걸음질쳤다. 멜리사는 짐도 내팽개치고 상대를 밀었다. 괴한의 얼굴을 확인한 멜리사가 경악했다.

"사제님, 이게…… 지금 대체……."

그는 황급히 얼굴을 손으로 가렸다. 그의 뺨엔 바네사가 할퀴고 뜯은 자국이 역력했다. 사제는 누런 눈으로 멜리사와 바네사를 번갈아 보았다. 그러다가 황급히 몸을 돌려 도망쳤다. 쾅! 매서운 소리와 함께 문이 닫혔다. 바네사가 다시 기침을 터트렸다. 멜리사가 창백한 얼굴로 달려왔다.

"아가씨, 괜찮으세요?"

바네사는 고개를 끄덕였다. 입은 굳게 다물었지만 모욕감과 수치가 뒤섞인 눈물이 흘렀다. 멜리사가 그녀의 안위를 살폈다. 바네사는 멜리사의 목을 끌어안았다. 떨리는 그녀의 몸을 멜리사가 연신 다독였다. 바네사는 가쁜 호흡으로 멜리사에게 기대었다. 멜리사는 그녀를 힘껏 껴안았다.

"멜리사, 기다렸어. 멜리사, 나의 멜리사……."

정신없이 중얼거리는 말소리에 흐느낌이 섞였다. 멜리사는 침착하게 상대를 위로했다. 얼마 후, 평정심을 찾은 바네사가 고개를 들었다.

"어쩐 일이야, 이렇게 늦은 시간에……. 내일 오려는 줄 알았어. 못 볼 꼴을 보였네."

"괜찮아요. 아가씨. 하루 일찍 일을 마무리했어요. 어쩐지 빨리 달려오고 싶었어요. 만약 제가 조금이라도 늦었다면……."

멜리사가 입술을 깨물었다. 바네사는 먹먹한 마음으로 그녀를 바라보았다. 만약 멜리사가 아니었다면, 생각하기도 싫었다. 바네사가 옷매무새를 정리하는 동안 멜리사는 애써 밝은 표정을 했다.

"잠시만요."

멜리사가 짐을 찾아왔다. 깨끗한 천으로 곱게 싸인 물건이었다. 그녀는 조심스레 매듭을 풀었다.

"어제 밤을 새워 이걸 만들었어요. 아가씨 방에 어울릴 것 같아서요……."

그녀는 수줍어하며 천을 풀었다. 색색의 헝겊을 대어 만든 조각보가 나왔다. 액자를 가득 채울 만한 크기였다. 정가운데에 큼직한 장미 문양이 금실로 수놓아져 있었다. 바네사는 경탄했다.

"멜리사, 정말 아름다워! 내가 본 어떤 작품들보다도 더……!"

"과찬이세요, 하지만……. 정말로, 꼭 아가씨에게 드리고 싶었어요……."

멜리사가 얼굴을 붉혔다. 둘은 천을 캔버스에 펼친 후 다듬었다. 이음새를 마무리하자 근사한 작품으로 거듭났다. 바네사는 침실 정면에 캔버스를 걸었다. 멜리사가 다가와 바네사의 팔을 매만졌다. 바네사는 작품에서 시선을 떼지 않은 채 그녀에게 머리를 기댔다. 안도감이 찾아왔다. 벽난로에서 장작이 탔다. 금색의 장미는 생화처럼 반짝였다. 바네사는 멜리사의 손 사이로 자신의 손을 얽었다. 멜리사도 그녀의 손을 쥐었다.

"멜리사……. 오늘 밤은 나랑 있자."

바네사가 말했다. 멜리사는 고개를 끄덕였다.

***

"살려 달라고 빌어 봐."

리사는 고문의 강도를 높였다. 그녀가 뒷굽으로 남자의 사타구니를 짓이겼다. 남자는 비명을 질렀다. 음소거 된 비명이었다. 리사는 즐거워하며 발을 놀렸다.

"아니면 순결을 지켜 달라고 빌거나."

남자는 울며 고개를 저었다. 뒤로 기어도 잡히고, 도망쳐도 끌려왔다. 리사는 그의 목덜미를 잡고 흔들었다. 그가 거세게 반항하면 얼굴을 발로 가격했다. 일어날 때마다 걷어차고, 또 걷어차고……. 남자의 왼 뺨이 시퍼렇게 물들었다. 얼굴의 반이 피멍으로 덮였다. 몇 시간 후 그는 축 늘어졌다. 리사는 코웃음을 치며 그를 일으켜 세웠다. 한 손으로 목을 틀어쥐고 벽에 박았다. 입 속에 긴 손톱을 밀어 넣었다.

"너는 우리를 믿을 수 없겠지?"

창에 스민 달빛이 스테인드글라스를 비추었다. 오색찬란한 광휘가 한 무리의 조각보처럼 십자가를 감쌌다. 리사의 눈이 황금색으로 불탔다. 비틀린 입가에서 송곳니가 번뜩였다. 그녀는 서슬 퍼런 눈으로 먹잇감을 분해하기 시작했다.

"언니는…… 그때부터 살아남은 건가요?"

두 번째 키스를 마친 멜리니가 물었다. 바네사는 서글픈 미소를 지었다.

'아니면, 죽었다가 부활한 건가요.'

멜리니는 생각했다. 그녀들은 살아 있는 존재라기엔 섬뜩했다. 죽었다고 하기엔 과도하게 아름다웠다. 바네사는 멜리니의 머리를 쓰다듬었다. 그리고 대답했다.

"죽은 거나 다름없이 살아 있는 존재지."

멜리니는 그녀들의 나이를 헤아렸다. 어마어마하게 긴 세월이었다. 시간의 흐름을 거슬러, 역사를 지나 그녀들은 자신을 만나러 왔다.

'왜? 왜? 왜? 하필 나야?'

"우린 매일같이 의문하며 살아 있는 존재야."

바네사가 덧붙였다. 멜리니는 고개를 끄덕였다.

그녀들은 자신을 닮았다. 멜리니는 그녀의 손을 붙잡고, 손가락을 만졌다. 금빛이 흐트러졌다. 멜리니는 그녀의 손톱에 입을 맞추었다. 키스는 손가락 마디와, 손등을 타고 올라와 팔뚝과 어깨뼈, 목덜미와 턱 끝으로 이어졌다. 아랫입술과 아랫입술이 닿았다.

멜리니는 그녀에게 먼저 키스했다.

***

아침이 밝았다. 바네사와 멜리사는 같은 자리에서 잠들었다. 둘은 바네사의 옷장에서 슬립을 꺼내 나눠 입었다. 먼저 일어난 건 멜리사였다. 햇살을 반사하는 벽면의 황금 장미가 보였다. 멜리사는 기쁨에 차 그걸 바라보았다. 금실들은 빛을 운반하는 요정처럼 아련했다. 아지랑이를 따라 멜리사의 시선도 흔들렸다. 잠든 바네사의 옆모습이 보였다. 멜리사는 그녀의 이마와 머리를 만진 후, 옷을 걸치고 부엌으로 갔다.

터키 색 벽을 지나 아궁이 앞에 섰다. 주전자에 물을 올렸다. 음식 재료들을 확인하고 그릇을 정리했다. 도마를 꺼내어 채소를 다듬었다. 도각, 도각, 일정한 마찰음이 울렸다. 멜리사의 입가에 희미한 미소가 떠올랐다. 물이 끓는 소리가 들렸다. 양념들로 간을 맞추자 만족스러운 맛이 났다. 멜리사는 바네사의 입술이 수프를 삼키는 걸 상상했다. 기분이 좋았다. 멜리사는 바네사의 동작을 상기하며 커피를 끓였다. 부엌이 고소한 향으로 가득 찼다.

"멜리사, 집엔 가 보지 않아도 돼?"

"아버지도 쾌차하셨으니까요. 하루쯤은 괜찮아요."

검은 가운을 걸친 바네사가 문가에 있었다. 멜리사는 그녀를 돌아보고 웃었다. 바네사도 화답했다. 그녀는 의자를 끌어와 멜리사 앞에 앉았다. 평소와는 달리 길게 늘어뜨린 머리가 찰랑였다. 가느다란 손가락으로 머리를 정돈하자 목덜미가 드러났다. 멜리사는 수프와 커피를 담았다. 바네사에게 한 그릇을 내고, 자신의 몫도 떴다.

두 여자가 마주 앉았다. 바네사가 첫 술을 뜨는 동안 멜리사는 그녀를 응시했다. 그릇을 쥔 손의 열기를 만끽했다. 멜리사는 홍조 오른 얼굴로 그녀를 보다가 말했다.

"사실…… 집으로 가기 싫어요."

바네사의 속눈썹이 들렸다. 뜨끈한 수프가 목을 타고 내려갔다.

검은 눈동자가 이유를 물었다. 멜리사는 그릇에 수저를 담갔다. 안을 휘휘 저었다. 야채 조각들이 섞였다. 반대로 찻잔 속의 커피는 고요했다. 까만 표면에 멜리사의 얼굴이 비쳤다.

"어떤 아비들은 딸이 결혼하길 원치 않아요. 그들의 소유이길…… 원하죠. 제가 장녀라는 건 알고 계시죠?"

"그래, 당연하지."

"첫째 여식은 많은 걸 책임져요. 어머니와 아내, 딸이 해야 하는 모든 것을 말이에요. 때론 전부 뒤섞이기도 해요. 이상하죠. 아가씨 곁에 있는 나는 오직 단 한 명일 뿐인데."

바네사는 일어나 냄비를 가져왔다. 멜리사의 그릇에 수프를 부었다. 커피도 더 따랐다.

"마음껏 먹어도 괜찮아."

멜리사는 고개를 끄덕였다. *고마워요.*

"아가씨……. 전…… 사실 그가 낫지 않길 바랐어요. 어쩌면 죽어도 좋으리라…… 생각했어요."

그릇을 든 멜리사의 손이 떨렸다. 바네사는 그녀의 등을 쓸었다. 천천히, 오래도록. 멜리사의 손끝이 창백했다.

"……정신적 외도도 죄인 것처럼. 아가씨, 저는 살인자나 마찬가지에요. 저는 몇 번이고 살해의 순간을 상상했거든요. 주검이 된 그가 어떤 모습일까…… 생각했어요. 그는 자주 절 아내로 착각했어요……. 그도 언젠가 피골이 상접한 시체가 되겠지, 생각하면 버틸 만 했어요. 이건 불경한 생각이지요, 전 죄인이에요."

"그렇지 않아, 멜리사, 그건……."

멜리사가 고개를 들었다. 그녀는 바네사를 똑바로 응시하며 말을 이었다.

"하지만…… 견디기 너무나 힘들 때마다…… 아가씨에게 왔어요. 아가씨의 방에서 그림을 그렸어요. 아가씨와 함께한 시간들을 떠올렸어요. 오직 그것만이 제 유일한 천국이었어요. 저는…… 매일 아가씨가 보고 싶었어요. 할 수만 있다면…… 여길 떠나…… 당신과 영원히 있고 싶었어요……. 약은 전부 핑계였어요. 저는 결국 그를 살리고 말았지요……."

"멜리사……. 내 곁에 있어 줘. 영원히."

바네사는 그녀를 껴안았다. 멜리사도 그녀의 품에 얼굴을 묻었다. *나랑 같이 있자, 오래오래 함께하자…… 내가 네 곁에 있을게.* 많은 말들이 치밀었다. 바네사는 밀물 같은 마음들을 고백했다.

갑자기 밖에서 큰 소리가 났다. 쾅. 나무가 부서지는 소리, 발굽 소리들이 요란했다. 둘은 깜짝 놀라 고개를 들었다. 현관에서 남자들의 목소리가 났다. 달그락, 멜리사가 커피잔을 쏟았다.

"악마와의 간통 혐의로 바네사 안젤라를 체포한다!"

바네사와 멜리사의 얼굴이 창백하게 변했다. 뚜벅, 뚜벅. 발소리가 가까워졌다. 부엌문이 쿵 하고 열렸다. 열댓 명의 남자들이 우르르 침입했다. 멜리사는 국자를 움켜쥐고 바네사의 앞을 막았다. 남자들은 횃불과 무기, 마늘과 십자가를 들었다. 그들 무리의 끝에 어젯밤의 사제가 있었다. 멜리사가 비명을 질렀다.

"이게 웬 무례한 짓이에요!"

"말 그대로다. 바네사 안젤라는 마녀 혐의로 고발되었다. 연행 후 재판에 회부될 것이다."

"말도 안 돼요!"

멜리사의 목소리는 절규에 가까웠다. 증오에 찬 시선으로 바네사가 사제를 노려보았다. 뺨과 눈가에 상처를 단 그가 앞으로 걸었다. 지금 사태의 원흉이었다. 사제는 자신의 상처를 가리켰다.

"여기 분명한 증거가 있다. 어젯밤 그녀는 흉악한 본성을 드러냈고, 신의 대리자에게 상처를 남겼다."

"그건 당신이 먼저……!"

"마녀는 사람들의 감정을 조종하고 광란의 감정을 불러일으키지. 그렇기 때문에 가장 위험한 죄인이다. 난 그녀가 마녀라는 증거를 찾기 위해 매주 집 근처에 매복했었다. 그러나 아무것도 볼 수 없었지. 그만큼 악마의 힘은 놀라웠다! 모든 걸 완벽히 은폐할 정도로! 그러나 어제, 드디어 그녀가 악한 힘을 드러내는 현장을 잡았다. 그 증거가 지금 내게 새겨져 있도다……!"

멜리사가 사제에게 달려들었다. 바네사가 그녀의 팔을 잡았다. 펄펄 뛰는 건 멜리사 쪽이었다. 바네사는 침착하려 애썼다. 그러나 핏기가 사라지는 얼굴까지는 숨길 수 없었다. 멜리사는 눈물 고인 얼굴로 바네사를 돌아보았다가, 남자들에게 반박했다.

"아가씨는, 아가씨는 저희 아버지의 병환도 고쳐 주셨어요. 그런 선량한 분이 마녀일 리 없어요……!"

"그녀는 외국어에 능통하고, 약초를 다루거나 여자로서는 알 필요 없는 지식에 해박하지 않던가? 모든 게 악마와 계약하지 않았다면 불가능한 일이다."

"거짓말, 거짓말이에요! 어젯밤도 당신이 멋대로 아가씨에게……!"

"그게 바로 저주의 효과다! 칠흑같이 어두워도 미혹의 대상을 찾고, 사랑을 고백하도록 만들며, 정절을 포기하고 육욕에 빠지도록 마법을 부리는 것. 여기 다른 증인들도 있더군. 남의 아내에 대한 사랑으로 불타고, 정작 자기 아내에 대해서는 증오로 잠자리마저 불가능하게 된 이들이 말일세."

사제는 등 뒤의 유부남들을 가리켰다. 멜리사의 주먹이 덜덜 떨렸다. *아가씨가 원한 건 당신들이 아니라, 나예요. 아가씨가 저주까지 걸어 키스하길 원했다면, 그건 바로 나일 거예요!* 소리치고 싶었다. 그러나 그건 상황을 악화시킬 게 분명했다.

재판에 처해진 여성의 대부분은 부유한 과부들이었다. 마녀로 판명되면 그들의 재산은 교회가 몰수했다. 가짜 증언을 하면 얼마간 대가를 받을 수 있었다. 사제를 지지하는 남자들도 바네사의 재산을 노리는 게 뻔했다. 지금은 성직자들이 황금을 지키는 시대였다. 은화 한 개조차 없는 멜리사는 아가씨에게 어떠한 도움도 될 수 없었다. 멜리사가 바네사를 끌어안았다. 사제가 눈을 부릅뜨며 덧붙였다.

"가뭄과 마을의 재앙도 이 여자 때문이오. 이 마녀 때문에 신이 침묵하고 계시오! 그러니 당장 그녀를 잡아들여 진상을 철저히 파악해야 하오!"

남자들이 포승줄을 들고 다가왔다. 멜리사는 그들의 앞을 막았다. 바네사가 그녀의 어깨를 움켜쥐었다. 본래도 희던 얼굴색이 유령처럼 바랬다. 멜리사가 바네사의 뺨을 쥐었다. 회반죽 같은 낯빛으로, 그러나 시선은 또렷하게 멜리사를 향한 바네사가 말했다.

"걱정 마. 멜리사. 난 결백해. 그러니…… 아무 일 없을 거야. 다녀올게."

"아가씨, 안 돼요, 아가씨……!"

남자들이 그녀를 묶은 후 십자가를 걸었다. 멜리사는 울부짖으며 바네사에게 매달렸다. 거친 손들이 그녀를 떼어냈다. 그들은 우악스럽게 바네사를 끌고 갔다. 바네사는 문을 나서기 전 고개를 돌려 멜리사를 눈에 담았다. 멜리사는 바닥에 엎어져 울었다. 커피와 깨진 잔의 조각들이 뒤섞여 엉망이었다. 마지막으로 얼굴 벌건 사제가 문을 쾅 닫았다.

***

다음 기억들은 온통 시커먼 장막으로 가득했다.

천이 찢기는 소리.

날카로운 비명소리.

캄캄한 울음소리.

털이 밀리고 드러난 음부.

꿰뚫린 가슴.

떨어지는 살점.

들어와서는 안 될 곳으로 들어오던 물과 불과 흙.

머리채.

웃는 남자들의 이빨.

고통.

굳은 피딱지.

절규.

희미하게 떠오르던 멜리사의, 황금색 장미.

***

다시 눈을 떴을 때. 바네사의 팔은 타 버린 것처럼 검었다. 피와 땀과 눈물로 얼룩진 육체는 호흡도 어려웠다. 바닥 틈으로 생쥐 한 마리가 기었다. 찍찍대는 입은 구더기를 물고 있었다. 바네사는 생각했다.

'그들은 날 괴물이라고 불러. 나도 그들을 괴물이라고 부르고……. 여긴 누구도 제정신이 아니야.'

늘어진 손 끝 하나라도 움직일 힘이 없었다. 오줌 줄기가 흘렀다. 생쥐는 지린내를 피해 구멍으로 들어갔다. 고통을 떠올릴 기력조차 없었다. 산산조각 난 손톱이 보였다. *다 끝났으면 좋겠다. 전부.* 유일한 소망은 이것이었다. *전부, 사라졌으면 좋겠다. 죽고 싶다.* 바네사는 중얼거렸다.

마녀임을 자백합니다…….

***

"아가씨, 바네사 아가씨……."

바네사는 무거운 눈꺼풀을 들었다. 익숙한 목소리와, 얼굴이 환영처럼 아른거렸다. 바네사는 바싹 마른 입술을 열어 상대를 불렀다. 갈라진 성대에서 쇠를 긁는 소리가 나왔다. 쉰 목이 그르렁거렸다. 누군가가 제 뺨을 만졌다. 따뜻한 손길로, 눈두덩이와 얼굴을 어루만졌다. 찐득거리는 냄새가 밴 머리도 쓸었다. 눈이 흐려 앞이 잘 보이지 않았다. 그러나 바네사는 기꺼이 상대를 불렀다.

"멜리사……."

멜리사가 눈물 가득한 뺨으로 고개를 끄덕였다.

"네, 저에요, 아가씨. 제가 왔어요. 멜리사가 왔어요. 아가씨의 멜리사가……."

그녀는 품에서 곱게 간 빵조각과 물을 꺼냈다. 부스러기를 적셔 바네사의 입술에 댔다. 바네사는 파리한 안색으로 그걸 받아먹었다. 음식을 넘길수록 목구멍에 통증이 몰려왔다. 그래도 멜리사는 계속해서 바네사에게 빵을 먹였다.

"먼 친척이 여기 간수라서. 십 분만 면회를 부탁했어요. 시간이 없어요, 아가씨."

바네사는 흐리멍덩한 눈으로 그녀를 쳐다보았다. 그토록 그립던 멜리사를 만났지만 어떤 표정도 지을 수가 없었다. 바네사는 미친 사람처럼 중얼거렸다.

"멜리사……. 불이 몸을 달굴 때마다…… 황금색 장미가 번쩍거렸어……. 그게 너무 보고 싶은데……. 아무도 날 인간이라 부르지 않아……. 나도 누가 사람인지 잊었어……. 멜리사? 왜 여기에 있어……. 멜리사…… 이곳에 있지 마……. 도망가……. 도망가, 멜리사……. 여긴 괴물이 너무 많아……."

멜리사는 이를 악물었다. 그녀는 자신의 치마폭을 들추더니 허벅지를 드러냈다. 주먹만 한 멍이 가득했다. 그녀의 아버지에게 바네사가 주었던 약재 향이 언뜻 풍겼다. 멜리사는 바네사의 손목을 끌었다. 희뿌연 색의 허벅지를 만지도록 했다.

"아가씨, 하루만 나랑 바꿔요. 나는 아가씨보다 잘 버틸 수 있어요. 봐요, 괴물을 참아온 세월을. 저는 할 만큼 했어요. 견딜 만큼 견뎠어요. 그렇죠? 그러니까……. 저는 이제 제가 원하는 걸 하고 싶어요."

바네사는 그녀의 말을 이해하지 못했다. 속이 진동하며 머리에 강렬한 울림이 찾아왔다. 눈 앞에 광휘가 일었다. 신경이 금색으로 마비되는 느낌이었다. 멜리사가 준 빵에서 독특한 향이 올라왔다. 시야가 가물거렸다.

"아가씨, 당신을 위해 이제는 제가 괴물이 될 거예요."

정신을 잃기 전, 멜리사가 다가와 키스했다.

***

바네사는 허름한 오두막 안에서 눈을 떴다. 전신이 욱신거렸다. 침대 머리맡에는 일곱 개의 금 촛대가 놓여 있었다. 그 외의 빛은 없었다. 바네사는 상체를 일으켰다. 뱃속과 등의 상처들이 불타는 듯 아팠다. 화끈거리는 통각과 오한이 동시에 찾아왔다. 바네사는 담요를 끌어당겼다. 길게 신음하는 사이, 발소리가 들렸다. 낡은 경첩이 소리를 내며 열렸다. 끼이익.

쟁반에 약과 수프를 담은 흰 옷의 노파가 들어왔다. 그녀는 뱀 같은 인상에 기다랗고 검푸른 혀를 가졌다. 주름진 입가 사이로 날카로운 송곳니가 비쳤다. 노파는 바네사에게 먼저 수프를 마시게 하고 약을 권했다.

"……누구시죠?"

"두려워하지 말게나. 나는 처음이자 마지막인 존재."

영문 모를 대답을 한 노파가 품속에서 무언가를 꺼냈다. 금 촛대를 위로 기울였다. 황금 장미였다. 바네사가 파랗게 얼어붙었다.

"멜리사, 멜리사는요!"

"이제 곧 화형식이 시작될 걸세."

바네사는 비명을 지르며 침대에서 뛰어내렸다. 고문당한 발목과 무릎이 자꾸만 꺾였다. 밖으로 나가기도 전에 여러 번 바닥에 쓰러졌다. 그녀는 기다시피 하며 문에 도달했다. 노파는 어두컴컴한 오두막에서, 오직 금 촛대의 빛으로만 얼굴을 드러낸 채 그녀를 지켜보았다.

"멜리사, 멜리사!"

그녀의 다리가 질질 끌렸다. 촛불이 너울대며 그녀가 지난 자리를 비췄다. 그때마다 벽의 그림자가 허물 벗는 뱀처럼 꿈틀댔다. 노파가 음습한 목소리로 말했다.

"백 명의 여자가 죽으면 한 명의 괴물이 탄생하지. 오늘이 바로 그날이야."

바네사는 문고리를 잡아당겼다. 가장 먼저 마주한 건 사람들의 환호성이었다. 군중 가운데에 세 개의 십자가가 있었다. 바네사는 허겁지겁 그곳으로 뛰어갔다. 군사들이 짚더미를 높이 쌓았다. 사람들이 마구 소리쳤다.

"화형하라! 마녀를 화형하라! 극악무도한 마녀를 죽여라!"

숨이 막혔다. 가슴에 강렬한 통증이 찾아와 바네사는 비틀거렸다. 연단에 얼굴을 가린 세 명의 사람들이 끌려왔다. 오른쪽부터 한 명씩 십자가에 매달렸다. 세 명 모두 여자였다. 사람들의 아우성이 커졌다. 집행관이 그녀들의 얼굴을 드러냈다. 바네사는 심장이 내려앉았다. 가운데에 멜리사가 있었다. 자신의 옷을 입은 멜리사가. 피딱지로 자신과 얼굴을 구분할 수 없게 된 멜리사가.

바네사가 비명을 질렀다. 누구도 듣지 않았다. 멜리사는 자신을 향해 돌을 던지는 사람들을 흐리멍텅한 눈으로 둘러보았다. 그러다가 바네사와 마주쳤다. 찰나의 시간, 바네사는 보았다. 그녀의 눈 속에 피던 금색 장미를. 그녀만이 유일하게 바네사의 절규를 들었다. 왼편의 여자가 소리 질렀다.

"심문관에게 속았어! 난 심문관에게 속았다고! 인정하면 풀어주겠다고 했잖아……! 천인공노할 거짓말쟁이들, 역겨운 사기꾼들! 하늘이 천벌을 내릴 거야……!"

그녀는 피를 토하며 고꾸라졌다. 사람들은 눈 하나 깜짝하지 않고 욕을 퍼부었다. 그녀들을 저주하며 손을 치켜들었다.

"저년을 태워라! 죽여라……!"

끔찍한 소란 내내, 멜리사는 바네사를 바라보기만 했다. 바네사는 머리를 쥐어뜯었다. 사제가 연단 위로 올라왔다. 사람들의 웅성거림이 잦아들었다. 그는 한 쪽 손을 성경에 올린 채 대중을 향해 말했다.

"마법을 행하는 이들은 대부분 여성입니다, 여자(Femina)라는 말은 믿음(Fides)과 적다(Minus)에서 유래한 말입니다. '더 적은 믿음'이란 뜻이지요. 우리의 위대한 스승들 또한 이 확고한 진리를 가르칩니다! 안타깝게도, 이 여성들은 자신의 유약함을 이기지 못해 악마의 꾐에 빠지는 불경을 저질렀습니다. 우리는 이를 반면교

사로 삼아, 믿음의 부족을 경계하고 신의 뜻을 따르고자 합니다. 신의 이름으로, 배교자들을 처단하라! 우리에게 신의 가호가 있기를!"

달려가려는 바네사의 어깨를 노파가 움켜쥐었다. 늙은 손은 주름이 무성한데도 강철 같은 힘이 있었다. 바네사는 그녀를 뿌리치려 했지만 불가능했다. 군중들은 주먹을 하늘에 휘두르며 죽음을 연호했다.

"멜리사, 멜리사……!"

바네사만이 그녀의 이름을 불렀다. 하지만 수많은 다른 목소리들에 덮였다.

'왜, 왜, 왜, 하필 나야? 왜, 왜, 왜, 하필 저 아이야?'

바네사가 절규했다. 짚단에 불이 붙었다. *아가씨.* 멜리사가 입술을 움직였다. *바네사 아가씨.* 그녀의 뺨을 타고 눈물이 흘렀다. 기름이 그녀 위로 부어졌다. 멜리사가 희미하게 웃었다.

저는 바네사 안젤라에요……. 부디 날 그렇게 불러줘요…….

아가씨, 사랑해요.

불길이 치솟았다. 울부짖는 소리와 함께 십자가가 불탔다. 오직 멜리사만 꼿꼿한 자세로 붉고 노란 빛에 휩싸였다. 바네사는 그 자리에 쓰러졌다. 사람들이 환호했다. 바네사의 손톱이 땅에 어지러운 자국들을 남겼다.

'안 돼, 안 돼. 멜리사…… 멜리사……!'

그녀는 핏발이 선 눈으로 절규했다. 화형대를 둘러싼 사람들이 인간의 형상으로 보이지 않았다. 그들은 바네사와 멜리사를 전혀 구별하지 못했다.

'왜, 왜, 왜, 하필 우리야?'

바네사는 깨달았다.

'너희는 그게 누구라도 상관없었어. 너흰 우리를 불사르기로 결심했고, 이 운명에 처음부터 선택권은 없었어. 너흰 우리가 누구인지, 진실이 무엇인지, 상관없었던 거야……!'

바네사는 땅에 얼굴을 처박고 울었다.

'하지만 난 달라, 나는 아니야, 멜리사, 멜리사, 나는 그 아이여야만 했어, 멜리사여야만 했다고……! 멜리사, 멜리사, 가엾은 멜리사…… 내 유일한 멜리사…… 사랑하는 그 아이를 돌려줘……!'

고기 타는 냄새가 마을 전체로 퍼졌다.

울부짖는 바네사의 귀에 노파가 속삭였다.

"억울한 이들의 몸을 끓인 수프와 음료를 먹으면 황금 심장을 가지게 돼. 멜리사는 내게 자신을 맡겼단다. 널 살리는 대가로. 그러니…… 이제 네게 선택권이 있어. 원한다면…… 언제든 괴물이 될 수가 있지."

노파는 긴 옷을 추어올렸다. 뼈가 앙상했으나 살이 단단한 발이 드러났다. 화형대에선 형체를 알 수 없는 것들이 몸부림쳤다. 흰 뼈들이 드러났다. 살이 타 들어갔다. 노파는 바네사의 어깨에 오른손을 올렸다. 주름마다 그늘이 깊게 팼다. 노파가 심해처럼 깊은 목소리로 말했다.

너는

괴물의 운명을 원하느냐?

바네사는 눈을 감고 흐느꼈다. 암흑 속에서 두 개의 불꽃이 번뜩였다. 황금색 장미 모양의 불꽃이었다. 멜리사의 눈동자와 그녀의 손끝에서 피던 꽃. 바네사는 흙을 움켜쥐고 일어섰다. 고개를 끄덕였다. *원해요. 나는 원합니다.*

미안해, 멜리사.

***

다음 일들은 인간으로서는 인식할 수 없는 찰나에 발생했다.

노파의 등에 일곱 장의 거대한 금색 날개가 돋았다. 그녀는 허리에 금띠를 둘렀고, 얼굴은 거대한 태양이 이글거리는 것처럼 빛났다. 빙하처럼 새하얀 옷을 걸친 왼손에 일곱 개의 불덩이가 떠올랐다. 그녀는 입에서 용암을 쏟았다. 수많은 불기둥이 마을 전체를 원형으로 둘러쌌다. 반대쪽 손에서 일곱 개의 거대한 칼이 나왔다. 그녀는 그중 하나로 자신의 팔을 베어, 핏방울을 바네사에게 먹였다. 굉음과 함께 땅이 진동했다. 추락한 금 촛대가 오두막을 태웠다. 멀리서 본 화재 현장은 한 송이의 금색 장미 같았다. 핏방울이 바네사의 입술과 혀를 타고 들어갔다. 목구멍을 가득 메웠다. 동시에, 전신의 피가 발끝으로 빠졌다가, 다시 정수리로 솟구쳤다. 숨이 거꾸로 뒤집히는 느낌, 내장의 액체가 역류하는 느낌이었다. 척추에 전류가 관통하며 고통이 몰려왔다. 눈앞이 황금색으로 물들었다. 이윽고 바네사는 엄청난 갈증에 휩싸였다. 그녀의 육체는 인간의 한계를 넘는 중이었다. 혈관은 휘몰아쳐 사라지고, 갈급만이 내벽을 채웠다. 장미 덩굴이 오장육부를 전부 얽어매는 감각이었다. 홍채가 금빛으로 변화했다.

노파가 우레 같은 소리로 외쳤다.

"내 살을 먹고 내 피를 마시는 자는 영생을 가졌고 마지막 날 내가 그를 다시 살리리라. 나의 살은 참된 양식이오, 내 피는 참된 음료로다. 내 살을 먹고 내 피를 마시는 자는 내가 그 안에 거하고, 나도 그의 안에 거하나니."

바네사는 불멸을 알았다. 피의 서약, 피의 맹세, 사랑의 근원으로 이루어진 계약이 전신을 채웠다. 흰 송곳니가 잇몸을 찢고 나왔다. 머릿속이 온통 황금이었다. 그녀 존재 자체가 변했다. 황금은…… 수많은 선혈들을 원했다. 강렬하게 원했다……. 피를 들이

킬수록 강력하리라……. 바네사는 예언을 따라 지금 당장 모든 것을 원했다. 그녀는 불구덩이 속으로 뛰어 들었다. 역병처럼 마을을 휩쓸었다. 팔을 휘두르고 손에 닿는 전부를 베었다. 오십 개의 머리통이 떨어졌다. 폭죽처럼 피바람이 불었다. 그녀는 사내들의 몸통에서 머리를 뜯고 또 분해했다. 그럴수록 그녀의 피부는 백옥처럼 희어지고 머리는 검은 나비의 결처럼 부드럽게 변했다. 입술이 절단면을 훑었다. 그녀는 자꾸 마시길 원했다. 흡혈하고 또 흡혈했다. 살점과 혈관을 송곳니로 깨물고 부쉈다.

백 개의 머리가 흩어졌을 때에서야 황금이 만족함을 느꼈다. 그녀는 빛나는 신체로 천천히 걸었다. 멜리사의 십자가 앞으로 다가갔다. 흰 뼈와 검은 재가 수북했다. 바네사는 몸을 굽혀 잿가루를 움켜쥐었다.

"멜리사……. 이제야 널 사랑하러 왔어……."

그녀는 먼지 위에 뺨을 비볐다. 황금색 눈동자에서 눈물이 떨어졌다.

바네사의 낙루가 닿은 잿더미 위에, 금색 장미꽃 스무 송이가 피었다.

잿빛 무덤 속에서 멜리사의 흰 뼛조각이 반짝였다.

***

멜리니는 소스라치며 입술을 떼었다. 그녀는 울고 있었다. 바네사도 마찬가지였다. 리사만 멀리서 웃음을 터트렸다.

"하! 하! 히! 히! 나는 알지! 악마는 성직자의 모습으로 나타나길 좋아해!"

그녀는 남자의 목구멍 뒤로 손톱을 완전히 넣어 돌렸다.

"잡았다!"

관통된 뒷머리에서 피가 철철 흘렀다. 그의 눈은 하얗게 까뒤집혀 이미 산 사람의 것이 아니었다. 리사는 손톱을 크게 휘둘러 상대의 목을 뽑았다.

"잘 먹겠습니다!"

그녀는 십자가에 대고 소리친 후 바네사와 멜리니에게 돌아왔다.

멜리니는 흐느꼈다.

"언니, 언니, 언니……. 언니는 죽고 싶었어요? 죽이고 싶었어요? 그 아이를……. 나를 사랑하러 왔어요?"

바네사는 대답했다.

"메리, 멜리니, 나는 장미의 운명을 받았어. 장미가 사랑의 꽃인 이유는 붉은 잎 아래에 수많은 가시가 숨겨져 있기 때문이야. 멜리니, 나는 죽음을 담보로 괴물이 되었어. 왜 나였는지는 몰라. 왜 하필 그 아이였는지도 몰라. 나는 다만 사랑했어. 흡혈귀는 영생을 살아. 피를 마시면 희열 속에 살고, 피를 마시지 않아도 허기의 고통 속에 살아. 멜리니. 흡혈귀들은 다시 인간을 사랑해야 시간이 흘러. 오직 그때에만 죽을 수 있어. 다시 인간이 되어야…… 모든 게 끝나."

기분이 고양된 리사가 다가와 둘을 끌어안고 뺨을 비볐다.

"난 쉰여섯 번의 고문에도 끝까지 자백하지 않았던 유일한 여자였어. 결국 풀려났지만 돌아온 지 하루 만에 합병증을 앓았지. 하지만 죽음의 문턱에서 바네사를 만났어. 바네사가 내게 흡혈귀의 운명을 나누어주었지! 그러니 죽었다고는 할 수 없지? 그래. 삼 일 만에 부활한 예수님처럼! 나는 세상에서 가장 아름답고 강한 흡혈귀로 부활한 거야! 난 지금의 나를 사랑해. 보름에 한 번만 신선한 피를 들이키면, 평생을 원하는 대로 살 수 있는걸?"

세 명의 시선이 교차했다. 리사가 피로 물든 입술을 내밀었다. 바네사는 멜리니를 끌어당겼다. 멜리니는 눈을 감았다. 셋은 서로에게 키스했다. 입술에 입술이 겹쳤다. 마치 한 사람인 것처럼 입맞춤으로 서로를 확인했다. 바네사의 입술이 붉었다. 멜리니는 그 위를 핥았다. 리사가 양쪽을 장난스럽게 깨물었다. 바네사는 맨들거리는 입술을 손등으로 훔치면서 말했다.

"……피를 굶었던 바람에……. 식사를 하다가 멜리니, 네 그림을 망치고 말았어. 지하도 아래의 황금색 벽화 말이야. 난 오래 전부터 네 작품을 지켜봤어. 말을 걸고 싶어 기다렸는데, 미안. 허기를 채우느라 네 그림을 망쳤어. 그걸 꼭 사과하고 싶었어. 덕분에…… 널 만날 수도 있었고."

멜리니는 고개를 끄덕였다. 바네사가 자신을 찾은 이유를 드디어 이해할 수 있었다. 멜리니는 바네사의 손을 잡았다. 거대하게 타오르던 황금 장미가 제 곁에서 개화하는 것만 같았다.

"아직 벽화가 미완성이라는 게 생각났어요. 언니, 도와줄래요?"

리사와 바네사, 멜리니는 차를 타고 벽화가 있던 지하도로 돌아갔다. 폴리스 라인을 넘어 침입했다. 군데군데 피가 눌어붙은 금색 장미가 보였다. 멜리니는 물감 통을 흔들었다. 방금 담은 액체를 벽에 휘갈겼다. 남자의 목에서 채취한 피였다. 멜리니는 자신의 이름을 벽에 새겼다. 드디어 작품이 완성되었다. 멜리니. 그녀는 붉은 이름의 멜리니로 부화했다. 젊은 성직자의 피는 코끝이 어릿할 정도로 향긋했다. 셋은 흔적을 남긴 후 다시 길을 떠났다.

3부

바네사 안젤라는 성을 버렸다. 바네사라는 이름만 남았다. 그 이름을 가진 유일무이한 흡혈귀가 되었다. 그녀는 많은 비밀을 멜리니에게 공유했다. 흡혈귀들은 보통 인간의 열 배나 되는 신체 능력을 가졌다. 외양은 흡혈귀가 되었을 당시의 모습을 유지하지만, 어떤 모습이든 인간들에게 매력적으로 보였다. 특히 '사냥감들'에게 그랬다. 바네사가 아는 흡혈귀들은 대부분 여성이었고, 사냥감은 남성들이었다. 언젠가 남성 흡혈귀를 만들고자 시도한 적은 있었지만, 그들은 '변종 과정'을 견디지 못했다.

흡혈귀의 번식은 일곱 차례에 걸쳐 이루어졌다. 흡혈귀의 고백을 들으면 자격을 가진 후보가 되었다. 그들은 피의 숙청에 동의해야 하고, 심적으로 이를 버틸 수 있어야 했다. 사랑, 바네사는 흡혈의 운명을 감당하는 가장 큰 능력이 여기에 있다고 했다. 하지만 동시에 가장 괴로운 숙명이라고도 했다. 흡혈귀가 되기 위해서는 일곱 번의 수혈 행위를 거쳐야 한다. 이때 흡혈귀의 피가 수혈자에게로 넘어간다. 그건 서서히 인간의 체질을 바꾼다. 완전히 흡혈귀로 변이한다면 영생도 가능했다.

주의해야 할 점은, 동시에 두 흡혈귀에게서 수혈 받을 수 없다는 것이었다. 그건 배반의 징표였다. 두 종류의 피가 섞이면 인간은 즉사했다.

그들은 최소 보름에 한 번씩 신선한 피를 마셔야 했다. 만월이 뜨면 욕망은 격렬해지고, 힘은 배가 되었다. 혈액을 섭취하면 다시 몇 주를 거뜬히 살았다. 그들의 힘과 능력으로 부와 권력을 거머쥐는 것도 가능했다. 그들의 몸은 달의 주기와 비슷하게 변했다. 그들에게 가장 맛 좋고 위생적인 식사는 목을 베는 것이었다. 송곳니를 목덜미에 박아 조금씩 마시는 건 오직 새 흡혈귀를 만들 때만 쓰는 방법이었다. 이렇게 탄생한 흡혈귀는 십자가도, 마늘도, 말뚝도 통하지 않았다. 햇빛을 받아도 끄떡없었다. 같은 흡혈귀조차도 동족은 죽이지 못했다. 그들은 오로지 '인간'을 사랑해야만 다시 죽을 수 있었다. 인간을 사랑한다는 건 자신의 근원을 상기하는 일이었다. 사랑을 끝까지 버티면 죽음이 돌아왔다.

바네사와 리사는 자신들의 집으로 멜리니를 데려갔다. 그곳은 시내에서 제법 떨어진 곳에 위치한 주택이었다. 겉으로 보기에는 평범한 가정집처럼 보였다. 다만 아래에 커다란 지하실이 있었다. 튼튼하고 육중한 벽으로 둘러싸여 방음이 잘 되는 곳이었다. 이곳과 연결된 비밀 통로가 바닥에 숨겨져 있었다. 미세한 자국을 눈여겨 보아야만 입구를 찾을 수 있었다. 그 외에는 흰 커튼이 나부끼는 창문, 안락한 소파와 책장이 놓인 평범하고 아늑한 집이었다.

멜리니는 거실 안을 천천히 걸었다. 현실이 믿기지 않았다. 자신만의 방이 생겼다. 누구도 소리치며 쫓아오지 않고, 강간하지 않는 방. 문을 옷장으로 막을 필요도 없고, 창문으로 뛰어내릴 필요도 없는 방. 멜리니는 자신의 발소리를 듣고 싶었다. 일부러 뒤꿈치부터 발자국을 남기며 걸었다. 그러다 앞에 서 있던 바네사에게 통 부딪혔다. 멜리니는 그녀의 눈을 바라보았다. 그녀도 따뜻한 눈빛으로 자신을 보았다.

"언니, 내 목을 물어 줘요."

멜리니가 말했다. 바네사는 희미하게 미소 지었다. 멜리니는 머리카락을 귀 뒤로 넘겼다. 셔츠 위로 메리의 목덜미가 드러났다. 바네사는 느리게 그 위로 입술을 가져갔다. 그녀는 쪽 하는 소리와 함께 키스만 남기고 얼굴을 들었다.

"날 따르고 싶니?"

"네."

"나와 함께 하고 싶어?"

"네."

"언젠가는 그렇게 될 거야. 하지만 지금은 아니야."

바네사는 그렇게 말하며 메리를 끌어안았다.

"흡혈귀가 되려면, 수많은 그림자들을 봐야 해. 여러 번, 정말로 많이……. 피가 맺히고 또 맺혀서, 네 심장이 그걸 버틸 수 있을 때까지. 그건 너무나 고통스러운 일이야."

"언니는 내가 인간으로 남길 바라나요?"

바네사는 창가로 걸었다. 그녀는 바람에 나부끼는 커튼을 매만졌다. 화병에 풀꽃들이 꽂혀 있었다. 바네사는 그 옆에 멜리니의 스케치북을 펼쳐두었다.

"가능하다면. 너는 아직 해야 할 일들이 있잖니."

"그게 뭔데요?"

바네사는 멜리니의 그림을 쓰다듬었다.

"곧 알게 될 거야."

"언니, 날 사랑해요?"

바네사는 눈썹을 내리고 웃었다. 멜리니는 입술을 비죽댔다. 바네사는 커튼 위로 몸을 기울였다. 부드러운 천이 그녀의 뺨을 스쳤다. 그때마다 검은 실 같은 머리카락이 하늘거렸다. 바네사는 애

듯한, 그러나 난감함을 담은 눈길로 메리를 보았다.

"인간을 사랑하면 흡혈귀의 시간이 흐른다면서요. 그건 무슨 뜻이에요?"

"말 그대로야. 유한한 인간의 몸을…… 돌려받는 거지."

"죽을 수 있는 인간으로요."

"그래."

죽는다. 죽음. 바네사는 담담하게 그 단어를 입에 담았다. 멜리니는 팔뚝을 끌어안았다. 죽음이라. 얼마 전까지 그녀는 그 단어를 아주 많이 생각했다. 지금은…… 잘 모르겠다. 메리는 하루 더 아침을 맞아도 좋다는 생각을 했다. 바네사와 내일을 기다리고 싶었다. 자신은 언니에게 사랑해 달라고 말해도 되는 걸까?

"그건…… 언젠가 언니가 날 떠날 수도 있다는 뜻인가요?"

"……멜리니. 난 이 날을 기다렸어."

그녀가 다가와 멜리니를 끌어안는다.

"사랑하는 멜리니, 네가 멜리사의 진실과 나의 진실을 알기 시작했으니…… 시간은 돌이킬 수 없을 거야. 그건 흐르기만 하니까. 멈출 수도, 되돌릴 수도 없어. 너는 계속해서 알아 갈 거야…… 나는 인간으로 돌아가기를 원해. 머리가 빠지고, 늙더라도. 이상하지, 너무나 오래, 까마득한 시간 동안 인간을 떠나 있었는데도……. 아직 이걸 원해. 너를 사랑하자마자 알게 되었어……."

"……죽음을요?"

"오랜 옛날, 그들이 내게 박아 넣었던 마지막 조각들이 드러날 거야. 네가 그걸 목격할 거야. 난 어쩌면 아주 추악해질 거야. 지옥 같을 거야. 사냥은 끝날지도 몰라. 마지막을 결정하는 건 너야. 인간이 된 흡혈귀를 죽이는 건…… 오직 그가 사랑한 인간뿐이거든……. 그러니 멜리니, 내가 끔찍하더라도…… 부디 나를 떠나지 마."

멜리니는 대답을 찾을 수가 없었다. 혼란하고 어려운 말들뿐이었다. 결국 그녀는 뾰로통한 어린애처럼 투덜댔다.

"그렇게 괴로울 거면, 언니. 나 같은 건 사랑하지 마요."

내가 언니를 사랑하더라도. 멜리니는 중얼거렸다. 바네사는 쓸쓸하게 웃었다. 그녀는 멜리니에게 다가왔다. 검지로 그녀의 뺨을 쓸었다. 마지막으론 발간 입술을 놀리듯 건드렸다.

"가능하겠니? 이미 심장이 뛰기 시작했는데."

멜리니가 그녀의 품에 안겼다. 바네사의 심장 박동 소리가 들렸다. 자신과 정확히 같은 리듬으로 우는 소리. 멜리니는 그녀의 살 냄새가 좋았다. 말하고 숨 쉴 때의 움직임도 좋았다. 멜리니에게 그녀는 은인이었다. 그러나 그녀가 원하는 보답은 멜리니로서는 이해하기 어려웠다. 멜리니는 떠나간 엄마를 생각했다.

'엄마에게서도 이런 냄새가 날까? 그녀도 이런 촉감과 목소리를

가졌을까.'

하지만 엄마를 떠나보낸 건 멜리니가 아니었다. 멜리니는 질문했다.

'누구지? 그건 누구지?'

바네사는 죽음과 사랑을 동시에 말했다. 멜리니는 머리가 아팠다. 바네사는 자신을 구했다. 새 이름도 주었다.

'그런데 왜, 우린 그냥 오래오래 행복하게 살았습니다, 그걸로 끝나면 안 돼? 모든 구원과 구출의 동화는 해피엔딩으로 끝나는데. 언니, 왜 우린 사랑을 얻고도 죽음을 생각하나요?'

모든 게 현실감이 없었다. 이럴 거면 날 구하지 말지, 그런 원망의 말도 나오지 않았다. 멜리니는 때로 자신을 멜리사처럼 느꼈다. 그러나 분명히 멜리사가 아닌 것도 알았다. 바네사의 눈동자도 그랬다. 때론 멜리사를 보는 것 같았다. 그러다가도 어느 순간 멜리니를 찾았다. 기묘한 경계 속에서 두 사람은 어울렸다.

멜리니는 바네사의 허리를 끌어안은 손에 힘을 주었다. 지금은 바네사가 자신의 안식처로 남길 바랐다. 자신은 아빠를 죽이고 싶었지만, 바네사를 죽이고 싶지는 않다. 그건 아주 다른 종류의 느낌이었다. 살인이라는 단어의 끔찍함조차 의미가 자주 바뀌었다. 사랑도 그랬다.

***

"열 받아."

목욕을 마친 리사가 바네사의 방으로 들어왔다. 그녀는 수건으로 머리의 물기를 털며 불평했다. 옷장을 열더니 나신에 갖가지 코트를 걸쳤다. 색, 재질, 모양, 가격이 다양한 외투들을 입었다 벗길 반복했다. 손에도 보석들을 번갈아 끼며 부산했다. 멜리니는 다른 방에서 잠들었다. 리사는 한껏 투덜거렸다.

"걔가 멜리사를 닮지 않았어도 사랑했을 거야?"

"멜리사는 이제 없지만, 그 애는 여기 있잖아. 내 고백을 듣고도 계속 살아갈 거고."

"……언닌 왜 그렇게 복잡하게 살아."

보라색 모피 코트를 선택한 리사는 바네사의 곁에 성큼성큼 와 앉았다. 검은 몸이 달빛을 받아 서늘하게 빛났다. 전신에 뿌린 샤워 향수 냄새가 짙었다. 손 사이사이로 보석들이 빛났다.

"오직 그 아이만이 내 전부를 받아들였어."

"걔가 정말 변심하지 않을 것 같아? 생각해 봐. 신의 이름을 빌어 간음하고 살인하는 게 인간이야. 걔라고 다를 것 같아?"

"멜리니는 우릴 믿어. 자신에 대해 거짓을 말하지도 않아."

"그건 우리도 마찬가지야. 괴물이니까, 괴물……. 우린 괴물이니까……!"

리사가 갑자기 비명을 질렀다. 그러다 목을 꺾어 깔깔댔다.

"우린 아무나 도륙하는 살인자가 아니야. 신의 권능을 받았어. 신이 허락한 존재란 말이야……. 왜 죄책감을 느껴야 해? 악령에게 영혼을 판 그 새끼들도 뉘우치질 않는데!"

"리사. 멈춰. 난 죄책감 때문에 이러는 게 아냐."

"그럼, 도대체 왜, 왜, 왜! 왜 하필 그 애를 사랑해! 왜 하필 인간을 사랑해서 다시 죽으려고 해! 그건, 그건…… 자살이나 마찬가지잖아."

리사가 향수병을 내던졌다. 쨍그랑, 잔해가 사방으로 튀었다. 그중 하나가 리사의 다리에 상처를 냈다. 바네사는 리사의 손을 잡았다. 리사의 표정이 일그러졌다. 그녀가 고개를 숙였다. 바네사는 리사의 손등을 쓸었다. 리사는 얼굴을 들지 않은 채로 말을 이었다.

"언니. 나는. 그럼, 나는? 언니와 같은 운명을 짊어진 주제에, 욕망만 하는 나는?"

"리사, 넌 충분히 잘해 왔어."

"난 이대로 살고 싶어. 언니처럼 인간이 되고 싶지 않아. 내가 인간이었을 때…… 가축만도 못했었어. 그들이 날 마녀라고 불렀을 때에서야…… 쉰여섯 번이나 고문당했던 날 말이야……. 사실 그들은 이토록 나를 두려워했구나, 깨달았어. 내가 더러운 게 아니라…… 그들에게 과분한 존재였기 때문에 그랬다는 걸 알았어. 이 진실을 읊으면서 버텼다고."

"알아. 리사, 넌 끝없이 살아갈 자격이 있어. 난…… 네가, 우리가 겪은 사냥을 끝내려는 것뿐이야. 우린 많이 지쳤잖아. 내 회귀가 증명할 거야. 흡혈귀로서의 나의 종말도. 우린 그것들을 끝낼 수 있어……."

리사의 목이 메었다. 입술만 달싹였다. 그녀는 바네사를 보지 못했다. 다만 이를 악문 뺨 위로 눈물이 흘렀다.

"난 살아남을 거야. 끝을 볼 때까지, 오천육백 번을 죽여도 다시 살아날 거라고!"

"……."

"그치만…… 언니가 곁에 없으면, 난……."

"……."

"……난 끔찍하게 외로워……."

열린 창문 사이로 바람이 불었다. 바네사는 그녀의 팔뚝을 매만졌다. 창문을 닫고, 바닥에 떨어진 유리조각들을 대신 주웠다. 산산이 조각난 잔해들을 모았다. 바네사는 얼굴을 가린 리사의 곁으로 왔다. 그녀의 어깨를 안았다. 리사의 심장 부근에 손을 댔다. 바네사는 안다. 자신의 심장에는 불타는 멜리사의 잿더미가, 리사의 심장에는 쉰여섯 번의 주검이 있다. 짓밟힌 인간성이라는 그녀

자신의 주검이. 언젠가는 지나야 할 주검이. 리사는 허벅지 위로 눈물을 뚝뚝 떨구었다. 바네사는 리사의 뺨에 키스했다.

"리사, 넌 이제 노예가 아니잖아. 황금을 다룰 줄도 알고."

"……."

"오직 너만이 가능한 일이 있어. 리사, 나를 위해 들어줄 거지?"

리사는 떨리는 입술로 고개를 끄덕였다.

"배신해 줘. 멜리니가…… 다시 날 필요로 하는 순간이 온다면 선택할 수 있도록…… 그녀의 배신자가 되어줘."

"……맨날 악역은 나만 시키지."

리사는 벌겋게 우는 눈으로 고개를 들었다. 바네사는 담담한 미소를 지었다.

"이런 일이 가능한 건 너뿐이잖니, 내 유일한 흡혈귀. 리사."

바네사가 말했다. 리사는 그녀의 품에 머리를 기댔다.

"……흡혈귀가 죽어도 심장은 남지. 절대로 줄어들지 않는, 썩지 않는, 영원불변하는 황금빛 심장 말이야."

"그래."

"부탁을 들어주는 대가로 그걸 내게 줘. 언니의 심장만은……. 내 것이라고 약속해."

정적이 흘렀다. 두 명의 숨소리만 방을 메웠다. 부드러운 은색 달빛이 스몄다. 고요의 끝자락에서, 바네사는 고개를 끄덕였다. *원*

하는 대로 하렴. 그녀는 리사의 눈꺼풀에 입을 맞추었다.

***

"초동조치가 중요하다 했잖습니까!"

강력반 소속 데보라 형사가 책상을 내리쳤다. 부장이 얼굴을 찌푸렸다.

"그놈의 다혈질은 영 고쳐지질 않는군."

투덜대는 남자에게 데보라는 표정을 굳혔다. 그녀는 책상에 서류를 내던졌다.

"십 년 전 이 사건도 신고 즉시 조사에 착수했다면, 미제로 남진 않았을 겁니다."

"그때도, 지금도, 우린 할 만큼 했네."

"기록을 확인하니 이번 화재 사건 전에도 실종자가 직접 신고한 적이 있더군요. 재신고도 여러 번인데 변변찮은 기록 하나 없다니요! 이게 말이 됩니까?"

변두리 주유소에서 화재가 발생했다. 피해자는 중년 남성 다섯. 평소 알코올 중독이 심했다는 주변인들의 평가에 의하면, 그날도 다같이 술판을 벌이다 변을 당한 모양이었다. 다만 그들의 몸에는 화상 자국 외에 심각한 상해의 흔적들이 있었다. 보통 사건이 아니었다. 강력한 수사가 필요했다.

시체 하나는 완전히 연소되어 뼈밖에 남지 않았다. 그런데, 어디에서도 머리 유골을 찾을 수가 없었다. 본인들끼리 다투다 발생한 일이라기에는 미심쩍었다. 어느 누가 몸싸움을 하다 머리까지 날린다는 말인가? 타살을 가정하고 용의자를 물색하던 중, 사라진 유족이 있다는 걸 발견했다. 죽은 남자 중 한 명의 딸이었다. 경찰은 그제야 부랴부랴 실종 신고를 냈다.

"그야……. 아니 그 정도 일이 어디 하루이틀인가. 경찰도 사람인데, 허구한 날 있던 다툼인가보다 했겠지."

부장은 데보라가 던진 서류를 읽었다. 십 년 전 미제로 남았던 여학생 살인 사건이었다. 그녀를 납치해 성폭행 후 살해한 용의자가 잡혔지만 제대로 된 증거를 얻지 못했다. 많은 것이 유실된 후였다. 월경 중이던 피해자의 시체에서 채취한 게 유일한 자료였다. 수사요원의 거즈에서 혈액과 섞이지 않은 정액이 발견되었다. 그건 용의자의 것으로 판명되었다. 그러나 그는 피해자와 관계만 했으며 살인은 저지르지 않았다고 잡아뗐다. 결국 무혐의 판정이 났다. 부장은 더디게 기록을 검토했다. 한참 만에 이마에 주름을 세웠다. 목소리에 짜증이 역력했다.

"굳이 끝난 사건을 기소해야 할까? 인력도 부족하고……. 괜히 수사 초기의 책임이라도 물면 골치 아파."

“종결이 아니라 미결 사건입니다. 증거를 인멸하고 부인한 죄질까지 더해 형을 때려야지요. 제가 무엇 때문에 피까지 뽑으며 감정을 받았겠습니까?”

“누가 시키지도 않은 짓을 하라고 했나. 가뜩이나 일도 많은데……. 사람이 눈치 없게…….”

“부장님!”

데보라가 역정을 내자 부장은 꼬리를 내렸다. 그녀는 우수한 실적으로 촉망받던 인재였다. 한번 물면 집요하게 놓지 않는 수사로 유명했다. 미제 사건 해결을 위해 직접 의학자를 찾아가기도 했다. 이번 사건도, 피해자가 성행위 후 살아 있었다면 혈액과 정액이 섞였겠지만 이미 죽은 후였다면 그렇지 않으리라 추리했다. 가설의 검증을 위해서는 월경혈이 필요했다. 하지만 윤리적 문제가 있었다. 실험용 혈액의 채취는 누구에게나 요청할 수가 없었다. 사정을 들은 데보라는 흔쾌히 자신의 피를 내놓았다. 실험은 진행되었다. 가만히 둔 혈액과 정액은 몇 시간이 지나도 멀쩡했던 반면, 흔들렸을 경우는 뒤섞였다.

즉, 피해자는 이미 죽어 있었다. 그래서 움직일 수 없었다. 십 년만에 진실이 밝혀졌다. 가해자는 법의 심판을 받게 되었다. 데보라는 자신의 정의에 자부심이 있었다.

“알겠네, 알겠어……. 원, 성질머리 하고는……. 그나저나 모유 수유는 좋은데, 남들 눈은 신경 좀 쓰지. 너무 일만 하다 보니 사회생활 감각을 잃은 거 아닌가?"

부장이 데보라의 가슴팍을 가리키며 이죽거렸다. 데보라는 주머니 부근에 말라붙은 젖 자국을 발견하고 귓등이 달아올랐다. 속으로 욕지거리를 뱉었다. 지금 상황에 왜 그딴 걸 보고 있었는지 퍼부어 주고 싶었다. 하지만 그렇지 않아도 이미 자신은 그에게 눈엣가시였다.

전에도 부서 이전의 위기가 한 번 있었다. 본래 마약사범 담당이었던 그녀는 첫째 출산과 동시에 실종 전담 부서로 이동했다. 대규모로 움직이는 임무에 적합하지 않고, 공조 수사를 통해 타 부서에서도 역량을 충분히 발휘할 수 있으리라는 이유였다. 데보라는 납득하려 애썼지만 속이 자주 불편했다. 그럴수록 피 마르는 노력으로 보상했다. 곧 데보라는 이전한 부서에서도 상위권의 실적을 달성했다. 그러나 둘째를 출산하면서 다시 위기가 닥쳤다.

"아이도 키워야 하는데, 교통국이 낫지 않겠어? 아무나 편의를 봐주는 건 아니라고. 자네니까 이정도지. 권유한 것들은 잘 생각해 봤나."

"……맡기기로 하셨던 사건이 더 있지 않습니까. 목사 안수 직전 실종된 여성 목회자 건 말입니다."

"그 정도 일은 누구나 맡을 수 있어. 꼭 자네여야 하는 건 아니야. 그러니 걱정할 사안이 아니지. 오히려 다른 걸 더 염려해야 할 텐데?”

데보라는 주먹을 쥐었다. 부장의 말은 사건을 해결하는 일보다 성가신 걸 제거하는 일이 우선이라는 것처럼 들렸다. 출산 후 휴직 신청을 했던 게 어지간히 그의 심기를 거슬린 모양이다. 데보라가 최대한 일찍 복직하고 몇 배의 실적을 쌓았음에도 불구하고 그는 업무와 무관한 사항으로 사사건건 시비였다.

특히 둘째를 위한 유축 시간이 확보되지 않는 게 가장 힘들었다. 그는 휴대용 냉장가방을 가져오는 일부터, 유축을 위해 근무 중 단 두 번 자리를 비우는 때조차 탐탁지 않게 여겼다. 사내 분위기를 망친다는 등의 말을 공공연히 하면서 앞뒤로 비아냥거리기 일쑤였다. 대부분 남성으로 이루어진 조직에서 산모에 대한 고려는 턱없이 부족했다. 오늘처럼 실수가 발생하면 난감했고, 수유실이나 휴게실이 따로 없어 냄새나는 화장실에 틀어박히는 것도 고역이었다. 젖몸살이 심해 기절할 뻔도 했었다. 마약 사범을 취조할 때는 거리낌 없이 대담한 그녀였지만, 점점 홀로 머리를 싸매고 절규하고 싶은 날들이 늘었다. 가장 먼저 아이가 눈앞에 어른거렸다. 죄책감이 마음을 짓눌렀다. 그러나 삶의 태반을 바쳐 승승장구하던 직장을 포기하고 싶지도 않았다. 그거야말로 삶에 패배하는 느낌이었다. 부러 당당한 태도를 취했다. 하지만 따돌림만 늘었다. 며칠 전, 결국 부장이 그녀를 불렀다. 모유 수유와 경찰 업무 중 하나를 고르라는 지시를 했다.

둘 중 하나. 이것 아니면 저것. 데보라는 숨이 막혔다. 어디에도 데보라의 욕망은 없었다.

그들이 말했다. 효율이 떨어지는 엄마는 옷을 벗으라.

***

리사는 멜리니를 차에 태워 달렸다. 바네사에겐 비밀이었다. 사랑을 시작한 흡혈귀들은 낮에 잠이 늘었다. 저녁달이 뜰 때 즈음 깨어나 활동을 시작했다. 바네사는 잠들었다. 리사는 엑셀을 세게 밟았다. 바람이 머리카락을 스쳤다.

"멜리사. 그 아이는 자살했어. 거짓말을 하면서까지 죽었지. 그게 자살이 아니면 뭐겠어? 왜 그랬을까. 언니를 위해서. 언니를 사랑해서? 멜리니, 너도 그럴 수 있어?"

멜리니는 무릎을 끌어 모았다. 부쩍 마른 얼굴에 그늘이 졌다. 바네사가 그녀를 아빠로부터 구했다. 새 삶을 살 수 있는 것도 좋았다. 반면 한 세기를 지난 바네사의 삶을 그녀가 다 그린다는 건 어려웠다. 바네사의 고통이 무엇인지, 영겁의 세월 동안 상실을 되새긴다는 건 어떤 경험인지 가늠이 되지 않았다. 바네사는 그녀에게 멜리사의 기억을 고백했다. 고백이란 잊지 않을 때에만 가능했다.

'그 무게와 깊이를…… 한낱 내가 감당할 수 있을까. 언니, 사랑해요, 그러니까 죽지 마. 내가 감히 말해도 되는걸까? 언니, 사랑해요, 언니의 죽음을 존중해. 이건 자의식 과잉이자 오만이 아닐까?'

멜리니는 무릎 사이에 얼굴을 묻었다. 리사가 멜리니를 노려보았다.

"……몰라."

멜리니는 겨우 대답했다. 리사는 어깨를 으쓱했다. *그럼 그렇지, 너는 고작 하찮은 인간일 뿐이야.* 리사는 고개를 저었다.

"그럼에도, 언니는 널 선택했어. 자신의 사형수로 말이야."

"왜?"

"사랑하는 사람이 은탄환으로 꿰뚫는 심장. 그게 흡혈귀가 유일하게 죽음에 이르는 길이야. 너에게 맡기기로 결심한 길이고. 아, 가엾은 희생양 바네사 언니……."

멜리니의 얼굴이 창백하게 변했다. 해는 아직 중천이었다. 자신들이 달리는 도로는 끝이 없었다. 멜리니는 한참만에 말했다.

"……난 못 해."

"기대하지도 않아. 하지만 어쩌겠어. 언니가 널 고집해. 언니는 자신 안에 마녀를 사냥하던 자들의 악의가 묻혀 있대. 그 원형을 간직한 흡혈귀의 끝은, 그들에게 최후를 선고하는 것과도 같대. 언니는 네가 살아갈 세상에 그것들이 없길 바라. 그래서 죽음을 감수하려는 거야."

"……."

둘의 자동차는 아담한 건물 앞에 멈췄다. 멜리니가 메리일 적 살던 동네였다. 그곳의 경찰서 앞에 리사는 차를 세웠다. 멜리니는 눈썹을 꿈틀거렸다. 자신이 몇 번이고 도망쳤지만 지옥으로 돌려보내졌던 반환점. 리사는 트렁크에서 기름통과 라이터를 꺼내 멜리니에게 쥐어 주었다.

먼저 안으로 걸어간 건 리사였다. 멜리니가 뒤를 따랐다. 이윽고 창문에 벌건 핏줄기들이 튀었다. 십여 분 만에 두 여자는 바깥으로 나왔다. 멜리니의 손에는 기름통이 없었다. 대신 그녀는 라이터를 안으로 던졌다. 거대한 폭발음과 함께 화마가 일었다. 불타는 건물을 뒤로 하고 그녀들은 다시 차에 올랐다. 리사는 입가에 묻은 피를 손등으로 닦았다.

멜리니는 주머니 속 스케치북을 꺼내, 화염에 휩싸인 건물을 스케치했다.

그녀들은 몇 군데를 더 돌았다. 참수형이 즐비했다. 손톱을 한 번 휘두르는 걸로도 남자들의 목이 잘렸다. 리사가 살육하는 현장을 멜리니도 지켜봤다. 처음엔 구역질을 동반하던 장면이 차츰 익숙해졌다. 멜리니는 시체의 단면이 어떤 모습인지 들여다 볼 정도가 되었다. 머리와 분리된 신체의 말미는 살아 있는 것처럼 꿈틀거렸다. 죽기 직전의 말미잘 같았다. 간간히 척수가 빠져나왔다. 연결점을 잃어버린 몸뚱이는 자신이 인간임을 증명할 길이 없었다. 그녀는 리사가 식사를 마치기를 기다리면서 늘어진 몸통들을 발로 찼다.

"얜 추행범이고, 매일같이 아내를 폭행했지. 이건 겁탈한 여성의 비명을 들으며 낄낄댔고, 저건 반항하면 죽이거나 세상에 못 나오도록 하겠다며 협박했어. 저기 굴러다니는 건 사랑한다면서 상대를 걸레라고 모독했고, 끈질기게 의심하다 때려 기절도 시켰고. 정말, 믿음이 부족한 것들이야. 여기 발밑에 있는 건 사람을 팔거나 망치를 들고 약을 먹였어. 그리고, 또……. 어때, 해도 해도 끝이 없지? 보름에 한 번이면 쉰 명씩도 모자라다니까."

멜리니는 고개를 끄덕였다. 리사는 덩어리들의 과거를 읊었다. 멜리니는 잠자코 생명이었던 것들의 흔적을 상상했다. 속이 메스꺼웠다. 역겨움은 리사의 행위에 대한 것이 아니었다. 고기가 된 후에야 말을 잃은 것들. 불그죽죽한 색으로 굴러다니는 것들. 그것들에 대하여 느끼는 감정이었다.

리사는 피범벅이 된 손으로 어깨를 주물렀다. 멜리니의 머릿속이 차분해졌다. 태어나서 이렇게 정신이 맑았던 적이 없었다. 두려움에 떨거나 폭발하거나, 둘 중 하나이던 신경이 놀랍도록 냉정했다. 멜리니는 자신의 변화에 놀랐다. 리사가 송곳니를 드러내면서 빛내는 눈동자만이 가슴을 태웠다. 그걸 마주하면 심장이 들끓었다. 반면에 머리는 얼음장처럼 차가웠다. 멜리니는 이 상태가 마음에 들었다. 리사는 맹수 같은 시선으로 주변을 둘러보더니 말했다.

"봐. 고작 언니 한 명이 죽는다고 이게 바뀔 것 같아? 이미 새로운 구더기들이 드글드글해. 난 언니랑 다른 길을 걸을 거야. 새로운 쓰레기를 청소하고 청정한 지구를 만들 거야. 얼마나 숭고해? 그러니 난 천년만년 살아 있어야 해. 수많은 고문을 당하고도 생존했던 것처럼, 끈질기게."

리사의 눈이 황금으로 돌변했다. 그녀의 금발은 불타는 태양처럼 휘날렸다. 초콜릿 색 피부에 윤기가 돌았다. 멜리니는 그녀의 자태를 감상했다. 외양이 변하는 게 아닌데도 능력을 발휘할 때의 그녀들은 더없이 아름다웠다. 바네사에게 느끼는 사랑과는 다른, 일종의 경외감이었다. 아름다움을 마주할 때, 존재의 근원에서 올라오는 전율. 멜리니는 바람을 뚫고 달리는 리사의 옆모습에서 그런 감각을 느꼈다. 이윽고 리사가 멜리니를 돌아보았다. 선명한 황금빛 눈동자가 시선을 사로잡았다.

리사가 날카롭게 웃는 소리를 냈다. 그녀의 목에서 피아노 현이 끊기는 듯한 음이 났다. 멜리니는 가방 속에서 스프레이를 꺼냈다.

늘어선 시체 위에 금색 장미를 새겼다. 리사는 그녀의 창조를 지켜보았다. 죽은 것들의 단면을 자세히 관찰할수록 멜리니의 그림은 발전했다. 잎과 꽃술의 모양들을 세세하게 구현했다. 섬세하게 잎을 펼친 그림은 살아 있는 여신처럼 보였다. 식사를 마친 리사의 안색이 밝았다. 그림에 열중하는 멜리니의 얼굴도 그랬다. 안광이 번뜩이고 이마가 훤했다. 자신이 다 먹고 버린 껍데기들을 황금 꽃이 덮는 걸 보며, 리사가 입꼬리를 올렸다.

"핏줄에 쌓인 악귀의 걸음을 지우려면 수백 년 가지고는 모자라. 그거 알아? 여긴 네가 살 세상이야. 그러니 너 스스로 책임져야지."

멜리니는 고개를 끄덕였다. 그녀는 바네사를 죽이는 연인이 되고 싶지 않았다. 바네사를 영원히 살리는 연인이라면 몰라도. 하지만 그렇게 되지 않을 방법을 알 수 없었다. 바네사는 그녀를 절대로 물지 않으려 했다. 인간으로서의 멜리니를 남기겠다고 선언했다. 하지만 흡혈귀가 사랑한 인간은, 그녀를 죽여야 한다. 흡혈귀처럼 강력한 힘을 가지지 못한다면, 고작 인간일 뿐인 멜리니가 세상을 어떻게 바꾸겠는가. 멜리니는 속이 답답했다.

리사는 가슴에 성호를 긋고 기도했다. 갑자기, 그녀는 멜리니에게 달려들었다.

"리사!"

멜리니의 비명이 짧게 울렸다. 그녀들은 바닥에 쓰러졌다. 리사가 멜리니를 올라탔다.

"멜리니. 너도 네가 싫지?"

멜리니의 눈이 크게 흔들렸다. 리사는 그녀의 귓가에 입을 댔다. 음산한 목소리로 속삭였다.

"나도 그랬어……. 하지만 지금은 무엇도 두렵지 않아. 난 내가 좋아. 내가 원하는 대로 사니까."

그녀는 대번에 멜리니의 목을 깨물었다. 눈앞이 번쩍, 세 번 빛났다. 통증, 통증, 통증들. 혈관을 박쥐나 벌레가 깨무는 것 같았다. 멜리니가 몸을 뒤틀었다. 리사는 꿈쩍도 하지 않았다.

"리사, 안 돼, 리사!"

그러나 상대의 송곳니가 멜리니의 살을 깊이 파고들었다. 리사는 멜리니를 단단히 붙잡았다. 오렌지 빛 입술이 그녀의 살결을 빨았다. 체액이 흘러 들어왔다. 멜리니가 몸을 떨었다.

"너도 같이 괴물이 되자! 인간이길 포기하면 돼. 그럼 언니를 살릴 수 있어!"

멜리니의 몸이 요동쳤다. 전신의 힘이 빠져나갔다. 머릿속이 핑 돌았다. 금색 꽃과 푸른 줄기를 가진 환상이 아른거렸다. 그건 눈부시게 세상을 기어 다녔다. 순간 멜리니는 울다가 자신도 모르게 웃었다. *그래? 리사, 정말이야?* 흡혈할수록 멜리니의 웃음이 커졌다. 떨어진 물감 통이 구르며 소리를 냈다. 비릿한 향도, 비명도 더 이상 느껴지지 않았다……. *언니, 내가 괴물이 되면, 당신을 살릴 수 있어?*

리사가 그녀의 목덜미를 마구 씹었다. 멜리니는 입에서 터지는 소리가 신음인지 탄성인지 구별하지 못했다. 리사의 혀와 이빨이 상처 속을 헤집었다. 용해된 황금이 혈관을 휘젓는 느낌이었다. 멜리니는 별안간 소리쳤다. *견딜 수 없어, 얼마나, 나는 얼마나 아름다워졌어?* 환영이 지나갔다. 바네사를 닮은 꽃들이 사람들을 묶고, 자르고, 터트리는 꿈. 그녀는 금빛으로 빛났다. 멜리니는 확신했다. 그녀는…… 신이다. 자신에게, 우리 모두에게. 리사의 송곳니가 마지막으로 살을 뚫었을 때, 멜리니는 신을 보았다. 일곱 개의 불과, 일곱 개의 날개, 일곱 개의 황금 꽃을 든…….

네가 원하면, 난 얼마든지 괴물이 될 거야.

멜리니는 그 말이 바네사에게서…… 그리고 자신에게서 태어났다고 생각했다.

'언니, 언니, 언니. 내가 괴물이 되어도. 당신에게 유일한 괴물이 되어도. 날 사랑할 건가요? 그러면 나도 영원히 언니를 원할 거예요. 언니, 언니, 언니……. 당신을 목숨만큼 사랑해.'

리사가 입을 떼었다. 그녀가 턱을 훔치며 말했다.

"잊히는 건 언니도 바라지 않을 거야. 괴물이 된 우리가 서로를 영원히 기억해야 해."

정신을 차렸을 때, 멜리니는 운전 중인 리사의 옆에 누워 있었다. 바람이 서늘했다. 집에 도착하자마자 리사는 핏물을 씻으러 욕실로 갔다. 바네사는 아직 침실에 있었다. 멜리니는 자신의 목덜미를 만졌다. 왼쪽 쇄골 위에 피 멍이 들었다. 멜리니는 옷을 끌어당겨 그걸 감추었다. 상처는 두 개의 꽃봉오리 모양이었다.

***

한 무리의 사람들이 절벽 아래에서 집회를 열었다. 그들은 '나라를 구하는 기도회'라고 쓴 현수막을 걸었다. 열렬한 통성 기도가 시작되었다. 피켓은 동성애 반대였다가 차별금지법 반대였다가 무상복지 반대로 바뀌었다. 목사 두 명이 마이크를 들고 분위기를 주도했다.

"적그리스도를 몰아냅시다! 불신자들을 정죄하고 애국의 사역을 위해 행동합시다! 날이 갈수록 세상의 법과 질서는 사탄과 이단들에 의해 난도질당하고 있습니다. 하나님이 우리를 시험하십니다, 고난을 타파합시다!"

그들의 외침이 끝나자 사람들은 쇠파이프, 철제 사다리, 목각으로 기물들을 부수었다. 돌을 던지고 횃불을 휘두를수록 목사들의 외침이 커졌다.

"불순한 세력들은 물러가라!"

그때, 그들의 머리 위 절벽에서 불타는 자동차가 떨어졌다.

현장이 삽시간에 아수라장으로 변했다. 연기를 뿜으며 추락한 자동차는 다섯 명을 깔고 뭉갰다. 세 명이 실신하고 두 명이 다쳤다. 차체 후면이 불꽃으로 타올랐다. 그 안에서 유독 시커먼 연기들이 새었다. 사람들은 허둥지둥 도망쳤다. 상황을 목격한 모든 이들이 경악했다. 달려온 소방관과 경찰들이 불을 진압했다. 연설 중이던 목사 한 명의 다리가 깔려 구조하느라 소동이 벌어졌다. 남은 이들이 현장을 둘러쌌다. 누군가는 천벌이라 했고, 누군가는 계시라 하고, 누군가는 악마의 소행이라 했다. 신의 재림을 외친 자들도 있었다. 구조대원들은 연기가 자욱한 트렁크를 열었다. 군중들이 비명을 질렀다.

그 안엔 검게 탄 목 없는 시체가 있었다.

***

재클린은 사건의 일보 사진을 찍은 기자였다. 집회 현장을 취재하다가 예상 외의 특종을 잡았다. 그녀는 트레이드마크인 동그란 뿔테 안경을 밀었다. 하늘에서 자동차가 날아오던 장면은 극적이었다. 누구도 이런 경험을 하리라고는 예상치 못했다.

불에 탄 자동차가 내려앉으며 사람들을 뭉갤 때는 무신론자인 재클린도 종말론을 외칠 뻔했다. 그러나 재클린은 순발력을 발휘해 카메라를 꺼냈다. 우왕좌왕하며 도망가는 이들 사이로, 난간에 매달려 자동차를 촬영했다. 차는 깡통처럼 구겨지며 트렁크를 벌렸다. 검은 시체가 프레임에 들어왔다. 재클린은 떨리는 손을 부여잡으며 연사 버튼을 눌렀다.

오늘은 사회부 팀장인 캡의 지시를 따라 국립 과학 수사 연구소로 가는 중이었다. 시체는 중년의 남자 목사로 밝혀졌다. 아이러니하게도 그날 집회를 하던 교단 소속이었다. 금일 사체의 부검 결과를 들을 예정이었다. 장비를 챙긴 재클린은 열의에 차 길을 나섰다. 담당 형사들과 인사를 나눈 후 부검실로 들어갔다. 그녀를 제외한 참관자들은 전부 남자였다. 재클린은 의아했다.

"오늘은 데보라 수사관님이 안 계시네요?"

그녀의 질문에 형사 하나가 무심하게 대답했다.

"아아. 부서를 옮겼어."

"어디로요?"

"교통국으로."

"네? 그 데보라 수사관님이요?"

"결혼하더니 못 버틴 거지. 쯧쯧. 그렇게 객기를 부리더니 결국은 별 수 없다니까…….”

그는 더 비꼬려다가 재클린의 눈치를 보고 입을 다물었다. 말을 얼버무리며 그녀의 등을 치더니 자리를 피했다. 재클린은 허탈감을 느꼈다. 여성들 중 이 지역 담당 경찰기자로 활동할 수 있는 건 단 한 명이었다. 마침 선배 기자가 임신으로 부서 이동을 해 재클린이 자리에 올랐다. 바라던 업무였지만 단신으로 범죄 현장을 오가는 일이 쉽지 않았다. 할당된 정원을 늘려달라고도 해 보았지만 소용이 없었다. 그나마 위안이 되었던 게 수사관 데보라의 존재였다.

침낭을 깔고 밤샘 취재를 하던 수습 시절부터 재클린은 데보라와 면식이 있었다. 둘은 처음부터 우호적이지는 않았다. 당시 데보라는 사사건건 보도에만 혈안이 된 기자들을 탐탁지 않아 했다. 더군다나 재클린의 입사 직전 기사거리를 제대로 주지 않는다는 이유로 언론사 간부진이 서를 뒤집은 적이 있었다. 결과는 기자들의 압승이었고, 한동안 분위기가 냉랭했다. 데보라는 수사에만 열중할 뿐 기자들과 좋은 관계를 유지하는 데에는 관심이 없었다. 이 때문에 징계를 먹을 뻔한 적도 있었다. 그만큼 고지식한 사람이었다. 당시 사회 초년생이었던 재클린은 그녀의 냉정한 태도에 주눅이 들었다.

둘의 관계가 전환점을 맞은 건 경찰청장이 소집한 회식자리에서였다. 그는 신입 기자들을 모아 술을 마시는 걸 좋아했다. 특히 여기자들이 오는 날 그랬다. 그는 가장 어린 기자를 옆자리에 앉히는 습관이 있었다. 그날은 재클린이 최연소자였다.

"오늘은 우리 기자님이 내 '초이스'인데. 앞으로 일하려면 줄을 잘 타야지."

당시 재클린은 의욕이 넘치는 신입이었으나, 순진한 면이 있었다. 꺼림칙했지만 사회인으로서 응당 감수해야 하는 것으로 여겼다. 그녀는 초이스라는 은어의 뜻도 몰랐다. 나중에 동료들로부터 업소 용어란 걸 귀띔 받은 후 모욕감에 치를 떨었다. 하지만 지난 일을 따지기엔 구차할까봐 그와 얽히지 않기로 다짐하는 게 전부였다. 여하튼 그날 재클린은 청장이 부르는 쪽으로 갔다. 그때 둘 사이로 데보라가 끼어들었다.

"한 잔 받으시죠."

그녀는 무심한 얼굴로 청장에게 연거푸 술을 권했다. 그녀는 상당한 말술이었다. 웬만한 남자들도 상대가 되질 않았다. 재클린은 졸지에 청장이 아닌 그녀의 옆자리를 차지했다. 청장은 데보라 수사관에게 사회성이 부족하다며 핀잔을 주었다. 데보라는 묵묵히 그와 잔을 부딪쳤다. 그날 먼저 만취하여 뻗은 건 경찰청장이었다. 데보라는 그가 보지 않을 때마다 목소리를 낮춰 재클린에게 속삭였다.

"속이 안 좋으면, 다 먹지 말고 버리게."

별 것 아닌 말이었지만, 같은 기자들 사이에서도 드문 배려였다. 재클린은 그녀가 고마웠다. 나중엔 점점 존경심이 자랐다. 딱히 표현한 적은 없어도 그녀는 가장 의지가 되는 존재였다. 재클린은 일이 끝나면 그녀에게 연락을 해야겠다고 다짐했다.

***

리사와 멜리니는 계속 외출했다. 세 번째 밤. 멜리니는 바네사의 침실로 갔다. 그녀는 새하얗고 마른 얼굴로 누워 있었다. 멜리니는 그녀의 곁에 무릎을 꿇었다. 그녀의 손을 붙잡고, 앙상한 마디와 금색 손톱에 입을 맞추었다. 자신의 목에 난 상처 자국을 만졌다. 일곱 번을 물리면 흡혈귀가 된다. 리사는 자신을 세 번 물었다. 남은 건 이제 네 번.

멜리니는 혼잣말을 했다.

"언니, 내가 언니의 바람을 어기면. 날 사랑하는 걸 그만둘 건가요?"

바네사가 깨어났다. 그녀는 멜리니의 손을 잡았다. 멜리니의 존재를 알아채자 바네사는 미소 지었다.

"멜리니, 사랑해. 네가 어떤 모습이더라도 사랑하겠다고 맹세해."

멜리니는 바네사에게 입을 맞췄다. 키스는 전신으로 이어졌다. 둘은 하나처럼 엉겨 침대에 파묻혔다. 멜리니는 생각했다. *우리는 다른 결론을 얻을지도 모른다. 하지만…… 서로를 원한다. 그대가 행복하길, 당신이 웃을 수 있기를. 그러나 우리가 함께 삶을 걸을 수는 없을까? 어떠한 피안으로든 같이 갈 수는 없을까?*

이 키스들이…… 영원할 수는 없을까.

***

오늘은 흡혈귀들의 '식사'가 없었다. 해가 중천에 떴는데 누구도 기상하지 않았다. 멜리니는 시리얼을 부어 거실로 왔다. 우유를 넣은 후 한 입 먹은 멜리니의 표정이 변했다. 그녀는 의아한 얼굴로 고개를 기울였다. 이전만큼 음식의 맛을 느낄 수 없었다. 그녀는 손끝으로 자신의 혀를 만졌다. 미뢰가 응당 느껴야 하는 감각이 부족했다.

멜리니는 한동안 자신의 손가락을 물고 있었다. 미각은 오히려 손가락 살 아래의 맥박과 혈류에 반응했다. 흡혈귀의 변이가 일어나는 중이리라. 수혈은 괴로우면서도 아찔한 쾌락을 동반했다. 피를 빨린 후엔 언제나 리사의 식사 장면을 감상했다. 도륙의 방식들을 익혔다. 흡혈귀들은 결코 움직임을 낭비하지 않았다. 유희가 아닌 이상에는 빠르고 깔끔한 손짓으로 대번에 목표물을 잘랐다. 멜리니는 모든 과정을 낱낱이 관찰하고 머리에 입력했다. 어쩌면 그녀도…… 언젠가 그녀도…… 저 운명을 따를 테니까. 그녀들이 사냥감을 정하는 데엔 일종의 규칙이 있었다. 가끔은 내키는 대로 먹었지만 최소한의 기준은 있었다.

"우린 문명의 산 증인, 실재하는 역사, 이성을 대표하는 괴물이니까."

리사는 이렇게 설명하곤 웃었다. 그러고는 덧붙였다.

"글쎄, 우릴 경계로 밀어 넣은 건 그들이야. 단면만 보는 이들은 경계에 도사린 우리를 알 리가 없지. 그러니 잡아먹히는 거야. 세상은 약육강식이란 말을 좋아하지? 우린 그걸 되돌려줄 뿐이야. 인식의 능력이 떨어지는 버러지나 가축들은 사냥감으로 도태되지. 그게 삶의 법칙이란다, 꼬마야."

멜리니는 시리얼을 두어 번 씹다가 버렸다. 소파에 몸을 묻고 TV를 켰다. 연일 속보가 방영 중이었다. 방화 살인에 대한 기사들이었다. 앵커들은 잔혹한 범죄자들이 이를 은폐하기 위해 불을 질렀을 가능성을 보도했다. 피해자들이 모두 남성인 점, 살인과 방화의 시간차가 협소하다는 점, 뒤처리가 노련한 점 등을 들어 건장한 체격의 사오십 대 남성들이 용의자로 추정되었다. 화면에 그들의 몽타주와 이미지가 올라왔다. 멜리니는 화면을 한참 동안 응시했다.

별안간 그녀는 킬킬 웃었다. 시체 위를 수놓은 황금 장미가 생각났다.

'이렇게 해도 그들은 우릴 못 보네. 우스워라.'

아빠의 폭력을 고발했을 때, 자신을 믿지 않던 경찰들이 생각났다. 지금도 달라진 건 없었다. 멜리니는 고소한 기분으로 손가락을 쭉쭉 빨았다. 콧노래가 나왔다. 그들은 상상할 수 없었다. 단면 너머에서 시체의 목을 따는 아름다운 손가락, 살을 뜯던 과육같이 붉은 입술과, 선명한 미소들을. 시체 곁에서도 그윽한 향기를 풍기는 흡혈귀들이 있다는 걸, 누가 알까?

멜리니는 팔을 엇갈려 자기 자신을 안았다. 흡혈귀가 되어 가는 손으로 육체를 천천히 쓰다듬었다. 팔뚝과 뼈마디가 드러난 손목, 상처투성이 허벅지와 종아리, 배와 허리, 목덜미까지…… 전부 만져 보았다. 멜리니는 아직 자신의 경계가 너무 뚜렷하다고 생각했다. 그녀는 더욱 흐려지고 싶었다. 잡을 수도 없이 모호하고, 정의할 수 없이 흐트러져…… 예상하지도, 따라 올 수도 없는 존재가 되고 싶었다. 그녀들처럼. 언니들처럼. 리사…… 그리고 바네사. 보름달 그림자를 배경으로 활개치는 그들의 동작은 신성했다. 한낱 미천한 인간이 그녀들을 동경하고, 따르고 싶은 건 당연했다. 그녀도 변화하고 싶었다. 그녀들처럼 강력하고 아름다운 존재로……

천 개의 폭죽처럼 그들, 고작 사냥감이었던 그들의 눈앞에 터트리고 싶었다.

거대한 황금색 장미를.

멜리니는 고개를 흔들며 웃었다. 장미가 그녀를 증명하리라. '메리'는 먹이였지만 '멜리니'는 사냥꾼이었다. 푸른 안개처럼 실체가 없을수록 강력한 사냥꾼이 될 것이다……. 변이가 일어나길 원했다. 세상에서 제일 강력한 변이가. 멜리니는 전율로 찬 몸을 떨었다.

***

"검식 결과를 알려드리겠습니다."

흰 가운을 걸친 의학자가 브리핑을 시작했다. 재클린은 안경을 올리고 집중했다. 눈앞에는 몸통만 남은 시신이 있었다. 피부가 그을려 나무껍질처럼 갈라졌다. 약품 냄새가 지독했다. 특히 사타구니 사이가 그슬려 안으로 내장이 비쳤다. 얼굴이 없는 게 차라리 다행이었다. 다른 시체들에 비해 이건 목탄으로 빚은 토르소 같았다. 의학자가 설명을 시작했다.

"변사자의 키는 179cm에 몸무게는 110kg. 피해자는 사건 당일 집회를 주도하던 교단과 동일 소속의 목사로 확인되었습니다. 전신에 열로 의한 피부 조직 손상이 있고, 그중 하복부가 심각하게 훼손되었습니다. 이곳이 발화 시작점으로 추정됩니다."

재클린은 형사들 틈에서 정보를 바삐 메모했다. 예전엔 시체를 보는 일이 고역이었다. 그러나 연차가 쌓인 지금은 달랐다. 진실에 대한 열의는 혐오감도 눌렀다. 재클린은 청각을 곤두세웠다.

"특수한 점은, 목 위 두상이 실종된 채 발견되었다는 것입니다. 저항 흔적이 있고, 절단면 처리가 매끄럽지 않은 걸로 보아 육탄전도 있었을 것으로 보입니다. 이정도 체격의 성인 남성을 상대하려면 피의자는 같은 몸집의 남성이거나, 여성에게 사주 받은 남성이겠지요."

형사들이 진지한 얼굴로 고개를 끄덕였다. 저들끼리 의견을 쑥덕대기도 했다. 재클린은 범행 장면을 상상해보았다.

'도대체 누가, 어떤 원한을 지니면 이런 방법으로 살인을 저지를까?'

심지어 타살 직후 시체를 자동차에 넣어 떨어트렸다. 일종의 선전 포고처럼. 종교 집회에 등장한 걸 보면 광신도들의 소행일 수도 있었다.

'그런데 머리는 어디로 간 거지?'

예전에 취재했던 토막 살인의 경우, 일반적으로 피해자는 여성이었다. 남성 상대 범죄는 위험부담이 따르니까. 추악함을 발산하는 데에는 여성들이 제격이었다. 그러나 이런 식의 남자 시체는 처음 보았다.

'과연, 누가, 왜?'

"기도와 기관지에서 검댕 및 거품이 발견되지 않았고, 혈중 일산화탄소-헤모글로빈이 음성 반응으로 나왔습니다. 즉, 사후에 화재가 일어났다고 봐야지요. 약독물 검사에도 반응은 없었으며, 변사자는 화재 당시에 이미 사망한 것으로 판단됩니다. 그리고 특히 주목할 만한 점이……."

장갑을 낀 의학자가 핀셋으로 투명한 봉투 속을 조심스레 헤집었다. 사람들의 시선이 쏠렸다. 가는 막대 끝에 사금처럼 작은 조각이 딸려 나왔다.

"목 주변 피부와 근육 조직 사이에서 이 금속 날붙이와…… 부러진 손톱이 나왔습니다."

참관인들이 웅성거렸다. 의학자는 증거품을 밀봉한 후 청중을 둘러보았다. 재클린도 숨죽여 그의 다음 말을 기다렸다.

"날붙이의 경우 범행에 사용된 흉기로 추정됩니다. 손도끼나 비슷한 류의 소형 나이프입니다. 손톱에서 추출한 DNA 감식 결과, 십칠에서 이십 세 사이의 붉은 머리 여성으로 특정되었습니다. 데이터베이스를 조회하자 근방에서 부분적으로 일치하는 스무 명의 대상자를 찾았고, 이중 가장 높은 일치율을 보이는 여성의 부친이…… 최근 화재로 사망했음을 확인하였습니다."

연구원은 반듯하게 정리된 차트를 꺼냈다. 붉은 머리 여성의 초상화가 있는 서류 한 장을 내밀었다.

"이름은 '메리 제인'. 현재 실종 상태입니다."

***

하늘에서 떨어진 자동차, 그리고 불탄 시체 사건은 신문 일 면을 장식했다. 교인들이 대규모의 집회를 기획했는데, 정작 주최자인 목사가 나타나지 않았다. 그런데 그가 하늘에서 불에 탄 개가죽 같은 모습으로 등장한 것이다.

"범행 일체의 수법이 잔인하고, 중대한 피해임이 입증되어 용의자 특정 후 공개 현상 수배를 하겠습니다."

형사과장이 브리핑을 했다. 경찰은 피해자의 원한 관계를 조사했다. 그러나 조사를 할수록 난감했다. 피해 목사가 저질렀던 국가보조금 횡령, 건축 비리, 정치계와의 유착 등이 드러났기 때문이었다. 해당 교회에서는 사모를 살해했던 목사가 버젓이 복귀하기도 했다. 여론이 갈렸다. 죽어도 싸다는 쪽과, 아무리 그래도 죽이면 안 된다는 쪽으로. 사건을 파헤칠수록 피해자에게는 수상한 점이 너무 많았다. 지금껏 은폐된 게 이상할 정도였다. 원한 관계는 한

둘이 아니었다. 따라서 피의자망도 좁히기 어려웠다.

"……."

전국에 사건이 보도되던 날, 수사관 데보라는 짐을 싸는 중이었다. 책상에는 여성 목회자 실종 사건 파일이 있었다. 불탄 목사와 그녀는 같은 교단이었다. 그녀는 설교자의 자격은 있었으나 목사가 되지 못했다. 그러던 중 돌연 실종되었다. 데보라는 묵직한 사건이라는 감을 잡았다. 그러나 이제 중요한 사건들은 아기 엄마의 몫이 아니었다. 그녀는 박스를 들고 건물을 나왔다.

일말의 희망은 내근직에 머무는 것이었다. 그러나 방금 내근 신청 반려 통지를 받은 참이었다. 분노가 올라왔다. 참담함을 느낄 새도 없이 퇴근 후 아이를 안는 나날이 이어졌다. 매일이 벼랑 끝 같았다. 더 이상 싸움을 벌이기에 그녀는 너무나 소진되었다.

'아이가 클 때까지만 버티자…….'

그렇게 다짐하는 한편으로, 그날이 과연 언제일지 가늠할 수 없었다.

"이런 일 하나 융통성 있게 처리하지 못하면 어쩌자는 건가?"

설상가상으로 이동 몇 주 만에 그녀는 상관에게 수도 없이 지적을 당했다. 그는 작정하고 데보라의 실수를 찾아냈다. 삼거리에서 불법 우회전을 하는 차량을 멈춰 세운 참이었다. 절차대로 신분증을 요구하고 단속했는데, 운전자가 '국회'라 표기된 증서를 내밀었다. 데보라는 규정대로 정식 신분증을 요청했다. 운전자는 갑자기 벌컥 화를 냈다. "이 차가 어떤 분의 차인지 모르냐"며 역정을 냈다. 뒷좌석엔 양복을 차려 입은 중년의 정치인이 앉아 있었다. 그러나 데보라는 단호했다.

"절차대로 하십시오. 예외는 없습니다."

결과는 상관으로부터의 욕설이었다. 데보라는 한숨을 내쉬었다. 융통성. 융통성 있는 처리란 과연 무엇일까. 무엇을 위한 융통성인가. 직업에 대한 회의감이 밀려왔다. 사명이고 뭐고 누군가의 뒤꽁무니를 핥는 끄나풀이 된 기분이었다. 화가 치미는 속을 누르며 탕비실로 왔다. 뜨거운 커피를 단숨에 들이켰다. 순찰을 나갔던 동료 두 명이 들어왔다. 그들은 데보라를 발견했지만 개의치 않고 반대편에 자리를 잡았다. 데보라도 딱히 그들을 반기지 않았다.

"거 사거리마다 하나씩 있는 교회. 목사 자리 세습으로 난리더니, 이번엔 물밑 견제로 전쟁이었나 보더만."

"아아, 그 불탄 목사네지? 교주가 그 모양이 되었으니. 해체되는 것도 시간문제겠어."

"글쎄. 신도들도 보통이 아니던데. 쉽게 그럴까. 원래 맹신자들이 제일 무서운 법이야. 영역 싸움에 논리가 없거든. 거 교회 크기 보게나. 경찰을 상대로 시비나 안 걸면 다행이지."

데보라는 컵을 닦는 척하며 그들에게 집중했다. 그들의 대화 내용에는 관심이 갔다.

“하필 시체가 집회에서 발견된 것도 내부자 소행이라 하던데. 경고의 메시지가 아니면 그리 당당하게 목사의 시체를 교인들 머리 위로 날릴 리가.”

“신실한 척 하는 놈들이 더하다니까. 그런데 피해 당사자도 켕기는 게 한둘이 아니란 말야. 진흙탕 싸움인거지. 교단도 수사에 압박을 행사하나 봐. 뭘 밝혀도 문제고, 안 밝혀도 문제니 원. 아니, 재산도 넘쳐나는 목사가 굳이 렌터카를 빌려 집회장엘 갔나……. 불륜이나 비리, 둘 중 하나는 분명한데. 쯧쯧. 처자식도 있는 사람이…… 말세야, 말세.”

데보라는 청각을 곤두세웠다. 시체가 있던 자동차는 목사 명의로 빌린 렌터카였다. 그는 어딘가를 먼저 방문하고, 집회장으로 가던 길에 변을 당했다. 수사관의 직감이 꿈틀거렸다.

“그러니까 지들끼리 알력다툼을 하려고 목사를 꾀어냈다는 거군. 내 참, 요즘엔 누가 사이비고 누가 멀쩡한 종교인인지 모르겠다니까.”

“……당일 행적은 확인했다던가?”

결국 데보라는 참지 못하고 질문을 했다. 남자 동료들은 그녀에게 달갑지 않은 시선을 보냈다. 하지만 그녀의 연차는 그들보다 높았다. 그들은 떨떠름한 얼굴로 답했다.

"뭐, CCTV는 점검했는데. 별 단서는 없다더군요. 편의점에 주차를 했다가 여자 점원이랑 시비가 붙었는데. 그 외엔 특별한 게 없대요. 내용도 목사가 기둥을 먼저 들이받았고, 점원이 항의하니까 욱해서 주먹을 휘둘렀다더군요. 그 후 사라졌다가, 사망했지요. 그러나 점원이 용의자라기엔 사건 발생 시간 내내 병원에 있었다는 알리바이가 있고요."

"차는 언제부터 빌렸지? 내비게이션 기록도 검토했나?"

불만스러운 한숨 소리가 들렸다. 그녀의 질문이 성가시단 뜻이었다. 그러나 데보라는 물러서지 않았다. 다른 동료 한 명이 비교적 웃는 표정으로 설명했다. 다만 턱을 치켜든 거만한 자세였다.

"일주일 전이라고 하더군요. 제가 아까 불륜 아니면 비리라 했지 않습니까. 목사 그놈이 가끔 비밀 명의 별장에 다녀오는데. 그때마다 가족이 모르게 하려고 차를 빌렸대요. 불륜녀랑 피의자가 짜고 목사를 유인했을 가능성도 있는데. 별장으로 가는 길목의 CCTV에는 자동차가 찍히질 않았어요. 밀회 장소는 보통 그곳이었는데도 말이에요. 아마 중간에 납치된 게 아닐까 싶습니다."

"그는 대체 어디를 가고자 한 거지?"

"글쎄, 길 도중에 사창가로 연결되는 골목이 있어요. 거기서 재미라도 보다 사채업자나 청부업자에게 걸린 게 아니냐 하던데요."

데보라는 고개를 끄덕였다. 예리한 감이 요동쳤다. 강력 사건의 감각이 등줄기를 탔다. 신경계가 깨어나는 짜릿한 감각. 데보라는 버릇처럼 입맛을 다셨다. 데보라가 질문을 멈추자, 동료들은 자신들의 대화로 돌아갔다. 그들은 새끼손가락을 치켜들며 낄낄댔다.

"목사도 '이건' 어쩔 수 없었나 보지? 복상사라도 했으면 그야말로 하느님의 축복이었겠네."

***

보름달이 떴다. 달빛은 분수처럼 폭발해 밤을 조각냈다. 파편 사이로 은색 자동차가 달렸다. 오늘은 바네사도 합류했다. 리사가 운전대를 잡고, 바네사가 조수석에 앉았다. 멜리니는 뒷좌석에서 연신 스프레이 통을 흔들었다. 바네사는 라디오를 틀었다.

여성 해설자가 베토벤의 소나타 십사 번을 소개했다. 환상곡풍의 음악은 월광이라는 별칭으로 유명했다. 작곡가와 같은 이름을 가진 평론가이자 시인이 달빛을 연상해, 악곡의 이름을 붙였다. 일 악장이 시작되었다. 낭만의 음이 울렸다. 바네사는 손톱 끝을 비볐다. 그녀는 평소와 달리 초조한 기색이었다. 누구에게도 말을 걸지 않고 묵묵히 창밖만 보았다. 멜리니는 그녀의 뒷모습을 지켜보았다. 손으로 장미를 그리는 연습을 했다.

목표물을 발견하면 그녀들의 사냥은 순식간에 끝났다. 어떤 기계에도 잡히지 않을 만큼 신속했다. 일이 끝나면 현장에 불을 질렀다. 현란한 이악장이 시작될 때 즈음, 셋은 목적지에 도착했다.

리사가 먼저 안으로 뛰어들었다. 그녀를 따르려는 멜리니를, 바네사가 막았다.

"넌 여기서 기다려."

그녀는 단호하게 고개를 저었다.

"위험해. 너까지 올 필요는 없어."

"하지만 나도 이제 스물인데……."

"안 돼."

그녀의 눈빛에 멜리니는 아쉬워하며 뜻을 굽혔다. 그러나 바네사가 몸을 돌릴 때, 멜리니는 얼른 그녀의 옷깃을 잡았다.

"앞에서 기다리기만 할게요. 여기 혼자 남는 건 싫어."

라디오에서 격정적인 음조가 들렸다. 멜리니는 부러 애절한 표정을 지었다. 화장기 없는 얼굴의 바네사와 멜리니가 마주했다. 오늘은 입술도, 눈도 칠하지 않은 모습이었다. 달빛이 그녀를 감싸자 이목구비에 그림자가 드리워졌다. 속눈썹이 느리게 깜박였다. 긴장된 공기가 흔들거렸다. 멜리니는 손아귀에 힘을 주었다. 바네사는 한참만에 고개를 끄덕였다.

"절대로…… 들어와서는 안 돼."

그 말을 남기고 바네사는 비명이 울리는 건물로 들어갔다. 리사가 날뛰는 중이었다. 멜리니는 타박타박 발걸음을 옮겼다. 사냥이 자행되는 건물 벽에 몸을 기댔다. 최대 볼륨의 라디오 소리가 여기까지 들렸다. 어느새 곡은 삼악장으로 진입했다. 피아니스트의 손가락이 숨막히도록 빠르게 움직였다. 리사와 바네사의 움직임이 교차했다. 멜리니는 창 밖에서 그녀들을 지켜보았다.

'……이전하고 다르네.'

멜리니는 바네사를 보며 생각했다. 확실히 그녀의 움직임은 예전보다 느렸다. 여전히 우아하고 날렵했지만, 육안으론 구별되지도 않던 때에 비해 동작이 더디었다. 인간을 사랑하면 나타나는 징후라고 했다. 멜리니는 그녀들이 남자의 목을 베는 광경을 턱을 괸 채 구경했다. 물 흐르듯 매끄러운 리사와 달리, 바네사는 조금씩 박자가 어긋났다. 미묘한 불안이 그녀의 표정에 드리워졌다. 세 명을 죽인 후 바네사는 헐떡였다. 피로가 쌓이는 모양이었다. 땀방울이 그녀의 턱을 타고 떨어졌다. 흐드러지는 달빛의 노래가 울리는 가운데, 핏방울이 사방으로 튀었다. 이윽고 현장에 있던 남자들은 전부 시체로 변했다. 리사는 머리통 하나에 코를 박았다. 정신없이 피를 마셨다. 바네사는 벅찬 숨을 고르느라 시간이 걸렸다. 몸을 추스린 후 굴러다니는 머리통들을 더듬었다.

멜리니는 문으로 다가갔다. 사냥도 끝났으니 괜찮겠지. 현장을 불태우기 전 황금색 유희로 그녀들의 흔적을 마무리하고 싶었다.

멜리니가 문을 열었을 때, 그녀의 눈에 책상 아래 웅크린 그림자가 들어왔다. 기다란 파이프를 쥔 남자였다. 바네사가 머리를 줍기 위해 몸을 굽혔다. 동시에, 그림자가 뛰쳐나왔다.

"언니!"

남자가 바네사에게 쇠 파이프를 휘둘렀다. 멜리니가 그를 뒤에서 잡았다. 상대가 주춤대는 찰나 바네사가 곧바로 그를 발로 찼다. 그러나 쇠막대 끝부분이 발목을 스쳤다. 멜리니가 남자에게 전력으로 몸을 부딪혔다. 멜리니와 남자가 요란한 소리와 함께 나동그라졌다. 바네사는 발목을 붙들고 주저앉았다. 몸싸움이 벌어졌다. 멜리니는 남자의 파이프를 빼앗아 그의 머리를 후려쳤다. 상대의 목을 발로 깔고 뭉개 기절시켰다. 멜리니는 그를 정강이로 누른 후 목을 틀어쥐었다.

"멜리니……!"

바네사가 소리쳤다. 그녀는 멜리니에게 가려 했으나, 리사가 앞을 막았다.

"멈춰, 똑똑히 지켜봐."

리사가 속삭였다. 멜리니는 손아귀의 세기를 점점 늘렸다. 리사로부터 수혈 받은 효과가 있었다. 목덜미의 핏줄이 툭툭 터졌다. 엄지손가락에 힘이 들어갔다. 공기가 빠지는 소리와 함께 남자의 입에 게거품이 끓었다. 그의 눈알이 뒤로 넘어가더니 흰자위가 드러났다. 멜리니는 그의 목을 쥐어뜯었다. 사정없이 손가락을 놀렸다. 이윽고 그는 길게 혀를 빼물고 죽었다. 월광의 마지막 악장이 울렸다. 멜리니는 달뜬 숨을 토했다. 바네사가 그녀를 부르며 다가왔다. 거죽처럼 늘어진 남자의 몸을 깔고 앉은 채, 멜리니는 손을 거뒀다. 바네사를 올려다보았다. 뺨에 해사한 미소가 어렸다.

언니, 잘했죠?

그녀의 얼굴은 칭찬을 기대하는 어린애처럼 맑았다. 바네사는 그녀에게 상처가 없는지 살폈다. 멜리니는 무사했다. 바네사는 안도의 한숨을 쉬었다. 멜리니는 낯빛 하나 바꾸지 않고 입을 열었다. 그녀의 안광이 기묘하게 번뜩였다.

"언니, 이건 우발적인 일이었어요."

"……."

"……괜찮아요?"

바네사는 얼얼한 발목을 감추었다. 살이 붓기 시작했으나 지금은 그게 문제가 아니었다. 리사가 옆에서 히죽 웃었다. 바네사는 착잡한 마음으로 멜리니의 손을 잡았다. 남자에게서 팔을 떼어내고 그녀의 손끝을 만졌다. 멜리니의 손톱 아래에 그의 살점이 끼었다. 바네사는 그걸 문질러서 빼냈다.

"멜리니, 왜 그랬어. 오지 말랬잖아."

"손에 언니랑 같은 향이 배니까, 마음에 들어서요."

"이러지 마. 멜리니."

"……이런 내가 싫어요?"

"그런 말이 아냐……."

"언니를 좋아하니까. 걱정 말아요, 난…… 멜리사처럼 자살은 안 해. 죽지도 않을 거예요. 이것 봐요, 대신…… 이렇게 강해졌잖아요……. 언니처럼……. 많이 놀랐어요?"

바네사는 멜리니를 획 끌어 어깨가 드러나도록 셔츠를 당겼다. 목덜미에 찍힌 두 개의 멍을 발견했다. 푸른 꽃봉오리 모양의 상처. 흡혈귀의 송곳니 자국이었다. 리사는 딴청을 피웠다. 바네사는 탄식했다. 둘을 지나 문으로 성큼성큼 걸었다. 식사도 다 마치지 않은 채 자리를 떴다. 리사가 얼른 현장에 불을 지르고 멜리니를 끌고 나왔다. 멜리니는 찌릿한 통증이 남은 손을 털며 걸었다. 그림을 못 그려서 아쉽다는 생각만 들었다. 바네사는 차로 돌아와 라디오 전원을 껐다. 고요가 흘렀다. 집으로 돌아가는 동안 셋은 어떤 말도 나누지 않았다.

"이제부터 바깥에서의 사냥은 금지야. 필요한 만큼만 지하실로 가져와서 먹어. 다른 건 절대로 허락할 수 없어."

바네사가 선포했다. 리사는 입술을 비죽댔으나 반박하지 않았다. 멜리니는 바닥에 난 지하실 문을 응시했다. 바네사가 침실로 들어갔다. 계단을 오르는 그녀는 발을 절뚝거렸다.

***

"의무교육 마치고 중퇴. 모친도 행방불명에, 아비도 화재로 죽어. 실종 시점이 언제인지는 모르지만, 인신매매나 그런데 연루되었을 가능성이 높지. 어디 사창가에 팔려서 목사를 만나 놀다 변을 당한 거 아니겠어?"

검식 결과 발표 후, 형사들과 재클린은 근처 식당으로 갔다. 돼지 통구이와 맥주가 나왔다. 화재사한 시체를 본 후에 먹는 고기 요리라. 재클린은 역겨움을 느꼈지만 내색하지 않았다. 대신 그들의 말에 맞장구를 치며 술을 권했다. 조금이라도 더 정보를 캐낼 심산이었다. 술이 들어가자 그들은 제각각 추리를 내놓았다.

"거 돈깨나 버는 목사들이면 십중팔구 즐겼지. 요즘 마약사범들도 종교계랑 접촉하는 낌새이던데. 여자애 배후나 알아봐."

"최근 다른 지역에서도 유사한 방화 사건들이 있지 않았나요?"

재클린이 눈을 반짝이며 물었다. 그녀의 손은 쉴 새 없이 메모지 위를 오갔다. 다른 손으론 관련 기사들을 검색했다. 그녀의 오른편에 앉은 형사가 팔짱을 꼈다. 그녀에게 아니꼬운 시선을 던졌다. 그는 다리를 벌려 등받이에 기대다가 재클린과 무릎이 부딪혔다.

"그거랑 이건 수법 자체가 다르지. 애초에 방화범들은 자신들만의 방식이 있어. 규모도, 형태도 다른 불을 싸지르고 다니진 않아요."

"하지만 메리 제인이 살던 곳에서도 불이 났고, 목사도 불에 타 죽었다는 게…… 과연 우연일까요?"

"일반인이 보기엔 비슷해도, 우리 전문가들이 보기엔 전혀 달라. 왜, 여자의 직감이라도 발동하셨수? 근데 그런 건 수사에는 도움이 안 돼. 소설을 쓰면 안 되지. 증거가 있어야 해, 증거가. 목사야 뒷돈이라도 많았지만, 가난한 주유소 집 딸애를 불까지 질러가며 납치한다? 말이 안 되잖아. 범행 동기가 유사하지도 않다고."

형사는 맥주잔을 테이블에 쿵 내려놓았다. 술집에 그의 목소리가 쩌렁쩌렁 울렸다. 재클린은 입을 다물었다. 그들은 이미 코와 볼이 벌게질 정도로 취했다. 괜히 심기를 건드리고 싶지 않았다. 재클린은 고개를 끄덕이고 의자를 뒤로 뺐다. 남자들은 삼삼오오 농을 지껄이기 시작했다. 목사가 그래도 양심은 있는지 자기 딸년보다 어린애를 건드리진 않았다는 둥, 하필 빨간 머리를 잡수니 불운이 왔다는 등의 얘기였다.

재클린은 슬그머니 일어나 밖으로 나왔다. 돼지기름 냄새로 느끼하던 속이 한결 나았다. 얼굴에 스치는 쾌적한 공기를 느끼며, 재클린은 전화번호부를 뒤졌다. 데보라 수사관의 이름을 찾았다. 통화 버튼을 누르자 단조로운 수화음이 지나고, 상대의 목소리가 들렸다. 재클린은 반가워하며 말했다.

"잘 지내세요?"

"그럭저럭요."

"몸은 어때요?"

"네……. 괜찮아요. 염려해 줘서 고마워요."

재클린은 부러 호들갑을 떨며 상대의 안부를 캐물었다. 데보라는 여전히 말이 짧았지만, 이전보다 부드러운 어조였다. 재클린은 한동안 다른 이야기들을 늘어놓았다. *저도 결혼하면 사회부에서 밀려날까요? 이전 선배들은 어땠는지 기억하세요? 전 아직 남편을 기르긴 싫은데……. 주변 선배들은 업무를 그렇게나 잘 해냈는데도, 이중고에 시달리더라구요. 몸이 나빠지거나 아이에 대한 죄책감 때문에 그만두고……. 하루는 출장을 가는데 아이가 '엄마는 언제든지 날 떠날 거잖아.'라고 했대요. 그 말이 어쩌나 가슴을 후벼 파던지. 부모자식이라는 건 대체 뭔가 싶더라니까요…….*

길어지는 수다에 데보라가 먼저 본론을 꺼냈다.

"그래서 무슨 일로 전화했어요?"

"이슈가 된 목사 사건 아시죠. 당신의 의견이 궁금해요."

"난 이제 수사관도 아닌데……."

수화기 너머에서 그녀의 웃음소리가 들렸다. 재클린도 멋쩍게 웃었다. 재클린은 부검 결과와 메리 제인에 대해 그녀에게 상담했다. 데보라는 잠시 시간을 달라고 했다. 그녀가 중얼거리며 계산하는 소리가 들렸다. 재클린은 그녀를 기다렸다. 도로를 달리던 중 사라져 불탄 시체로 발견된 목사, 실종된 붉은 머리 소녀, 정체 모를 흉악범의 존재……. 그녀는 어떤 답을 내놓을까. 이윽고 데보라가 침묵을 깨고 말했다

"그 목사를 조사해 보니……. 뇌물을 받고 이단 제제 규준을 낮춰 주거나 했더군요. 어떤 세력을 살리고 죽일지. 돈이 얼마나 오고 가는지에 따라 선택이 달라졌죠. 이번 일도 교단 내부 권력과 관련이 있을 거예요. 그래서…… 최근 몇 년 안에 방화나 상해사건이 발생한 교회들이 더 있는지 찾아보았죠."

"조직폭력배나 마약사범들과도 관련이 있을 법 하다던데. 같은 맥락일까요? 형사들은 불륜이나 비리 문제라고도 했어요. 하지만 저는 더 추잡한 무언가가 있을 것 같아요. 그는 대체 누구와 몰래 만나려던 걸까요?"

"……재클린. 내가 뭘 발견했는지 알아요? 올해 유독 인근 지역의 방화율이 높았어요. 특히 교회 건물을 노린 사건들이요. 그래서 화재가 난 교회들의 동선을 이어 봤죠. 그런데 당신이 오늘 불이 난 후 실종된 소녀의 이야기를 했어요. 내가 지명을 맞게 기억한다면, 그 아이가 살던 곳에도 불 탄 교회가 하나 있어요. 놀랍게도 말이에요."

"그래서, 그래서 어떻게 되었나요?"

재클린이 흥분해서 말했다. 머리털이 곤두서고 정신이 각성했다. 냄새나는 연기를 맡으며 식당에 앉아 있었을 때보다 훨씬 짜릿했다. 등에 땀이 배었다. 데보라는 누가 듣지 않는지 살핀 후, 은밀하게 말했다.

"가장 많은 선이 교차한 곳이 있어요. 딱 두 군데였죠. 그리고…… 두 곳 모두, 목사가 가려던 길목 양극단에 있었어요. 하나는 일반인 거주지, 하나는…… 목사의 비밀 별장이 분명해요."

재클린은 환호성을 지르고 싶었다. 술자리고 뭐고 때려치우고 당장 취재하고 싶었다. 재클린은 제자리에서 폴짝 뛰었다.

"여자의 직감을 걸고 말하건대, 이건 특종이에요!"

데보라는 미소 지었다. 하루 종일 땡볕 아래 서느라 노곤했던 몸에 활기가 돌았다. 방탄조끼 아래에 습진까지 돋아 불쾌했었다. 하지만 자신의 의견을 구하는 재클린의 말을 듣자니 죽었던 감각이 선연히 살았다. 재클린의 밝은 목소리가 울렸다.

"데보라, 이번에 제대로 한 건 한다면 일요일에 제가 하루 종일 아이들을 봐 줄게요! 편히 데이트라도 즐기세요! 아니면, 아, 다음 달 특집 기사는 임산부 차별 금지법을 다룰까요?"

결국 데보라는 크게 웃고 말았다.

"말이라도 고마워요."

***

사냥 방법이 바뀌었다. 흡혈귀들은 '유혹'이라는 기술을 썼다. 리사가 설명했다.

"하반신이 뇌를 대체한 종자일수록 기술이 잘 먹혀."

멜리니는 제 발로 지하실에 걸어 들어가는 남자들을 흥미롭게 지켜보았다.

유혹의 방식은 간단했다. 목표물을 고른다, 눈동자의 빛을 개방한다. 오늘 리사가 고른 건 살집이 두둑한 중년 남성이었다. 길거리에서 어떤 여자를 폭행하던 걸 발견해 선택했다. 장소는 편의점 앞이었다. 리사는 그가 주차한 자동차에 훌쩍 뛰어올라 기다렸다. 차는 그녀의 존재를 모른 채 출발했다. 루프에 매달려 도로를 달리는 동안 리사는 슈퍼마켓에서 구입한 생마늘을 씹었다. 터널을 지날 때 즈음 불시에 머리를 앞으로 내밀었다. 까꿍. 손을 흔들자 그는 기겁하며 운전대를 돌렸다. 여파로 회전한 자동차가 벽을 박았다. 리사는 다리를 꼰 채 지붕 위에 앉았다. 곧이어 찌그러진 문을 연 남자가 내렸다. 그는 성을 내다가 리사를 발견하고 입을 떡 벌렸다. 리사는 입술을 비틀며 눈을 변화시켰다. 일 초, 이 초, 삼 초. 정확히 셋을 세자 남자는 털썩 무릎을 꿇었다. 리사는 한 쪽 다리를 길게 뻗었다. 오늘은 붉은 장미색 구두를 신었다. 그는 몸을 경련하며 앞으로 기었다. 그녀의 발등을 쥐더니 정신없이 입을 맞추었다. 리사는 손가락을 두 번 튕겼다. 그 후 남자의 뺨을 가격했다. 남자는 배를 깐 채 나동그라졌다. 그러나 이내 침을 질질 흘리며 머리를 조아렸다. 리사는 만족하며 고개를 끄덕였다. 완전한 세뇌에 성공했다. 남자의 궁둥이를 발로 차 집으로 데려갔다. 가축몰이와도 흡사했다. 남자는 내내 땅을 기었다. 리사는 빈손으로 구겨진 자동차를 끌고 돌아왔다.

이 기술은 여러 명에게는 쓸 수 없어 번거로웠다. 하지만 강경한 바네사 때문에 리사는 매주 노고를 감수했다. 사냥감들은 옷을 벗겨 지하실에 가두었다. 두세 명 정도를 미리 잡아 싱싱하게 보관해 두고 때가 되면 먹었다. 굴처럼 파인 지하실은 아무리 큰 소리를 내도 들리지 않았다. 식량 보관에는 안성맞춤이었다.

멜리니는 가끔 지하실 문을 열어 안을 들여다보았다. 암흑 속에서 나체를 드러낸 남자들이 빌거나 울부짖고, 기는 꼴을 구경했다. 허여멀건 엉덩이들은 멜리니의 미감을 충족시키지 못했다. 그러나 물렁거리는 성기를 늘어뜨린 채 실성해 가는 그들을 관찰하는 건 재미있었다. 그림을 그리다 막히면 멜리니는 종종 그 방을 보러 갔다. 바닥에 엎드려 눈을 대고 돈도, 의복도, 권력도 모두 사라진 몸들이 실체를 드러내는 걸 관람했다.

"……이런 건 보지 마."

바네사가 다가와 멜리니의 눈을 가렸다. 멜리니가 일어섰다. 바네사의 얼굴이 가까웠다.

"네 눈엔 귀한 것들만 담아. 부디……."

멜리니는 말없이 바네사의 손목을 만졌다. 유리같이 투명한 피부에 찰과상이 남았다. 지난 사냥의 흔적이었다.

"멜리니, 약속해, 응?"

바네사는 아이를 어르듯이 말했다. 멜리니는 이번에도 대답하지 않았다. 바네사가 한숨을 쉬었다. 멜리니가 눈을 치켜떴다. 둥근 눈동자는 갈대의 빛을 뿜었다.

"나 그냥은 언니 못 죽여요."

"……멜리니."

"이 정도는 돼야, 자격이 있죠."

그녀의 어금니에서 무언가 깨지는 소리가 났다. 바네사는 소녀의 얼굴을 찬찬히 살폈다. 이전보다 옅어진 주근깨, 너울대는 가을빛 홍채. 바네사는 그녀를 포옹하고 싶었다. 멜리니의 눈이 물을 머금었다. 바네사는 그녀의 목덜미 위, 리사의 이빨 자국 부근을 쓰다듬었다. 손끝이 스칠 때마다 멜리니의 피부에 열이 올랐다. 멜리니도 손을 뻗어 바네사의 얼굴을 만졌다. 지하실에서 리사가 사내들을 고문하는 소리가 들렸다. 리사는 자주 먹이감들을 가지고 놀다 해치웠다. 둘은 비명을 깔고 앉아 서로를 바라보았다. 멜리니가 먼저 눈을 감았다. 바네사에게 자신의 입술을 대었다. 몇 초간 그녀들은 가만히 서로의 입술을 댄 채로만 있었다. 상대방의 작은 숨소리까지 전부 느낄 수 있었다.

"……한동안 엄마가 나 때문에 가출한 건 아닐까, 생각한 적 있어요."

"……."

"엄마가 날 버린 게 아니라, 어쩌면 내가 그녀를 떠나게 만든 건 아닐까…… 자책했어요."

바네사는 멜리니에게 밀착했다. 그녀를 바닥에 눕히고 팔로 지탱했다. 멜리니는 바네사를 올려다보았다. 그녀의 검고 긴 머리카락이 멜리니의 얼굴 위로 드리워졌다. 둘은 키스를 나누었다. 가슴이 닿았다. 따뜻했다. 바네사는 멜리니의 이마를 상냥한 손길로 쓸었다. 멜리니는 그녀의 허리를 안았다. 바네사의 입술이 멜리니의 미간을 눌렀다. 천천히 콧등과 윗입술, 턱으로 내려왔다. 그녀의 움직임을 따라 멜리니의 고개가 들렸다. 바네사의 키스는 턱 아래를 간지럽힌 후 뺨과 귓불로 옮겨갔다.

"차라리 내가 그녀를 떠나보낸 거라면, 마음이 나았을까요?"

바네사는 대답하지 않았다. 단지 멜리니의 어깨를 끌어안고, 꽃봉오리 모양의 상처에 얼굴을 묻었다. 그녀는 '멜리사'를 기억했다. *내가 그녀를 떠나보낸 거라면, 마음이 나았을까?* 지하실에서 리사의 히스테릭한 웃음소리가 들렸다. 악몽의 끝에서 울리는 경고음 같았다.

멜리니는 바네사에게, 사랑한다고 읊조렸다.

***

바네사는 부쩍 기력을 잃기 시작했다. 햇빛을 오래 보기 힘들었다. 리사와 멜리니는 그녀를 위해 창에 검은 장막을 쳤다. 그녀의 눈이나 손끝에 경련이 자주 일었다. 멜리니의 몸에도 변화가 생겼다. 고기 냄새를 맡으면 구역질이 났다. 멜리니는 불을 사용하지 않고 조리한 음식들을 먹었다. 바네사는 행동과 기억을 통제하는 시간이 줄어듦을 느꼈다. 책들이 손에 잡히지 않았다. 만월이 가까울수록 흡혈에 대한 갈망만 지독했다. 특히⋯⋯ 멜리니의 목을 뜯고 싶었다. 그녀를 쥐고, 끌어안고, 피를 취하고 싶었다. 증오했던 사냥감들처럼⋯⋯ 먹어 버리고 싶었다. 불완전한 몸을 갈기갈기 찢고, 파헤치고, 소멸시키고 싶었다. 변덕스러운 몸은 두려우니까. 공포스러우니까⋯⋯. 그걸 부수어서⋯⋯ 통제하고 싶었다⋯⋯.

그녀는 퍼뜩 정신을 차렸다. 등골이 서늘했다. 바네사는 알았다. 이건 수만 년 동안 새겨진 그들의 목소리였다. 증오의 표적이었던 것들은, 보통 더 미약한 존재들을 물어뜯었다. *멜리니, 멜리니.* 바네사는 그녀의 이름을 반복해 외웠다. *멜리니……. 멜리사…….*

갑자기 눈앞이 하얘지면서 잿가루가 흩날렸다. 송곳니가 날카로워졌다. 독이 스미는 고통이 심장을 괴롭혔다.

'멜리니, 멜리니, 멜리니……. 내가 삼킬 건, 우리의 적은……. 멜리사, 멜리사, 멜리사. 나의 멜리사는 어디로 갔니. 누가 데려갔니. 너구나, 너구나, 너였구나……. 왜? 왜? 왜? 나를 여기 홀로 둔 너를……. 증오해, 증오해, 증오해. 너에게 이 독을, 전염 같은 독을. 찢고, 씹고, 죽이고……. 그러면 나는……. 너를 한 조각도 남김없이 내가 삼키면. 나는.'

걔가 죽은 건 너 때문이야.

멜리니.

멜리니?

메리 제인?

꼬마야, 나의 메리.

바네사는 바닥에 있던 못으로 자신의 손바닥을 뚫었다. 첨예한 통증이 몰아쳤다. 정신이 돌아왔다. 그녀는 못을 몇 번 더 손등에 박았다. 차디찬 쇠의 감각이 밀려왔다.

'아니야, 나는, 그 아이를 살릴 거야.'

바네사는 땅에 얼굴을 박았다.

'신이시여, 날 시험에 들게 하지 마. 난 그 아이를 살릴 거야. 난

그 아이를 사랑해.'

끔찍한 고통에 몸이 경련했다.

'그 아이를 사냥하던 목소리는, 내가 전부 가져갈 거야. 멜리니, 네 세계에 은폐되어 곪은 것들은 없어져야 해. 그래야만 해…….'

하지만 뱀의 혀가 그녀의 입속에서 자꾸 살아났다. 그건 자신이 들은 만큼 바네사에게 속삭였다.

'널 닮은 걸 죽이는 게 가장 쉬워.'

바네사는 고개를 저었다.

'나는, 믿지 않아. 그 애는 나를 아주 많이 닮았으니까……. 그러니까…….'

바네사는 자신의 갈비뼈에 못을 박아 넣었다.

***

바네사는 무섭도록 혼란스러운 감각을 진정하려 낮 시간 동안 잠들었다. 그녀의 손등과 옆구리의 상처를 보고 멜리니는 울음을 터트렸다. 리사는 방의 물건들을 부쉈다. 그걸로도 모자라 지하실에서 사냥감들의 뼈를 부러뜨렸다. 바네사의 수면 시간이 길어졌다. 멜리니가 낮을 사는 동안, 바네사는 밤을 살았다. 멜리니가 곁에 있으면 그녀의 착란이 심해졌다.

멜리니는 소리를 지르고 싶었다. 언젠가 리사는 설명했다. *죽은 적 있는 여성들만이 흡혈귀가 될 수 있어.* 바네사도, 리사도, 멜리니도……. 흡혈귀의 자격이 있었다.

멜리니는 울부짖고 싶었다.

'하지만, 우리들의 생은, 사랑은? 언니의 영혼은 누가 구하지?'

간신히 제정신으로 깨는 밤이면 바네사는 멜리니의 손을 찾았다. 그녀의 손등에 부드러운 입맞춤을 했다.

"멜리니……. 지금만은, 네 손을 잡고, 위로하고, 키스하고…… 내게 가장 소중한 존재가 너라고 말하는 걸……."

허락해 줘.

멜리니는 바네사의 접촉이 좋았다. 누군가들이 새겼던 감각과는 달랐다. 멜리니는 그녀를 원하고 또 원했다. 그러나 그럴수록 바네사는 마모되었다. 멜리니는 서두르고 싶었다.

'하루빨리 흡혈귀가 되어야……. 언니의 변이가 멈출지도 몰라. 그러면, 언니를 보내지 않을 수 있어.'

멜리니는 말했다.

"'왜? 왜? 왜? 나야?' 언니. 예전엔 이걸 더 많이 생각했는데, 지금은 '왜? 왜? 왜? 하필 당신이야?' 이걸 더 많이 생각해요."

언니, 차라리 세상에 끝이 오면 좋겠어.

아무도 원망하지 않도록.

바네사의 입술이 다가왔다. 멜리니는 기도했다. 어떤 추악한 순간까지도 그녀와 나눌 수 있기를.

***

재클린은 취재 허가 신청을 했다. 승낙될 때까진 시간이 걸렸다. 그동안 재클린은 정치부 관계자들을 접대했다. 생글거리며 상대의 기분을 맞추면서도 그녀의 머릿속은 온통 단서들로 가득 찼다. 몇 겹으로 가려지고 뒤섞인 사건들을 분석해 기사로 쓰는 쾌감을 맛보고 싶었다. 재클린은 진실을 폭로할 때 가장 통쾌한 승리감을 느꼈다. 무엇과도 바꿀 수 없는 희열. 그걸 지고 싶어 재클린은 온몸이 근질거렸다. 그러나 오늘은 밤새 자리를 지켜야 했다. 재클린은 시간이 아까웠다. 그들은 술자리에서 많은 것들이 결정되고, 중요한 정보들이 나돈다고 했다. 하지만 재클린에게 그건 낮의 맨정신으로 얻는 것들과 크게 다를 바도 없었다. 때로 알코올이 마비시킨 입에서 사람의 날것들이 튀어나오지만, 그것들은 더 안다고 유쾌해지는 종류는 아니었다. 재클린이 시계를 보는 사이 술병들이 늘었다. 넥타이를 푼 남자들이 쑥덕대더니 실실거렸다.

"4차를 가자니……. 이거, 미혼 아가씨가 있는 자리에서 그래도 되나……."

재클린은 그 말뜻을 단번에 눈치 챘다. 선배 기자의 조언이 떠올랐다. 종군 기자로 활동하는 그녀는 남자 동료들을 제치고 유일하게 모든 위험지역의 출입을 허가 받은 사람이었다. 그녀는 성공 비결을 이렇게 말했다. *우린 여자지만, 여기서는 때로 남자보다 더 남자다워야 해.* 선배는 곧바로 똥 씹은 표정을 지었다. *사실 그렇게 해서까지 온 자리가 무엇인지 아직도 잘 모르겠지만. 이제 그딴 건 다 필요 없는데도……. 악바리만 남아 사는 거야. 씨발, 다 꼴값이지 뭐.*

재클린은 그들보다 큰 목소리로 외쳤다.

"제가 잘 아는 곳이 있는데, 한번 모시죠!"

그녀는 목사 실종 의혹이 있던 업소로 남자들을 데려갔다. 붉은 싸구려 조명이 내리쬐는 방 안으로 남자들을 몰아넣고, 재클린은 바깥에 앉았다. 종종 취객들이 재클린을 고를 수 있냐며 농을 던졌다. 시간이 지나자, 짧은 원피스를 입은 여성 몇이 담배를 태우러 나왔다. 전에 성매매 단속 관련 기사를 썼던 재클린은 그녀들과 일면식이 있었다. 재클린은 라이터를 그녀들에게 내밀었다.

"오늘은 조루가 많네? 편해서 좋더라. 머리 까진 남자 사타구니에서 썩은 내 나는 것만 빼구. 역겨워서 구토할 뻔했지 뭐야."

여자들이 낄낄댔다. 재클린은 사과한다는 의미로 손을 모았다. 그녀들은 화장을 고치거나 머리를 만졌다. 재클린도 곁에서 담배를 물었다. 한동안 연기를 마시다가 품에서 사진 한 장을 꺼냈다. 죽은 목사와 메리 제인의 몽타주였다.

"혹시 이 사람들 여기 왔었어요?"

여자들은 짙은 라인이 그려진 눈꺼풀을 내렸다. 메리의 사진을 가리키곤 고개를 저었다.

"이런 애는 본 적 없는데……. 하지만 남자는 꽤 왔었어. 최근 경찰들이 자꾸 캐묻더라. 관련된 거야?"

재클린은 고개를 끄덕였다. 여자들은 자기들끼리 시선을 교환하며 수군댔다. 별안간 폭소를 터트리기도 했다.

"설마 설마 했는데 진짜 목사였을 줄이야. 우리끼리 내기도 했다니까? 간음한 목사는 누가 돌로 쳐 죽이는지. 음욕이 없는 사람만 돌을 던질 수 있다며, 그럼 우리가 딱이잖아? 세상에 일을 진심으로 사랑하는 사람은 없으니까!"

그녀들은 일제히 웃었다. 재클린도 맞장구를 쳤다. 여자들은 사진을 돌려보며 대답했다.

"그런데 여기 안 온 지 한 달 정도 되었어. 그 전까진 꽤 자주 왔는데……. 갑자기 발길을 끊더라구. 그러다 그리 될 줄이야. 마지막 왔던 날, 교회에 사탄이 들어 정화해야 한다나 뭐라나. 이상한 말을 했었어. 아니, 그 남자 말 들어보면 죄인은 교회에 돈 안 낸 사람뿐이라니까? 그게 무슨 종교야. 황금만능주의 장사치지. 이런

데서 구르는 우리도 알 건 다 아는데. 웬 놈의 사이비 교주인가 싶었어. 막 사탄은 외국인 노동자나 교황의 모습으로도 온다고, 조심하라고 떠벌리는 거야! 우리가 보기엔 지가 더 사탄같이 생겼는데. 좀…… 정신이 나갔나 싶었어. 그렇지만 옷은 번지르르했고……."

"음……. 더 자세히 기억나는 거 있어요?"

"어디 보자……. 아! 어떤 여자 악마 하나가 교회를 위협한다더라구. 목사 안수를 요청 한다나? 난 이해를 못했어. 남자가 기도하든 여자가 기도하든 뭔 대수냐 싶었거든. 여하간 좆질을 하면서도 엄청 역정을 내더라니깐. 꼭 내가 사탄이라도 된 줄 알았어!"

한바탕 실소가 퍼졌다. 재클린은 그녀들의 말을 낱낱이 받아 적었다. 사소한 정보라도 결정적 단서가 될지 몰랐다. 짙은 립스틱 사이들로 연기가 뿜어졌다. 그녀들은 유리문 안의 남자들을 곁눈질했다. 허리를 숙여 재클린에게 속삭였다.

"정치나 종교나. 흥청망청 노는 게 사역인가 봐. 목사님은 왜 가정을 안 돌보고 여길 왔어요, 했더니 뺨을 치면서 이게 다 정화의 의식이래. 깔깔, 성스러운 섹스를 했으니 우린 다 천국 가겠네! 주님의 은총, 할렐루야!"

***

바네사는 더 이상 피를 마시지 않았다. 그녀는 하루가 다르게 수척해졌다. 리사가 입 가까이 피를 떨어트려도 핥지 않았다. 그럴수록 멜리니를 향한 갈망과 발작도 심해졌기 때문이었다. 몸이 허약해지면 제압이 쉬웠다. 때문에 그녀는 일부러 식사를 거부했다.

바네사의 눈에 금색 꽃이 피고, 자신을 향해 송곳니를 드러낼 때마다 멜리니는 직접 그녀의 팔을 잡았다. 처음엔 두 사람이 겨우 달라붙어야 멈출 수 있던 바네사가, 나중엔 몇 분간의 실랑이로도 얌전해졌다. 멜리니는 줄어드는 그녀의 시간이 못내 안타깝고 씁쓸했다.

하루는 멜리니도 온종일 굶었다. 아직은 적정량의 식사가 필요한 인간의 몸이었지만 억지로 버텼다. 위경련이 찾아왔다. 리사가 한숨을 푹푹 쉬었다.

"너까지 이럴 거야?"

그녀의 불평에 멜리니는 씨익 웃기만 했다.

"언니에게 전해 줘. 언니가 안 먹으면 나도 먹지 않을 거야."

그날 밤, 깨어난 바네사는 수프를 들고 멜리니를 찾아왔다. 멜리니는 소파에 누워서 부스스 눈을 떴다. 수저를 든 바네사가 있었다. 그녀는 음식을 떠 멜리니에게 내밀었다. 멜리니는 그걸 거부했다. 바네사는 다시 수저를 밀었다. 멜리니는 아예 고개를 돌렸다.

"멜리니, 이러지 마."

"……언니야말로."

"……넌 인간이잖아. 그러니…… 계속 살아야 해."

멜리니는 완강히 고개를 저었다. 바네사의 얼굴이 슬픔으로 물들었다. 그러나 멜리니는 일부러 더 심통을 부렸다. 바네사는 그녀와 음식을 번갈아 보았다. 저녁의 어슴푸레한 빛은 둘의 얼굴을 삭막하게 만들었다. 이윽고 바네사는 결심한 듯 수저를 쥐었다. 멜리니 대신 자신이 수프를 삼켰다.

한 입을 삼키자 헛구역질이 올라왔다. 몇 종류를 제외하고, 흡혈귀가 인간의 음식을 먹으면 끔찍한 고통이 수반되었다. 뜨거운 불덩이나 시궁창의 벌레를 삼키는 느낌이었다. 그러나 바네사는 낯빛이 파래지면서도 그걸 계속 떠먹었다. 한 숟갈, 두 숟갈…….
결국 참다 못한 멜리니가 그녀의 손목을 붙잡았다.

"언니, 먹을게. 내가…… 계속 먹을게."

멜리니는 바네사의 숟가락으로 음식을 먹었다. 수프 그릇 안으로 눈물이 뚝뚝 떨어졌다.

"언니……. 살자. 나랑 같이 살자……."

바네사의 심정을 모르지 않았다. 다만 멜리니도 나름의 응석을 부리고 싶었다. 그러나 멜리니는 깨달았다. 이것도 우리에겐 사치였다. 멜리니가 그릇을 다 비우자, 바네사가 그녀를 포옹했다. 칭찬 어린 손길로 우는 멜리니를 달랬다. *꼬마야, 내 작은 꼬마야…….* 달빛을 등지고, 앙상한 나무 같은 팔로 바네사는 멜리니를 다독였다.

우리는 서로에게 너무나 멀구나.

그날 밤. 멜리니는 바네사의 품속에서 잠들었다. 새벽의 기운이 감도는 시간, 바네사의 눈동자는 종종 금빛을 띠었으나 발작은 일어나지 않았다. 가끔 이빨이 멜리니의 목덜미에 닿았다. 그때마다 멜리니가 바네사를 끌어안아, 정신을 유지할 수 있었다. *나는 이 아이를 물지 않아.* 바네사는 다짐했다. 온 힘을 다해 버텼다.

멜리니는 꿈속을 헤맸다. 바네사의 향기가 느껴졌다. 검은 머리카락을 늘어뜨린 그녀는 멜리니에게 가까워졌다가, 멀어졌다. 달 아래에서 왈츠를 추는 것처럼 둘은 빙글빙글 움직였다. 그녀의 꿈속엔 긴 장미 터널이 있었다. 황금색으로 빛나는 꽃들이 수북했다. 멜리니는 안으로 들어가길 망설였다. 멀리서 바네사의 목소리가 들렸다. 이내, 멜리니는 천진한 마음에 휩싸여 터널 안을 기었다. 꽃 하나를 지날 때마다 자신의 몸도 금색으로 물들었다. 터널을 통과하자 얼굴을 감싼 채 주저앉은 바네사가 보였다. 멜리니는 "언니……. 언니……." 하고 그녀를 불렀다. 그녀는 무반응이었다. 멜리니는 그녀에게 다가가고 싶었지만 바네사는 고개를 들지 않았다. 그녀가 흐느꼈다.

멜리니. 너만은 내가 이룰 수 있다고. 끝까지 이룰 수 있다고 믿어 줘.

사랑해. 모든 증명으로.

부디 날 기억해 줘…….

네가 은폐된 것들을 드러낼 때…….

네가 날 여전히 기억하고, 사랑할 때. 잊혀진 수많은 것들을 되새기기로 각오할 때…….

나는 다시 돌아올 거야.

날 잊지 마.

사랑해.

그러니…… 제발, 날 죽여.

그녀는 말을 쏟으면서 울었다.

***

시내버스에 총을 소지한 남자가 탔다는 제보가 있었다. 데보라는 정류장에 잠복했다가 그를 체포했다. 범인의 소지품에서 권총 두 자루가 나왔다. 이전에도 경고를 받았던 남자였다. 데보라는 무기들을 압수했다. 혁대에 권총들을 찬 후 남자를 연행했다. 중간

쯤 왔을 때, 휴대폰이 울렸다. 재클린이었다.

"저는 십삼 번지로 가는 중이에요!"

"네?"

"목사의 별장 주변을 조사하려구요. 잠입이 가능하다면 내부까지도요."

"음……. 혼자서요?"

"네. 취재는 시간이 생명이니까요. 그런데…… 왠지 수사관님에겐 알려야 할 것 같아서……."

데보라는 미묘한 기분에 휩싸였다. 자신은 이제 수사관도, 강력사건 담당자도 아니었다. 퇴근시간에 맞춰 비축한 모유를 아이에게 어떻게 먹일지, 소독한 젖병은 얼마나 남았는지, 기저귀 여분과 이유식 재료는 무엇으로 구입할지가 더 중요한 엄마였다. 데보라에겐 아이들도 소중했다. 그러나…… 지금 그녀를 수사관이라고 부르는 사람은 재클린이 유일했다. 가끔, 아주 가끔은……. 아니, 사실은 굉장히 자주. 수사관으로 불리던 시절이 그리웠다.

"……몸 조심해요, 재클린."

통화를 마친 데보라는 경찰서로 복귀하는 내내 말이 없었다. 머릿속으로 수많은 생각이 스쳤다. 아이 울음소리와 웃음소리가 번갈아 떠올랐다. 새벽 내내 지긋지긋하게 시달린 분유 냄새, 빨래에 말라붙은 침 냄새, 사무실을 비우던 날 자신을 험담하던 비겁한 목소리들도 흘렀다. *수사관님.* 마지막으로 재클린의 목소리가 들렸다.

결국, 그녀는 업무 보고를 마친 즉시 휴가를 냈다.

상사가 펄펄 뛰는 것도 상관없었다. 그대로 짐을 챙겨 차에 올랐다. 엑셀을 밟았다. 옷도 갈아입지 않은 채였다. 창틈으로 바람이 훽 불어 이마를 드러냈다. 시원했다. 그녀는 도로를 마음껏 질주했다.

'오늘만, 오늘 딱 하루만이야.'

데보라는 자신의 속도를 만끽했다.

***

멜리니는 바네사의 침대를 정돈했다. 그녀는 몇 세기를 거스르는 수령을 지나 온 자라고는 생각되지 않았다. 말간 얼굴빛은 그녀의 본모습을 상상하게 만들었다. 멜리니는 그녀의 침대 맡을 한참 지켰다. 몇 장 못 넘기고 덮기가 일쑤였지만 가끔 바네사처럼 독서를 했다. 매일같이 그녀의 초상화도 그렸다. 그녀를 화폭에 담으며 반나절을 보냈다.

어두운 침실에 있으면 눈이 쉽게 피로했다. 멜리니는 바네사가 깨지 않도록 발소리를 죽여 거실로 내려왔다. 리사는 외출한 모양이었다. 집 안이 적막했다. 멜리니는 소파에 몸을 묻었다. 그동안의 스케치들을 한 장 한 장 넘겼다. 자신의 기억 속 바네사들이 있었다. 웃는 얼굴도, 미간을 찌푸린 얼굴도, 독서에 열중한 모습이나 손톱을 단장할 때의 표정도 전부 남겼다.

그중에서 멜리니가 가장 좋아하는 건 금빛 눈으로 자신을 바라보는 바네사의 얼굴이었다. 하지만 지금은 그 눈동자를 볼 때마다 괴로웠다. 멜리니는 초상화 주변에 장미를 잔뜩 그려넣었다. 이윽고 화사한 꽃으로 둘러싸인 작품이 완성되었다. 멜리니는 그림 위에 키스를 남겼다.

그때였다. 바닥에 정사각형 구멍이 뚫린 게 보였다. 지하실과 연결된 입구가 열려 있었다. 멜리니는 벌떡 일어났다. 종이를 놓고 문 근처로 다가갔다. 지난 달 리사가 보관한 먹이는 세 명이었다. 그중 둘을 먹어 치웠다. 멜리니는 서랍에서 손전등을 꺼냈다. 전원을 켜고 바닥에 엎드렸다. 구멍에 빛을 비추어 안을 들여다보았다.

그물처럼 늘어진 좁은 계단 끝이 희미했다. 손전등을 이리저리 휘저었다. 보통은 살찌거나 마른, 희뿌연 살덩어리들이 움직이는 모양새가 보였다. 적어도 한 명이 남아 있어야 했다. 그러나…….

아무것도 없었다.

멜리니가 허리를 편 순간, 고약한 냄새의 무언가가 그녀를 떠밀었다. 멜리니는 반사적으로 손을 휘둘렀다. 누군가의 머리카락을 틀어쥐고 지하실로 떨어졌다. 그건 짧고 땀에 절었다. 쿠당탕탕, 요란한 소리를 내며 문이 닫혔다. 멜리니는 암흑 속에 갇혔다.

육중한 살덩이가 지린내를 풍기며 멜리니를 짓눌렀다. 척추 마디마디가 부서지는 것 같았다. 살갗이 까져 화끈거렸다. 멜리니는 팔다리로 '그것'을 밀쳤다. 지독한 냄새의 방향으로만 위치를 파악할 수 있었다. 멜리니는 빠르게 바닥을 훑었다. 기척을 알아챈 '그것'이 다시 멜리니에게 달려들었다. 멜리니는 간발의 차로 몸을 굴렀다. 손에 휴대용 전등이 잡혔다. 불을 켜자 '그것'의 형체가 드러났다.

먹이로 가두었던 나체의 중년 남자였다. 빛이 켜지자 그는 통통한 손으로 눈을 가리며 소리를 질렀다. 사팔뜨기였고 침을 질질 흘렸다. 짐승 같은 괴성을 냈다. 지하실에 가둔 동안 완전히 돌아버린 모양이었다. 그는 멜리니를 향해 돌진했다. 멜리니는 손전등으로 그의 관자놀이를 가격했다. 그가 엎어지면서 멜리니의 발목을 잡는 바람에 그녀도 함께 쓰러졌다. 그가 다시 멜리니를 덮쳤다. 그녀도 반격했다. 둘은 뒤엉켰다. 몸싸움이 벌어졌다. 팔꿈치가 긁히고 다리에 멍이 들었다. 멜리니는 이를 악물었다. 아직 변이가 완전하지 않아 힘에 부쳤다. 남자가 멜리니의 손을 깨물었다. 그는 투박한 몸을 부딪혔다. 멜리니의 손톱이 부러졌다. 둘의 격투가 길어졌다. 점점 사지에서 힘이 빠졌다. 멜리니가 중심을 잃은 사이,

남자가 그녀를 쓰러뜨렸다. 나체의 하복부 아래에서 길쭉한 살덩이가 흔들렸다. 멜리니는 욕지거리를 뱉었다. 귀두 끝에 땀인지 정액인지 모를 액체가 스몄다. 남자는 초점 없는 눈으로 허공을 보았다. 입에서 떨어지는 침이 멜리니의 이마에 닿았다. 멜리니는 몸서리를 쳤다. 그의 향과, 무게와, 압박하는 몸뚱이는 누군가를 떠오르게 했다.

'더러운 짐승 새끼.'

육중한 몸이 멜리니를 덮었다. 구역질나는 부대낌이…… 돌아왔다. 그동안 잊고 있었던 감각이. 멜리니는 눈을 질끈 감았다.

'이건 그냥, 살들의 집합이야. 아무것도 아닌. 역겨운 살덩어리라고.'

집채만 한 그것은 부르르 떨었다. 소름이 돋았다. 멜리니는 부르짖었다. *언니, 언니. 바네사 언니, 도와줘.*

천장에서 강렬한 빛이 수직으로 샜다. 쩌적 하고 나무가 갈라지는 소리. 쿵, 떨어지는 소리. 이어 돼지 멱따는 소리가 났다. 남자의 눈이 뒤로 휙 넘어갔다. 흰자위만 남기고……. 목에 핏줄이 불거졌다. 그의 몸이 옆으로 무너졌다. 멜리니는 숨을 토했다. 고꾸라진 남자의 뒷목에 손도끼가 꽂혔다. 지하실 문이 삐걱댔다. 하늘로부터 빛이 스밀 때마다 황금색 홍채가 보였다. 흰 얼굴과…… 기다란 검은 머리도.

언니.

천장에서 뛰어내린 그녀는, 순식간에 목표물을 노렸다. 검은 머리카락이 뱀처럼 휘날렸다. 멜리니는 벽에 기댔다. 고통스러운 기침이 터졌다. 바네사가 도끼를 뽑았다. 그리고 남자에게 내리쳤다. 한 번, 두 번, 세 번……. 남자가 경련하며 꽥꽥댔다. 바네사는 인정사정없이 계속 도끼질을 했다. 멜리니의 낯빛이 변했다. 장작을 패듯 움직이는 바네사가 이상했다. 그녀답지 않았다. 고장 난 기계처럼 같은 자리에 서른 번이나 도끼를 찍었다. 타점도 엇나갔다. 평상시의 그녀라면 상대가 고통을 느낄 새도 없이 단칼에 끝장냈을 것이다. 그러나, 지금은 빗나간 부분 때문에 주변이 지저분했다. 너저분한 장면들이 이어졌다. 온갖 잔해가 튀어나왔다. 도끼날이 살을 팔 때마다 남자가 찢어지는 비명을 질렀다. 멜리니도 귀를 막았다. 그는 목의 삼 분의 일이 떨어졌는데도 숨이 붙어 있었다. 대신 인간의 말은 잃었다. 그가 바닥을 긁으며 기어 다녔다. 바네사는 그걸 쫓아가며 도끼질을 했다. 핏줄과 골수, 신경과 뇌수가 어질러졌다. 멜리니는 입을 틀어막았다. 이건 바네사가 아니었다. 깔끔한 살육도 아니었다. 토악질이 올라왔다. 자신이 그동안 봤던 건 비현실적일만큼 단정하고 아름다운 절단면이었다. 그러나 지금은……. 멜리니는 참지 못하고 위장을 게워냈다. 바네사는 도끼질을 멈추지 않았다.

"언니…… 괜찮아. 나는 괜찮아. 언니, 언니……. 정말 괜찮아? 응?"

결국 멜리니가 뛰어들어 그녀를 끌어안았다. 그때서야 바네사가 겨우 멈추었다. 남자는 이미 처참하게 짓이겨졌다. 다진 고기 같은 파편이 사방에 널렸다. 바네사가 헐떡이며 멜리니를 돌아보았다. 유난히 눈빛이 형형했다. 그녀가 멜리니의 얼굴을 더듬었다. 강렬한 안광이 눈부셨다.

"언니, 괜찮아?"

멜리니가 물었다. 바네사는 대답하지 않고 계속 멜리니를 만졌다. 그녀의 눈에서부터 턱까지 축축함이 느껴졌다. 처음에 멜리니는 그것이 눈물인 줄 알았다. 자세히 보니 그건 남자에게서 튄 피였다. 멜리니는 바네사를 힘껏 끌어안았다. 동시에, 바네사가 소리를 질렀다. 몸부림을 치며 그녀를 물어뜯으려 했다. 멜리니는 필사의 힘을 다해 그녀를 껴안았다. 날카로운 송곳니가 멜리니의 목덜미를 스쳤다. 살을 파고들기 직전에 멈추었다.

"언니, 언니, 언니. 괜찮아. 괜찮아. 난 괜찮아……. 언니도……."

바네사의 손톱이 멜리니의 어깨를 짓눌렀다. 멜리니는 통증에 이를 악물었다. 그럴수록 바네사를 껴안은 손을 강하게 얽어 버텼다.

"언니, 언니, 언니……. 정신 차려. 나 여기 있어. 우린 괜찮아."

바네사가 진저리를 쳤다. 멜리니는 그녀의 품을 더욱 파고들었다. 검은 머리카락들이 멜리니의 뺨을 할퀴었다. 발작은 몇 분간이나 지속되었다. 둘 다 땀범벅이 되었다. 이윽고, 바네사가 고개를 쳐들더니 외마디 비명을 질렀다.

"멜리사……."

그녀는 누굴 부른 걸까? 멜리니는 생각했다. 나일까? 아니면…….

바네사가 축 늘어졌다. 멜리니도 헐떡였다. 옷이 축축했다. 바네사의 눈동자가 차츰 본래의 색으로 돌아왔다. 멜리니는 그녀의 등을 하염없이 쓰다듬었다. 혈액 냄새로 가득한 머리카락부터 등까지를 내내 쓸었다. 더 이상 그녀가 발광하지 않을 때, 손을 끌고 밖으로 나왔다. 계단을 오르는 동안 바네사는 침묵했다. 어깨만 간간히 떨었다. 멜리니는 그때마다 힘주어 손을 쥐었다. 지상으로 올라와서야, 바네사는 한숨을 쉬며 말했다.

"……미안. 치우려면 한참 걸리겠다."

***

데보라는 재클린이 향한 주소의 반대편에 도착했다. 가방 속에서 자료를 꺼내 위치를 확인했다. 붉은 직선들이 그어진 가운데 지점에 두 채의 집이 있었다. 하나는 재클린이 도착했을 목사의 별장. 다른 하나는…….

데보라가 차를 멈췄다. 흰 울타리, 아이보리색 커튼이 있는 평범한 가정집이었다. 벽돌 색 지붕과 잔디가 깔린 집. 창문마다 암막이 덧대어진 것만 빼면 더없이 무난했다. 그러나 데보라는 날카롭게 신경을 세우고 안을 주시했다. 구석에 차를 세운 후 잠복수사를 할 때처럼 대기했다. 곧이어 현관문이 열리는 게 보였다.

금발머리의 흑인 여성이 나왔다. 그녀는 달라붙는 원피스와 화려한 장신구를 착용했다. 누군가에게 인사를 하더니 책을 옆에 끼고 건너편으로 사라졌다. 데보라는 턱을 쓰다듬었다. 동거인이 있는 모양이니 정황을 확인할 절호의 기회였다. 간만에 형사다운 감각이 발동했다.

그녀는 경찰복을 벗고, 뒷좌석의 재킷으로 갈아입었다. 오전에 압수했던 총이 허리에 있었다. 데보라는 뒷목을 긁적였다.

'제출하는 걸 잊었군. 귀가할 때 반납해야겠다.'

데보라는 탄창을 확인했다. 망설이다가, 그중 하나를 뽑아 품에 숨겼다. 차에서 내리기 전, 재클린에게 전화를 걸었다.

"무슨 일이에요, 데보라?"

"……당신에게 기자가 천직인 것처럼, 나도 수사관의 피는 못 속이나 봐요."

"어쩐지. 제가 사람 보는 눈이 좀 있죠."

데보라는 소리 죽여 웃었다. 재클린은 방금 주민들의 취재를 끝낸 참이라고 했다. 별다른 소득을 얻지 못해서, 목사의 별장에 직접 갈 예정임을 알렸다. 새로 정보를 알 때마다 서로 공유하기로 했다. 재클린이 말했다.

"지금 거의 도착했는데, 근처에 인가가 안 보여요. 별장 주변이 이렇게나 허전하다니…… 이상해요."

"흠. 이 집을 조사한 후에 바로 그쪽으로 갈게요. 끝나는 즉시 연락할 테니, 괜한 흔적을 남기지 않도록 주의해요. 몸…… 조심하구요."

"네, 알겠어요. 수사관님이 있으니 든든하네요."

"휴대폰 전원은 끌 거예요. 핑계가 필요해서요. 곧 합류해요."

"좋아요……. 다시 연락해요."

***

"……정신이 너무 많이 무너졌어."

리사는 남자의 시체를 차 트렁크 안에 던졌다. 문틀에 시체의 손이 걸렸다. 목을 제거한 시체였다. 손을 안으로 집어넣은 후, 리사는 거칠게 문을 닫았다. 바네사는 사건 이후 다시 잠들었다. 리사의 도움을 받아, 멜리니가 잔해를 처리했다. 리사는 운전석에 타더니 멜리니에게 손짓했다. 둘은 비탈길을 달려 절벽 끝 공터에 도착했다. 멜리니는 부쩍 말이 없었다. 그녀는 웅크린 채 생각에 잠겨 있었다.

"……그게 흡혈귀의 본성인지도 몰라."

차에서 내린 리사가 성냥을 그었다. 시체가 든 안쪽으로 그걸 던져 넣었다. 멜리니가 내린 걸 확인한 그녀는 발로 범퍼를 밀었다. 시체를 태우던 불꽃이 확 커졌다. 불은 문과 유리로 번졌다. 불길이 거대하게 타오르면서 차체를 찌그러트렸다. 사냥감의 자동차는 관이 되었다. 차는 짙은 연기를 꽁무니에 매단 채 절벽으로 달려갔다. 운전자 없이, 목 없는 주인의 몸뚱이를 담고. 멜리니가 손톱을 물어뜯었다.

"내가 흡혈귀로 변하면, 언니는 돌아올 수 있는 거야?"

그녀는 성마른 목소리로 물었다. 멜리니는 바네사를 거역하더라도, 그녀 곁에 있을 방법을 찾았다고 생각했다. 하지만…… 지금은……. 리사가 고개를 가로저었다.

"몰라. 사실 나도…… 정확히 몰라. 흡혈귀를 죽일 수 있는 건 그가 사랑한 인간뿐이야. 난 그것만 알아. 그래서…… 네가 사라진다면. 네가 인간임을 포기하면 전부 끝날 줄 알았어. 그런데…… 지금은…… 하나도 모르겠다……."

리사는 착잡한 얼굴로 한숨을 쉬었다. 메리도 마찬가지였다. 도끼질을 하던 바네사의 모습. 멜리니는 그녀에게서 두려움과 혐오감을 느꼈다. 이질적이었다. 그녀가 알던 바네사와도 너무나 달랐다. 이상했다. 왜 자신이 구토감을 느꼈는지. 대체 누가 누구에게 느낀 감정인지 알 수가 없었다. 혼란했다.

멜리니는 자책했다. 그녀는 '괴물 같은' 바네사의 모습을……. 혐오했다. '괴물'일 때의 언니들은 아름답고 찬란했었다. 그러나…… 마구잡이로 난도질을 하던 팔, 도끼자루에 손톱이 갈려도 자행하던 학살, 이빨을 드러내고 울부짖던 비명, 처참히 잘려 돼지 소리를 내던 남자……. 그건 바네사라기보다…… 바네사를 통해 터져 나온 무언가였다.

"……언니의 변화를 보는 건 나도 처음이야. 지금까지는 한 번도…… 그 정도의 일은 없었으니까."

"……."

"……바네사가 날 흡혈귀로 만든 건 내가 언니를 사랑해서였어. 하지만 언니가 날 사랑한 건 아니었지. 내가 흡혈귀가 되어도…… 그녀는 조금도 변하지 않았으니까. 하지만…… 이번은 달라. 정말 달라."

리사는 침통한 낯빛으로 말했다. 바람이 스산했다. 리사의 금발이 흩날렸다. 멜리니의 붉은 단발도 어지러이 흩어졌다. 둘은 같은 사람을 생각했다. 밤을 쥐어짠 자리에 서 있을 것 같은, 언니.

"……만약 내가 흡혈귀가 되어도 언니가 부서지는 게 계속된다면."

"……평생을 와해되어 살지도 모르지. 죽을 수는 없을 테니까."

"……리사. 흡혈귀가 되는 건……. 지금은 그만 둘래. 지금은……."

메리가 얼굴을 감쌌다. 깨질 듯이 아픈 두통이 찾아왔다. 리사는 씁쓸한 얼굴로 동의했다.

"……그래."

둘은 더 이상 말을 나누지 않고 집으로 돌아왔다. 리사는 지붕 위로 훌쩍 뛰어 사라졌다. 달빛을 쐬고 오겠다고 했다. 멜리니는 바네사의 침실로 갔다. 그녀는 평온한 얼굴로 잠들어 있었다. 그녀의 감긴 속눈썹은 숭고한 천사의 깃털 같아서, 멜리니는 코끝이 아렸다. 멜리니는 그녀의 침대로 기어들어가 누웠다.

"멜리니."

바네사가 기척에 눈을 떴다. 아름다운 밤의 눈동자는 달빛을 반사했다. 황금색은 아니었다. 그녀는 멜리니를 당겨 안았다. 바네사의 입술이 멜리니의 이마에 닿았다. 짚단처럼 푸석한 멜리니의 곱슬머리를 손에 얽었다. 그녀는 몽롱한 목소리로 말했다.

"멜리니, 나 꿈을 꿨어. 정말로 커다란 달에…… 강렬히 부딪히는 꿈. 내가 산산조각 났는지, 달이 부서졌는지…… 모르겠어. 하지만 온 파편에 네가 비쳤어. 살랑대는 붉은 머리와…… 선명한 눈동자가. 나는 갑자기 행복해졌어. 너는 여전히 황금 장미를 그렸고……. 난 너를 지켜보는 걸로도 좋았어."

멜리니는 입술을 깨물었다. 바네사를 강하게 끌어안았다. 그녀는 평소보다 들뜬 목소리로 말을 이었다. 잔잔한 개울에 비가 내리는 듯한 음성이었다.

"네가, 수백 개의 파편으로 빛나는 네가, 수많은 조각만큼 장미를 뽐내는 거야. 마지막엔 내 가슴에 몇 번이고, 몇 번이고…… 황금 장미를 피우더니……. 꽃의 파편들이 하늘도, 땅도, 세상도 우주도 전부 덮었어. 어지러운 향기가 가득했어. 그건 정말로…… 강하고 아름다웠어."

바네사는 숨을 들이켰다. 멜리니에게도 바네사의 체향이 느껴졌다. 혈흔이 사라진 맑은 살결의 냄새. 그게 가슴을 먹먹하게 만들었다. 바네사는 미소 지었다.

"그때 깨달았어. 죽음도, 삶도, 사랑하는 너에게 맡기고 싶어. 누구도 대신할 수 없어."

"……."

"짐을 지워서 미안해, 멜리니. 하지만 나…… 살아온 시간 중에 가장 행복해. 그들에게 나를…… 맡기지 않아도 되니까."

멜리니의 눈동자가 흔들렸다. 바네사는 여전히 눈을 감고, 웃었다. 그녀는 꿈을 음미했다. 멜리니는 그녀를 깨우고 싶지 않았다. 가능하다면, 영원히. 이런 표정의 바네사가 보고 싶었다. 하지만 자신은 영웅도, 마녀도, 흡혈귀도 아니었다. 한낱 보잘것없는 인간 멜리니일 뿐. 그녀가 할 수 있는 건…… 오직 바네사를 힘껏 안고 약속하는 일뿐이었다.

***

한편, 불붙은 자동차는 난간에 바퀴가 걸렸다. 차체가 회전하면서 구조물을 부수었다. 반동으로 길에서 이탈된 차가 절벽 아래로 추락했다. 차는 집회자들의 머리 위로 떨어졌다. 검게 탄 시체가 세상에 드러났다. 재클린이 카메라의 연사 버튼을 눌렀다.

***

데보라는 폰 배터리를 빼어 던진 후, 옷매무새를 가다듬었다. 크림색의 목재 문을 두들겼다. 처음엔 반응이 없었다. 다시 한 번 시도하자, 문이 열렸다. 종전의 흑인 여성과 달리…… 수수한 차림의 소녀가 나왔다. 그녀는 캐주얼한 무채색 셔츠와 바지를 입었다. 턱선을 넘지 않는 검은 단발머리였고, 기껏해야 스물을 넘지 않았다.

콧등에 옅은 주근깨가 있었다. 목에 흰색과 빨강이 섞인 스카프를 묶었다.

“실례합니다, 급히 연락할 곳이 있는데. 전화가 고장이 나서요. 한 통화만 사용할 수 있을까요?”

데보라가 물었다. 검은 단발머리 소녀는 그녀를 빤히 바라보았다. 투명한 빛의 홍채였다. 마치 상대의 의중을 꿰뚫으려는 듯한 시선이었다. 데보라는 메리 제인을 떠올렸다. 그 소녀도 살아 있다면 비슷한 나이일 텐데. 데보라는 상대의 검은 단발을 보았다. 그 소녀와는 인상착의가 달랐다. 하지만……. 이내 소녀가 고개를 끄덕였다. 그녀는 실내로 데보라를 안내했다.

밝은 톤의 겉과 달리, 집 내부는 장막 때문에 어두웠다. 소녀는 전등을 켜면서 말했다.

“언니가 아파서……. 햇빛이 몸에 안 좋다고 해요, 그래서 안이 좀 어두워요.”

“아아, 네. 괜찮습니다.”

“전화기는 저쪽에 있어요.”

데보라는 그녀가 알려 준 방향으로 갔다. 전화를 거는 척 하며 주위를 관찰했다. 가구들은 소박했다. 조명이 어두워 음산한 것 외에 특이사항은 없었다. 아픈 언니라는 말에 외출한 흑인 여성이 떠올랐다. 그녀를 말하는 것 같지는 않았다. 그녀의 혈색은 매우

건강해 보였으니까. 그럼 한 명이 더 있다는 소리다. 그러고 보니, 한눈에도 인종이 다른 둘이 동거한다는 게 독특했다. 범죄와 연관이 있으리라 장담할 수는 없지만……. 데보라는 아무렇게나 번호를 눌렀다. 연결을 기다리는 척을 하다 수화기를 내렸다.

"이런, 미안합니다……. 정말 긴급한 일인데. 상대방이 지금은 통화가 어려운가 봐요. 조금만 기다렸다가 다시 사용해도 될까요?"

"……그러세요."

"사례는 꼭 하겠습니다. 전 데보라 낸시라고 해요. 그쪽은……."

"멜리니에요."

무심하게 자신의 이름을 뱉은 소녀는 거실 소파에 앉았다. 등받이에 몸을 기대고 작은 스케치북을 꺼냈다. 손바닥만 한 크기였다. 무언가를 끄적대면서 그녀가 데보라에게 말했다.

"편히 있다가 가세요."

"고마워요."

데보라는 망설이다가 건너편에 앉았다. 멜리니는 눈길도 주지 않고 팔을 움직였다. 스카프가 그녀의 앳된 얼굴과 어우러져 깜찍했다. 데보라는 그녀를 관찰하면서 물었다.

"다른 가족들은 안 계신가요?"

"언니만 둘 있어요. 한 명은 외출했고, 다른 한 명은……."

그때였다. 갑자기 위층에서 날카로운 비명소리가 울렸다.

데보라의 등줄기에 소름이 돋았다. 멜리니가 벌떡 일어났다. 그녀는 이층 계단으로 뛰었다. 데보라가 뒤를 따랐다. 이층 통로는 방 하나와 곧바로 이어졌다. 멜리니가 그곳으로 뛰어들었다. 데보라의 눈앞에서 문이 쾅 닫혔다. 데보라는 반사적으로 문을 열어젖혔다. 그러나 벌어진 다음 광경에 우뚝 발이 멈췄다.

새하얀 침대 위에 검은 장발의 여인이 있었다. 그녀의 백옥 같은 피부는 멀리서도 화사했지만 목에서 기괴한 쇳소리가 났다. 멜리니가 그녀를 올라타더니 팔을 잡고 양 다리 사이에 상대의 허리를 끼워 넣었다.

"바네사, 바네사 언니……. 나야, 멜리니. 나라고. 언니, 나 여기 있어……."

그러나 바네사는 고개를 마구 젖힌 채 팔을 휘둘렀다. 무엇도 보이지 않는 모양이었다. 그녀의 손톱이 멜리니의 뺨을 긁었다. 손과 손이 얽히고설키며 난장판을 이루었다. 소란 중에 멜리니의 스카프가 풀어졌다. 그녀의 목덜미에…… 자두 씨앗만 한 상처 두 개가 보였다.

바네사가 비명을 질렀다. 데보라는 바짝 신경이 곤두섰다. 얼핏 보인 그녀의 송곳니는 날카로웠다. 멜리니의 머리카락이 뜯기고, 헝클어졌다. 침대 시트가 바닥으로 떨어졌다. 매트리스가 격렬하게 삐걱거렸다. 몸부림치는 바네사의 눈동자가 태양처럼 번쩍였다. 데보라는 눈꺼풀을 비볐다. 멜리니가 바네사의 두 팔을 속박했다. 데보라도 정신을 차리고 그녀를 도우려던 찰나,

멜리니는 바네사에게 키스했다.

깊은 입맞춤이었다. 데보라는 제자리에 멈추었다. 움직일 수가 없었다. 바네사가 경련을 일으켰다. 그러나 멜리니는 꿈쩍하지 않고 그녀의 입술을 진득히 빨았다. 오랜 시간이 흘렀다. 데보라는 차마 발을 내딛지 못했다. 들어갈 수 없는 경계선이 그어진 듯했다. 바네사의 손이 여러 번 뻗어졌다가 거둬졌다. 검은 머리카락들이 넝쿨처럼 얽힌 사이에서, 석양이 드리우는 그림자 속에서, 그녀들은 입을 맞췄다. 참혹한 악몽과 낭만의 욕망이 섞인 것만 같은 키스였다.

데보라는 애써 가슴을 쓸었다. 인공호흡 비슷한 거라 여기면서도 눈을 뗄 수가 없었다. 그녀는 저도 모르게 숨죽이면서 둘의 결합을 바라보았다. 가끔 쓴 기침들이 터졌다. 곧바로 미진한 신음도 덮였다. 거듭 채워지는 입술의 움직임이 수북이 쌓였다.

서서히 바네사의 발작이 진정되었다. 고요한 헐떡임과 눈물, "놓지 마, 놓지 마, 멜리니……." 하는 속삭임. 이윽고 바네사의 눈꺼풀이 닫혔다. 그녀는 다시 잠에 빠져들었다. 멜리니가 지친 한숨을 쉬었다. 상대의 머리를 쓸면서 숨을 고르다가, 데보라를 돌아보았다. 벼랑 끝의 키스를 나누던 입술로 말했다.

"보셨다시피…… 언니가 아파요."

데보라는 고개를 끄덕이고는 어설픈 위로를 시도했다.

"실례했어요. 도움이 못 되어서 미안해요. 그…… 정말…… 힘드시겠어요."

멜리니가 희미하게 웃었다.

"먼저 내려가세요. 침대를 정리하고 갈게요."

데보라는 고개를 끄덕이고 발을 돌렸다. 종종 소방대원들과 동행할 때, 간질 증상은 심심찮게 보았다. 분명 유사한 모습이었는데도…… 계단을 내려가는 동안 그녀들의 잔상이 머리를 떠나지 않았다. 데보라는 자신이 감상적인 사람이라고는 생각한 적 없었다. 그러나 자꾸만 비명을 잠재우려 키스하던 입술이, 소녀의 목덜미에 있던 상처 두 개가, 여러 번 덧난 흔적들이 아른거렸다. 그녀는 무심코 자신의 입술을 만졌다.

"……?"

데보라는 전화기 근처에서 멈춰 섰다. 발에 이질적인 자극이 감지되었다. 그녀는 두세 번 발을 굴렀다. 바닥의 느낌이 미세하게 달랐다. 그녀는 발에 힘을 주었다. 대략 평방 1미터 정도의 소리가 특이했다. 데보라는 몸을 낮췄다. 바닥을 세세하게 짚었다. 무늬가 어긋난 부분들이 보였다. 틈새에 손을 넣고 당기자, 문이 열렸다. 지하실로 이어지는 계단이 보였다.

데보라의 감각이 곤두섰다. 거실 한복판에, 숨겨진 지하실이라니? 데보라는 안을 들여다보았다. 계단 끝까지는 어두워서 보이지 않았다. 그만큼 깊은 공간이었다. 일반 가정집에는 드문 장소였다. 데보라는 품 안의 총을 확인한 후 다시 몸을 일으켰다.

"우리 집 무덤이 궁금해요?"

코앞에서 들린 목소리에 데보라는 하마터면 고꾸라질 뻔했다. 내려오는 기척조차 없었는데. 어느새 멜리니가 눈앞에 있었다. 멜리니는 동그란 눈을 황동처럼 빛내며 데보라를 올려다보았다. 주근깨가 번진 뺨, 방금까지 키스를 탐하던 포실한 입술이 가까웠다. 데보라는 식은땀을 흘렸다.

"미안해요. 동전을 떨어트려서 찾으려다 보니……."

"……잠시만 기다리세요. 어두우니까 손전등을 가져올게요."

말도 안 되는 변명이었으나, 멜리니는 고개를 까닥였다. 데보라는 가슴을 쓸었다. 하지만 기분이 찝찝했다. 연륜이 적지 않은 그녀이지만, 이런 실수는 처음이었다. 희한하게 몸이 자꾸 굳었다. 서늘하고 기이한 감각이 스멀스멀 찾아왔다. 그러나 데보라는 설명할 수 없었다. 범죄를 쫓을 때 느끼는 긴장감이나 스릴과도 달랐다. 오히려 포식자 앞에서의 공포심, 미지의 존재를 대할 때의 경외감에 가까웠다. 데보라는 주먹을 쥐었다. 그렇다 해도 이대로 물러날 수는 없었다.

"따라오세요."

멜리니가 돌아왔다. 그녀는 앞장서서 지하실로 내려갔다. 데보라는 손을 쥐었다 피며 그녀를 따랐다. 눅눅한 습기와 비위에 거슬리는 향이 올라왔다. 쾌적한 곳은 아니었다. 한 뼘 정도의 불을 들고 걷는 멜리니의 얼굴이 유난히 희멀겠다. 지옥으로 인도하는 사신 같았다. 계단은 한 명이 간신히 지날 만한 폭이었다. 오직 손전등의 불만 의지하며 둘은 아래로, 아래로 내려갔다.

"여긴…… 죽음을 지키는 장소에요."

멜리니는 전등을 치켜들었다. 빛을 따라 데보라의 시선이 움직였다. 그녀의 눈썹이 꿈틀댔다. 벽면에는 거대한 황금색 꽃이 있었다. 사람의 열 배 정도 되는 크기였다. 어마어마한 위압감이 풍겼다. 멜리니가 팔을 움직이자 장미의 형태가 드러났다. 그녀는 벽면을 따라 천천히 걸으며 장미를 비추었다. 끝부분에 도착한 멜리니가 턱을 당겨 웃었다.

사람이 산다는 건, 매일 죽음을 쌓는 것과 같아요.

우리는 아무도 진실에 대해 말하지 않죠. 수많은 죽음을 딛고 살아 왔다는 진실을.

거름 속에서도 장미는 피잖아요? 꽃잎을 열고 향을 피워 알리죠. 여기 상처의 가시를 달고 태어났다는 걸. 장미는 일종의 부활 같아요. 켜켜이 쌓인 상처들의 부활. 죽음과 사랑의 부활.

"부족한 실력이지만 여길 작업실로 쓰고 있어요. 변색되기 쉬운 물감이라서, 지하에 방을 만들었죠."

"아아. 전 예술에는 문외한이지만, 정말…… 굉장한 작품이네요. 아름다워요."

데보라는 솔직하게 감탄했다. 벽에서 시선이 떼어지지 않았다. 폐쇄적인 어둠 속에서 황금색 꽃은 더욱 찬란했다. 마치 커다란 달에 들어앉은 것처럼. 한편으로 기시감도 느꼈다. 황금색 장미, 황금 장미라……. 어디선가 본 적 있는 것 같은데. 그러나 기억나는 게 없었다. 이런 강렬한 이미지를 잊기는 쉽지 않은데. 정확한 건 무엇도 떠오르지 않았다.

"잃어버린 건 찾으셨어요?"

멜리니가 물었다. 데보라는 황급히 바닥을 뒤지는 척했다. 지하실엔 화구들 외에 아무것도 없었다. 데보라는 바닥의 먼지를 손으로 쓸었다. 얼룩덜룩한 자국이 있었지만 특이사항은 아니었다. 그녀들을 의심했던 자신이 부끄러웠다. 결국 데보라는 살펴보는 걸 포기하고 동전을 찾았다며 둘러댔다. 멜리니는 "잘됐네요." 하고 짤막하게 대답했다.

"손님이 오셨나 봐. 누구야?"

그들이 지상으로 올라왔을 때, 흑인 여자가 돌아왔다. 멜리니는 그녀를 "리사." 하고 불렀다. 검은 피부에 금발, 보석 같은 녹색 눈동자가 대조적이었다. 그녀를 마주한 데보라는 황금 장미만큼 강한 인상을 받았다. 문에 기댄 그녀는 멜리니의 스케치북을 가져가 구경했다. 종이를 넘기다가 한 장을 죽 찢었다. 자신이 들고 있던 가죽 표지 책 속에 끼웠다. 그 후 데보라를 보고 웃었다. 이 집의 여성들은 하나같이 독특하고, 어딘가 매혹적이었다.

"지나가던 길에 전화를 빌리러 오셨어."

"흐음."

리사는 고개를 기울이며 콧소리를 냈다. 그녀의 웃음에 데보라는 아차 싶었다.

"다시 한 번 전화해 보고…… 연결이 안 되면 이만 돌아갈게요. 실례가 많았습니다."

데보라는 얼른 수화기를 들고 통화하는 시늉을 했다. 등에 꽂히는 시선이 따가웠다. 떠날 때가 된 모양이었다. 더 지체하면 의심을 살 게 뻔했다. 데보라는 목을 긁적이며 돌아섰다.

"이런, 여전히 전화를 받지 않네요. 그래도 호의를 베풀어 주셔서 감사합니다."

"혹시…… 차를 가지고 오셨나요?"

"예. 그런데요."

"마침 기름이 떨어져서, 사러 가려던 참인데. 같은 방향이면 태워 주실 수 있을까요? 근처에 살인 사건이 일어났대서…… 혼자

걷기엔 아무래도 무섭거든요."

"살인 사건요?"

데보라는 허를 찔린 기분으로 물었다. 리사는 교태를 부리며 그녀에게 다가왔다.

"목사 살인 사건이라고 아세요? 요새 뉴스랑 신문에 난리던데……. 범행 장소가 이 근처더라구요. 저희는 가뜩이나 여자들끼리만 살아서 더 걱정이에요."

"아, 정말 그러시겠네요. 세상이 하도 흉흉하다 보니……."

"올 때 짐은 배달시키면 되니까, 가게까지만 부탁드려요."

"아무렴, 물론이죠. 그 정도야."

데보라는 수긍했다. 리사는 활짝 웃으며 감사를 표했다. 어디를 보아도 미인이었다. 경계심이 풀렸다. 하지만 그녀로부터 얻는 정보가 있을지도 모른다는 생각으로 마음을 다잡았다. 리사와 데보라는 함께 차에 올랐다. 마중 나온 멜리니가 차 뒤꽁무니에 손을 흔들었다.

***

재클린은 목사의 별장에 도착했다. 거리는 조용했다. 인적 드문 곳이었다. CCTV가 있던 상가 거리에서는 목사를 보았다는 증언이 있었다. 그러나 정작 별장 주변에서는 그를 안다는 사람이 드물었다. 밀회나 정사 후에 식사라도 했을 법한데, 어디에도 그의 행적이 없었다. 재클린은 벽면에 붙어 내부를 관찰했다.

별장은 생각보다도 휑뎅그렁했다. 지나치다 싶을 정도로 큰 거실과 가구 몇 개가 전부였다. 세간들은 비싼 명품이었으나 먼지가 그득했다. 방치된 지 오래인 것으로 보였다. 곳곳에 거미줄이 있었다. 부엌은 암갈색의 아일랜드 식탁으로 구분되었다. 그 앞에 회색 러그가 깔렸다. 이상하게도, 뒷문과 부엌 사이를 연결하는 통로에만 먼지가 없이 반들거렸다.

재클린은 궁금증을 참지 못하고 문을 따기로 했다. 주변에 아무도 없음을 확인한 후, 그녀는 뒷문으로 갔다. 머리핀을 빼어 열쇠구멍에 넣었다. 몇 번 손을 움직이자 철컥 소리가 났다. 재클린은 기뻐하며 손잡이를 돌렸다. 그러나 문은 꿈쩍하지 않았다. 손가락 하나 정도의 틈만 벌어질 뿐이었다. 재클린은 안을 살폈다. 뒷문은 삼중으로 자물쇠가 채워져 있었다. 무언가 수상했다.

'뒷문을 이렇게 철저히 봉쇄할 이유가 뭐지?'

재클린은 점점 더 꺼림칙했다. 그녀는 다시 앞문으로 와 주변을 둘러보았다. 인적이 없음을 확인하고 정문에도 머리핀을 끼웠다. 그러자 달칵 소리와 함께 문이 열렸다. 뒷문에 비해 보안이 허술했다. 의아할 정도로 훨씬 엉성했다. 재클린은 누가 볼 세라 얼른 발을 들였다.

반질거리던 부엌 쪽 길과 달리, 현관은 먼지로 가득했다. 느낌이 좋지 않았다. 뒷문은 자물쇠를 잔뜩 채우고, 정작 앞문은 쉽게 열린다? 보통은 반대 아닌가? 재클린의 머리가 빠르게 돌아갔다. 이치에 맞지 않을수록 지켜봐야 할 무언가가 분명히 있다는 뜻이었다.

이 집은 마치, 뒷문으로만 나다닌 것 같았다. 재클린은 안으로 들어서지 않고 생각에 잠겼다. 앞문은 위장용일 터였다. 보통 손님들은 앞으로 맞지만, 특정 인물들은 뒷문을 이용했을 것이다. 타인이 침입하면 곧바로 알도록 하는 장치. 섣불리 들어서거나, 주인의 허락 없이는 흔적이 남는다. 미심쩍은 종류의 치밀함이었다. 재클린은 자리에 서서 안을 관찰했다.

별장은 일반적인 집에 비해 내벽이 두터웠다. 얼마 전 종교 시설의 회계 감사 거부 건을 취재했던 기억이 났다. 그들이 제출한 시설 공사비 목록은 허위였다. 내부 고발자가 비밀을 낱낱이 토로했다. 그때도 재클린은 예배실 방음 시설 견적의 차이를 밝혔었다. 다른 시공사들에게 조언을 구하며 여러 양식을 취재했었다. 목사의 별장은 분명 그때 보았던 방식으로 건설되었다. 특히 방음재를 겹겹이 덧붙이고 자재들로 마감한 벽. 이게 수상했다. 이건…… 거대한 음악실이나 공연장에 적합한 스타일이었다. 즉, 어떤 소리도 새어 나가지 못하는……. 재클린은 오한을 느꼈다. 평범한 별장에 왜 이 정도의 방음 시설이 필요하지?

그녀는 폰을 켜 데보라에게 전화를 걸었다. 부재중을 알리는 기계음이 들렸다.

'아차, 잠시 꺼둔다고 했었지.'

재클린은 녹음 버튼을 눌렀다. 메시지라도 남겨야지. 얼마간 기다리자 삐 하는 알람음이 울렸다.

"데보라, 여긴…… 생각대로 굉장히 이상한 곳이에요. 중대한 비밀을 숨긴 것처럼……. 지금 사진을 찍어 보낼게요. 당신이라면 무엇이 다른지 금방 알아차릴 테니……."

그때 식탁 표면이 빛을 반사했다. 자동차 전조등이었다. 누군가 이쪽으로 오는 중이었다. 재클린은 몸을 숙였다. 창틀 위로 눈만 내밀어 동태를 살폈다. 전면 도로에 차 한 대가 나타났다. 재클린은 숨을 죽였다. 자동차는 별장을 지나는 척 하더니 핸들을 꺾어 주위를 맴돌았다. 차가 가까워질 때마다 재클린은 어깨를 움츠렸다. 노을이 지는 내부에 둥근 빛이 스몄다. 빛이 재클린의 머리와 목덜미를 따라다녔다. 이윽고 자동차는 뒷마당에 멈추었다. 주차하는 소리가 들렸다. 재클린은 반사적으로 앞문을 열었다. 젖먹던 힘을 다해 건너편으로 뛰었다. 시동을 끄는 소리, 문이 닫히는 소리, 자물쇠를 여는 소리……. 두 명, 아니. 세 명인가? 재클린은 가로수 뒤에 몸을 붙였다. 남자들의 목소리가 들렸다. 저들은 누구지? 재클린은 호흡을 다스리며 생각했다. 자신처럼 목사의 집에 관심을 갖는 자들이 또 있었다니. 기자들이나, 경찰일까? 아니면……. 재클린은 용기를 내어 고개를 돌렸다. 양복을 차려 입은 남자들이 별장에 들어왔다. 그들은 뒷문에서 현관을 가리키며 수군댔다. 창밖을 꼼꼼히 확인하기도 했다. 재클린은 황급히 나무 뒤로 숨었다. 다행히 바깥으로 나오는 사람은 없었다. 재클린은 다시 고개를 내밀었다.

그새 창문들 전체가 장막으로 가려졌다. 재클린은 얼떨떨했다. 대체 저 안에서 무슨 일이 일어나는 걸까? 다리가 후들거렸지만 호기심이 앞섰다. 재클린은 몸을 낮추고 포복했다. 오리걸음으로 별장 가까이 다가갔다. 창틀에 귀를 대 보았다. 아무 소리도 들리지 않았다. 방음 시설에 돈을 들인 덕택이었다. 그녀는 벽을 따라 기었다. 뒷문 가까이로 갔다. 살그머니 문을 당기자 손톱만큼의 틈이 벌어졌다. 그리고…….

찢어지는 비명 소리가 들렸다.

여자의 비명이었다.

머리카락이 곤두섰다. 재클린의 눈이 커졌다. 알아야 했다. 무슨 일이 일어나는지, 알아야만 한다. 단 일 초라도. 폭로해야 했다. 화단을 장식한 돌덩이가 보였다. 사람 얼굴만 한 크기였다. 재클린은 그걸 주웠다. 양손으로 돌을 치켜들었다. 그대로 자동차 앞 유리에 내리찍었다. 모서리를 정확히 맞추자 유리는 사방으로 금이 가며 깨졌다. 조각들이 와르르 떨어졌다. 경보음이 울렸다. 삐이익. 쿵쾅거리는 소리가 지나고 남자들이 고함치며 뛰쳐나왔다. 재클린은 그 사이 앞문으로 뛰었다. 남자들은 정확히 셋이었다. 이 정도면 따돌릴 수 있었다. 재클린은 그들이 주차장으로 몰려가는 걸 확인한 후, 앞문을 열었다. 휴대폰 촬영 버튼을 눌렀다.

회색 러그가 뒤집혀 있었다. 아일랜드 식탁 아래에는 문이 있었다. 지하실 문이었다. 바닥과 구별되지 않는 색의 문은 시커먼 목구멍을 드러냈다. 그 안에 괴물의 혓바닥처럼 팔 하나가 길게 튀어나와 있었다. 재클린은 뒷걸음질쳤다. 가느다란 여자의 팔이었다.

호흡 곤란이 왔다. 도망가야 한다. 머리에 경고음이 울렸다. 그러나 반대로 몸은 움직이지 않았고 대신 손가락이 연신 휴대폰의 전송 버튼을 눌렀다.

'제발, 제발 빨리…….'

이곳을 나가야 했다. 그러나 재클린은, 자리를 떠날 수가 없었다. 벌어지는 일들을 전부 목격하기 전까지는.

"……!"

뒤에서 욕설이 들렸다. 억센 손이 재클린의 머리를 휘어잡았다. 남자들이 그녀의 손목을 꺾고 휴대폰을 빼앗았다. 재클린은 몸을 뒤틀었다. 남자들의 구두가 보였다. 그녀의 안경이 떨어졌다. 유리가 깨지는 소리가 났다. 남자들은 우악스럽게 그녀를 끌고 갔다. 그녀는 소리를 질렀지만 도와 줄 수 있는 사람은 없었다. 별장의 문이 무정하게 닫혔다. 재클린은 그대로 지하실에 던져졌다. 휴대폰이 박살나는 소리가 들렸다.

재클린은 마구잡이로 천장의 문을 두드렸다. 자물쇠가 채워진 지하실 입구는 꿈쩍하지 않았다. 사방이 어둠이었다. 재클린의 어깨에 차디찬 살의 감촉이 닿았다. 소름이 쫙 돋았다. 재클린은 입을 틀어막았다. 뻣뻣한 뒷목을 조금씩, 조금씩 틀었다. 난시가 있는 눈이 형체를 잘 구분하지 못했다. 그녀는 눈을 여러 번 껌벅였다. 어둠에 익숙해지면서 어렴풋하게 상대의 윤곽이 보였다. 그녀는 초점을 모으려 애썼다. 여전히 이목구비는 보기 어려웠지만, 누군가 서 있다는 걸 알 수 있었다. 걸레처럼 해진 옷의, 아니, 옷을 입지 않다시피 한 여성이었다. 그녀가 재클린에게 다가왔다. 재클린은 못 박힌 것처럼 멈췄다. 코끝이 닿을 정도로 거리가 좁혀지자, 재클린은 숨을 들이켰다.

그녀가 아는 사람이었다.

***

"몇 년 전 근방에 사냥 허가가 났어요. 그래서 가끔 총소리가 들리긴 했는데……. 이번엔 살인 사건이라니, 정말 끔찍해요."

"아무래도……. 괜히 불안하죠."

"네, 맞아요. 저희도 짐승을 잡은 적은 있지만. 사람이 죽는 건 다른 문제잖아요?"

리사가 달리는 차 안에서 고개를 기울였다. 그녀는 운전하는 데보라를 응시했다. 초록빛 홍채가 맑았다. 그녀는 지갑과 책을 무릎에 올렸다. 그 위에서 화려한 손톱을 쉴 새 없이 까닥였다. 데보라는 운전하는 동안 부러 그녀에게 다양한 질문을 던졌다. 그러나 별 소득이 없었다.

그녀를 관찰할 때마다 매끈한 검은 허벅지나 눈썹까지 황홀한 금빛이란 사실만 보였다. 여성인 자신도 매혹을 느끼는데, 하물며 남성들은 어떨까. 그녀들의 아름다움을 생각할수록 사건과 동떨어지는 기분이었다.

"여기서 우회전하시면 돼요."

"그러고 보니…… 아까도 외출하시지 않았나요?"

"네. 근처에 잠깐 산책을 다녀왔어요. 요즘 읽는 책이 있는데, 아무래도 집에서는 집중이 안 되거든요."

리사가 책등을 만졌다. 데보라는 표지를 흘끔거렸다. 상당히 오래 된 책이었다. 고전적인 양식으로 제본된 가죽 표지였다. 얼핏 제목이 보였지만 읽을 수가 없었다. 데보라는 고민하다가 물었다.

"희귀한 책 같은데. 무슨 내용인가요?"

리사는 고개를 치켜들었다. 그녀는 웃으며 턱을 만졌다. 애교 섞인 눈웃음을 지으며 말했다.

"마녀 사냥 교본을 아세요?"

"……마녀 사냥요?"

"네. 철저하게 공상으로 쓰인 후, 완벽한 탐욕으로 사용된 책이 있어요. 이건 그 반대론을 담았어요. 당시에는 영향을 발휘하지 못했지만요. 예를 들어, '왜 인간은 마녀를 필요로 하는가?' 그런 질문을 던져요."

"……난해한 이야기네요."

"이 책은 왜 알려지지 않았을까요? 하필 마녀를 재판하는 책을 선택하고, 널리 주장한 사람들은 누구였을까요? 왜 그들은 진실을 폭로하는 책은 감추었을까요? 신기해요. 여긴 단지 사람에 대한 이야기가 적혀 있는데. 이상하죠, 마녀를 만드는 책은 널리 읽히고, 사람을 증명하는 책은 잊혔다는 게."

데보라는 말을 잇지 못했다. 한동안 침묵이 이어졌다. 데보라는 자신의 아이와, 자신의 자리를 떠올렸다. 사람을 증명하는 일은 쉽게 잊힌다. 왜 그럴까? 그건 데보라도 아직까지 풀지 못한 숙제였다. 리사는 그녀의 표정을 보더니 방긋 웃었다. 돌연 쾌활하게 말했다.

"농담이에요! 사실 이건 우리 언니의 일기장이에요! 언니가 아프기 전 자주 쓰던 거라서요……. 혹시 병을 치료할 단서가 있나 훑던 중이었어요."

"아……. 제가 너무 캐물어서 미안해요."

리사는 책을 껴안으며 대답했다.

"괜찮아요."

그녀는 콧노래까지 흥얼거렸다. 데보라는 다시금 바네사를 떠올렸다. 그녀들은 용의자라기보다 가련한 삶의 피해자들이었다. 신비하지만 사건에 연루되지는 않았다. 아픈 언니와, 그녀를 돌보는 동생들. 가끔 언니의 병환이 심해지고, 삶이 힘들면 기껏해야 예술이나 산책으로나마 숨을 돌렸겠지. 엄마인 자신도 안다. 누군가를 수발한다는 건 바깥일과는 또다른 육중한 고단함이었다. 자신을 증명할 시간도 없었다. 타인을 위해 스물네 시간 몸과 영혼이 갈려야 가능했다. 데보라는 그녀들 또한 이런 고통을 겪으리라 여겼다. 그녀 안의 동정심이 의심을 누르기 시작했다.

"다 왔네요. 고마워요. 덕분에 기름을 구할 수 있겠어요."

데보라는 브레이크를 밟았다. 차가 멈췄다. 리사는 데보라에게 인사하러 양팔을 벌렸다. 둘은 가벼운 포옹을 나누었다. 리사는 짐을 챙겨 문을 열었다. 손을 흔들면서 구두 굽 소리와 함께 점포로 들어갔다. 그녀가 걸을 때마다 진한 금발이 흔들리는 게 보였다.

데보라도 차를 출발시켰다. 오늘 얻은 정보들을 머릿속에 정리했다. 강렬한 인상은 남았지만, 단서는 없었다. 결국 목사의 별장을 조사해야 했다. 데보라는 재클린에게 생각이 미쳤다. 갓길에 차를 세우고 휴대폰 배터리를 끼웠다. 전원을 켜자 부재중 통화와 메시지 알림들이 쏟아졌다. 재클린이 파일을 보내 놓았다. 데보라는 그것들을 먼저 열었다. 사진과 영상들이 뒤섞여 있었다. 가장 최신 파일을 켰다.

삼 초 가량의 영상이었다. 집의 내부를 찍다 만 것 같았다. 프레임이 마구 흔들렸다. 데보라는 의아했다. 전문 기자인 재클린이 고작 이런 서툰 화면을 보내다니? 잘못 전송했나 싶어 다른 파일들을 살폈다. 영상은 이 파일이 전부였다. 데보라는 생각했다. 만약 실수가 아니라면…… 화면을 찍기 어려울 정도로 급박했을 경우일 터였다. 데보라는 황급히 음성 사서함을 검색했다. 재클린의 메시지가 있었다. 데보라는 재생 버튼을 누르고 스피커에 귀를 댔다.

"데보라……."

떨리는 재클린의 목소리가 들렸다. 그녀는 별장에 대해 이야기했다. 사진을 찍어 보내겠다고 말했다. 그러나…… 긴급한 발소리들이 울렸다. 희미한 차 바퀴 소리와 숨을 몰아쉬는 소리들이 이어졌다. 녹음은 켜 둔 채 재클린이 어디론가 이동한 모양이었다.

데보라는 차 시동을 걸었다. 수화기에서 귀를 떼지 않은 채로. 이윽고 여자의 비명 소리, 쿵 하는 소리, "제발, 제발 빨리……." 재클린이 읊조리는 소리, 남자들의 욕설을 마지막으로 메시지가 끊겼다. 시급한 상황이었다. 재클린은 맹렬히 차를 몰았다. 엑셀을 최대 속도로 밟았다.

***

멜리니는 머리를 검게 물들였다. 바네사를 닮은 흑발이었다. 귀밑머리의 흑발.

광기의 금색 눈동자가 되면 바네사는 두 가지 목소리를 뱉었다. 첫 번째는 걸걸하고 굵은 남성의 목소리였다.

고분고분하지 않으면, 모가지를 잘라. 팔다리를 잘라. 눈물? 그런 게 어디 있어. 증거가 나올 때까지, 우리는 무죄. 유죄인 너만 도살을 하자, 개를 죽이는 것보다도 아깝지 않은 너, 거짓은 만들어지는 거야, 비밀은 가공하는 거야, 황금은 우리 것, 자궁도 우리 것, 인정하지 않으면 그만, 침묵은 금이니까, 해명은 필요 없어, 나

는 지배한다, 숨긴다, 왜곡한다, 부인한다, 덮는다, 해친다, 폭력은 금이다, 나는 모른다. 모른다, 모른다, 모른다…… 죽고 싶나?

이후, 그녀는 오랫동안 침묵했다.

"……."

다음 목소리는 여성의 목소리였고, 단 한 마디를 뱉었다.

"나는 기억한다."

마지막 정신이 돌아왔을 때. 바네사는 깨끗한 물과 향료를 가져왔다. 그녀는 희고 얇은 옷으로 갈아입었다. 멜리니와 리사를 불러 발을 씻도록 부탁했다. 바네사는 그녀들을 부르며 살을 만졌다. 가만가만 낮은 목소리로 유언을 남겼다.

"나는 증명으로서, 한 생을 마무리 해. 은폐된 침해들을, 자행된 죄악들을 내 안에서 태우려고 해. 너희를 믿어. 사랑하는 나의 멜리니. 그리고 리사. 그들은 나를 꿰뚫을 수 없지만, 너희는 가능해. 나는 나의 궤적을 너희에게 맡겨. 삶도, 죽음도 전부."

그녀의 신체에는 못 자욱이 가득했다.

***

'압박은 처음이 중요하지.'

데보라는 가죽 재킷 위에 방탄조끼까지 걸쳤다. 몰골은 희한하더라도 특수한 신분으로 보이는 게 필요했다. 별장에 도착하자, 안에 불이 켜진 게 보였다. 분명 누군가가 있었다. 재클린이 아닌 다른 누군가들이. 창이 가려져 확신할 순 없었지만 인기척이 느껴졌다. 재클린이 무엇에 휘말린 것인지 몰라도 분명 위험한 냄새가 났다.

여긴 확실히 수상한 점이 많았다. 데보라는 경찰증을 챙겨 차에서 내렸다. 강한 인상을 위해 머리를 틀어 올렸다. 앞문을 세게 두드렸다. 반응이 없었다. 데보라는 더욱 거세게 문을 두들겼다. 험한 노크가 이어지자, 한참만에 남자 하나가 무뚝뚝한 얼굴로 나왔다.

"무슨 일입니까?"

"경찰관 데보라 낸시입니다. 사건 현장 추가 수사 건으로 감식을 의뢰 받았습니다. 협조 부탁드립니다."

"……사건요?"

"피해자 소유의 별장이 이곳입니다. 그런데…… 분명 공실이라고 통보받았습니다만……."

"……일단 들어오십시오."

다짜고짜 경찰증을 내밀며 언급한 게 효과 있었는지, 남자는 그녀를 안으로 들였다. 문을 닫기 전 수차례 그녀의 뒤를 확인했다. 여성 경찰관이 단신으로 온 게 믿기지 않는 모양이었다. 일행은 보일 리가 없었다. 하지만 데보라는 태연하게 대처했다. 남자는 미심쩍은 표정으로 문을 닫았다. 그는 아직 잠복했을지 모르는 동료 경찰들을 가정하는 것 같았다. 그동안은 일단 시간을 벌 수 있었다.

데보라는 머릿속으로 계산을 하며 안으로 들어갔다. 두 명의 남자가 더 있었다. 그들은 아일랜드 식탁 앞에서 위스키를 마시던 중이었다. 데보라를 발견한 그들이 술잔을 놓고 일어섰다. 데보라는 짐짓 사무적인 태도를 취했다. 엄격한 자세로 자기소개를 한 후, 팔짱을 끼었다. 매서운 눈빛으로 그들을 둘러보며 물었다.

"허가를 받고 나온 참입니다만. 누구십니까? 피해자 또는 용의자와 관련이 있는지 밝혀 주셔야겠습니다."

"아이구, 경찰관님. 당연히 그래야지요."

남자들은 그녀에게 악수를 청했다. 그리고 각자 신분증을 꺼내 내밀었다. 데보라는 그것들을 검토한 후 기록하는 척 했다. 이들 외에 다른 일행은 없어 보였다. 하지만 재클린은 어디에 있을까? 세 명 정도면 상대할 만했다. 그러니 어서 재클린의 소재를 파악해야 했다. 신분증을 돌려준 뒤, 데보라는 그들에게 물었다.

"피의자, 아니……. 피해자와는 아는 사이입니까?"

"저흰 동료 교구 목사들입니다. 정리가 필요한 유품이 있나 싶어 둘러보던 참이었지요."

"그렇습니까. 이곳은 범죄 관련 현장으로 지명되었습니다. 관련자가 아니면 괜한 흔적이 남아 문제가 발생할 수 있습니다. 주의하십시오."

"……미처 몰랐군요, 알겠습니다."

"검식을 진행할 테니 집무에 방해되지 않는 선에서 있어 주십시오."

남자들은 고개를 끄덕였다. 데보라는 집을 샅샅이 뒤졌다. 때로 사진을 찍고 먼지를 터는 척했다. 하지만 별 단서를 발견하지 못했다. 수첩에 기록하는 척 하며 남자들을 관찰했다. 그들은 식탁 앞에 서 마찬가지로 데보라를 지켜보았다. 중소형 별장을 돌아보는데 시간은 얼마 걸리지 않았다. 사내들이 자기들끼리 쑥덕대기 시작했다.

'이제 어쩐다…….'

현장은 잠입했다. 그러나 어디에도 재클린의 흔적이 없었다. 다른 증거들도 찾지 못했다. 그 전까진 남자들을 보낼 수 없다. 그들은 자신을 감시하며 태연히 위스키 잔을 홀짝였다. 데보라는 이가 갈렸다. 방도를 생각하며 뒷문으로 걸었다.

'일단 어떻게든 단서를 캐야 할 텐데. 시간이 얼마 지나지 않았으니, 재클린이 죽지 않았다면…… 최소한 동네 주변에는 있을 거야.'

데보라는 자물쇠가 여럿 채워진 뒷문을 흔들었다. 남자들이 침묵한 채 그녀를 쏘아보았다.

"평소 피해자와는 안면이 있는 사이였습니까?"

데보라는 아무거나 생각나는 질문을 던졌다. 남자들은 그렇다고 대답했다. *이곳은 오늘 처음입니까? 예전에도 초대받은 적이 있었습니까?* 심문이 이어졌다. 데보라는 질문을 끊지 않으면서 창가로 이동했다.

"1년에 두어 번 정도는 여기서 회의를 했지요. 보시다시피 조용하고 괜찮은 곳이거든요. 그런데, 경찰관님은 혼자 오셨습니까? 가끔 기자들이 경찰인 척하고 캐묻는 경우가 있어서요……. 최근 꽤나 성가십니다."

데보라의 눈이 빛났다. 자신이 그들에게 민감한 질문을 이용한 것처럼, 그들도 자신을 떠 볼 생각이었다. 그녀는 침착하게 고개를 끄덕였다.

"물론 다른 동료들도 대기 중입니다. 여긴 어디까지나 형식상 점검하는 현장이라……. 일손이 많이 필요하진 않아서요. 다른 친구들은 쉬고, 제가 자원한 참입니다. 하하. 예산도 안 떨어지는 부서다 보니……. 업무 태만은 아니지요. 그렇잖습니까? 경찰도 사람인데. 하지만…… 여기서 신사분들을 만날 줄은 몰랐습니다. 덕택에 조사할 사항이 늘었군요."

그녀의 눈에 유리가 박살 난 자동차가 보였다. 재클린의 메시지에서 들렸던 파열음의 정체였다. 심상치 않게 부서진 창문. 숨길 생각도 없이 방치된 차.

'왜 바로 견인 업체를 부르지 않고 저대로 놔두었을까? 저들은 이 이상 누군가와 접촉할 생각이 없었어. 아니면 누구도 오지 않으리라는 확신이 있었거나. 누구에게도 보이고 싶지 않았거나.'

데보라의 손바닥에 땀이 뱄다.

'어쩌면…… 저들은 문초를 받아도 멀쩡하리라는 확신이 있었겠지. 경찰을 마주하고도 태연자약한 처신을 봐. 일개 경찰이 무엇을 찾아내더라도…… 무용하리라는 자신감. 어지간한 권력을 등에 업지 않고는 불가능한 배짱이군.'

데보라는 품을 뒤졌다. 주의해야 했다. 자칫하면 목숨이 위험할 수 있었다.

'일단 만일의 사태에는 이 권총으로 대응을…….'

"……?"

데보라의 등에 식은땀이 솟았다. 미간이 찌푸려졌다. 욕지거리가 머릿속을 맴돌았다. 품 속의 총이 사라졌다.

'어디로 갔지? 어디에 두었지? 분명 이전에도 뺀 적이 없었는데…….'

갈 곳을 잃은 데보라의 손에 웬 종이가 잡혔다.

'이게 뭐지?'

데보라는 남자들에게 등을 돌리고 그걸 꺼냈다. 두 번 접힌 쪽지였다. 일반적인 종이보다 뻣뻣한 재질이었다. 예를 들어…… 드로잉 북 같은. 그녀는 빠르게 종이를 펼쳤다. 황망한 표정이 그녀의 얼굴에 떠올랐다. 종이에는 이런 글이 적혀 있었다.

경찰 냄새가 나는 손님이 왔어.
번거로우니 '사냥감'은 나중에 잡자.

동시에 철컥, 방아쇠를 거는 소리가 들렸다. 뒤에서 전해지는 섬뜩한 울림에 데보라는 이를 악물었다. 당했다. 남자들이 제게 먼저 총을 겨누었다. 순간 그녀의 머릿속에 멜리니와 리사가 떠올랐다. 스케치북에 무언가를 적던 멜리니. 그걸 찢던 리사와 헤어지기 전 나눈 포옹…….

이건 그녀들의 메시지였다.

데보라는 양손을 든 채 천천히 뒤로 돌았다. 가운데 남자가 입꼬리를 올렸다.

'한 패거리였나? 대체 언제, 어떻게 눈치를 챈 거지? 그새 연락망이 있었나? '사냥감'이란 날 말하는 건가, 아니면…….'

상황 파악이 어려웠다. 오직 명료한 건, 데보라가 절체절명의 함정에 빠졌다는 것이었다.

"당신의 말은…… 우릴 꽤나 우습게 본 걸로 들리는군. 윗선에

입막음을 당부했는데도, 기어이 보낸 게 고작 여경 한 명이다? 말도 안 되지. 배후가 누구냐."

"……그건 내가 하고 싶은 소리야. 지역 목사들 주제에, 수사권에 영향을 행사했다? 당신들이야말로 정체를 밝혀라."

"우리가 아니었으면 지금 당 대표와 최고의원도 없었을걸……. 그것도 짐작하지 못하는 풋내기라니. '그년들'만큼이나 간이 배 밖으로 나왔군. 아니, 애초에 한 패가 아니었나?"

"'그년'들? 누굴 말하는 건지 모르겠는데."

"그 잡년들 말이야……. 모른다고? 잡아떼는 폼이 영 허술한데. 그럼 대체 여길 왜 온 거지? 경찰수첩까지 들고, 몸이라도 팔러 왔나?"

총을 든 남자가 킬킬댔다. 나머지 둘은 게슴츠레한 눈으로 데보라를 훑었다. 불쾌감이 그녀의 척수를 타고 올라왔다. 머리가 복잡했다.

'그년들이란 쪽지를 넣은 이들을 말하는 건가? 그녀들은 이 남자들과 공범인가? 그렇다면 날 왜 여기까지 보냈을까. 마치 갈 길을 알던 것처럼.'

더욱이 데보라는 그녀들과 남자들의 공통점이 무엇인지 알 수 없었다. 데보라는 목소리를 높였다.

"당신들이 목사 살해 사건을 조장했지. 지금은 후처리를 모의하다가 덜미를 잡힌 게 아닌가?"

남자들의 얼굴이 굳었다. 그들 중 하나가 식탁 위를 내리쳤다.

"무슨 소리야!"

얼굴이 붉으락푸르락 했다. 데보라는 그의 반응에 얼떨떨했다. 총을 든 남자도 언성을 높였다.

"그는 교단의 핵심 인물이었어! '그년' 편에서, 살인을 의뢰한 건 너희일 텐데. 발뺌하지 마라."

"뭐라고……? 난 개인적으로 목사의 죽음을 추적했을 뿐이다. 대체 누구와 착각하는 건가."

결백한 그녀의 태도에 남자들은 적잖이 당황했다. 데보라는 생각했다. '그년들'에 대해 자신과 그들은 서로 다른 이야기를 하고 있다. 데보라는 총과의 거리를 가늠했다. 누군가 코웃음을 치며 소리쳤다.

"무슨 상관이야! 어차피 냄새를 맡은 이상, 살려 둬서는 곤란해. 밖으로 새기 전에 죽여 버려……."

그의 말이 끝나기도 전에, 데보라는 방탄조끼를 벗어 내던졌다. 총을 든 남자의 시야를 가렸다. 그는 당황하여 방아쇠를 당겼다. 타앙. 그러나 총알은 엉뚱한 창틀을 박살냈다. 데보라는 그 사이에 남자의 팔뚝을 걷어찼다. 사내가 비명을 지르며 무기를 놓쳤다. 둔한 움직임으로 보아 싸움에 익숙한 자는 아니었다. 승산이 있었다.

그가 데보라의 머리채를 쥐려 시도했다. 그녀는 상대의 손목을 비틀고 배를 찼다. 다른 남자들이 뒤로 달려들었다. 데보라는 잡은 팔을 축으로 몸을 휘둘렀다. 육중한 남성의 몸을 방패삼아 밀었다. 팔이 꺾인 남자는 비명과 함께 엎어졌다. 바닥의 총이 보였다. 데보라는 날렵하게 허리를 숙였다. 그러나 눈앞으로 의자가 날아왔다. 간발의 차이로 철제 다리가 그녀의 콧등을 스쳤다. 욕설을 뱉으며 데보라는 날아온 의자를 채어 상대 쪽으로 되돌렸다. 남자의 정강이에 명중했다. 육탄전이 벌어졌다. 데보라는 엎어진 남자의 뒤통수를 가격했다. 다른 이의 팔을 당겨 바닥에 메쳤다. 팔꿈치로 그들의 턱을 가격했다. 이빨이 으스러지는 소리가 났다.

데보라는 총을 향해 뛰었다. 그러나 코피를 흘리는 남자가 구둣발로 그걸 찼다. 쓰러졌던 이들도 몰려와 그녀의 다리를 잡았다. 다들 엉켜 쓰러졌다. 남자 하나가 데보라를 올라탔다. 그가 그녀의 목을 졸랐다. 순간 눈이 번쩍였다. 데보라는 그의 손등을 긁었다. 그러나 다른 남자가 합세했다. 앞이 노래졌다 시커멓게 변했다. 주마등처럼 아이들의 얼굴이 스쳤다.

'재클린, 재클린, 당신 어디 있어요.'

피가 이마까지 몰리는 와중에 그녀를 떠올렸다.

탕.

타앙.

짧고 굵은 총소리가 울렸다. 동시에 그녀의 목을 조르던 남자가 피를 뿜으며 쓰러졌다. 이마에 구멍이 난 채였다. 사내들이 고함을 질렀다. 데보라는 세찬 기침을 했다. 또각, 또각. 구두 소리가 가까워졌다. 여자의 하이힐 소리였다.

"빌린 총이 잘 드는지 시험해 봤는데, 합격."

데보라의 시야에 풍성한 금발이 보였다. 밤에서 태어난 듯한 피부, 형형히 빛나는 녹색 눈이 보였다. 리사였다. 남자들은 시체를 보며 경악했다. 험한 말을 뱉으면서도 선불리 움직이지 못했다. 총을 가진 건 그녀였다. 그들에겐 무기가 없었다. 리사는 태연자약하게 앞으로 걸었다. 데보라에게 말을 걸었다.

"마침 이게 필요하던 참이라 슬쩍 했어요. 저녁 먹을 시간이 가까워져서 따라와 봤는데……."

리사는 손가락에 총 손잡이를 걸고 빙글빙글 돌렸다. 데보라는 위험하다고 소리를 지르려다 멈췄다. 허리에 손을 얹은 도도한 자태의 그녀는, 너무나 이질적이었다. 리사는 총구를 남자들에게 겨눴다. 그녀가 손을 움직일 때마다 그들이 목을 움츠렸다. 리사가 말했다.

"곤란해 보이네요, 도와줄까요? 대신 이거 나 줘요. 그쪽이 경찰 맞지? 우리 막내가 그치들을 하도 많이 봐서 백발백중으로 안다니까."

데보라는 어안이 벙벙했다. 리사는 총을 다시 왼쪽 남자에게 향했다. 그가 손을 떨었다. 그러나 리사는 쏠 듯 말 듯 행동하며 여유로이 상대를 놀렸다. 매혹적인 웃음과 함께 총신을 혀로 길게 핥았다.

"그리고 부탁 하나 더 들어 주면, 모든 걸 도와줄게요. 어때? 달리 방법도 없을 것 같은데."

"당신은……. 대체 누구길래……."

"나? 세상에서 가장 거룩하고 아름다운 괴물."

리사가 이를 드러내고 웃었다. 동시에, 총을 들지 않은 맨손을 뻗었다. 갑자기 그녀의 눈동자가 황금색으로 변했다. 데보라는 눈을 믿을 수 없었다. 그녀가 대각선으로 팔을 휘저었다. 손톱이 일 미터도 넘게 자랐다. 서걱. 기묘한 소리가 났다. 남자 하나가 비명을 지르며 주저앉았다. 데보라는 시선을 옮기자마자 돌처럼 굳었다.

사내의 머리가 절단되었다. 리사는 권총으로 뒷목을 두드렸다. 저무는 하늘을 반사하는 그녀의 손톱이 노을빛이었다. 그녀는 홀로 남은 사람을 향해 다가갔다. 무심한 얼굴로 손을 올렸다.

"멈춰요!"

데보라가 가까스로 소리를 질렀다. 얼굴이 새파래진 남자가 뒤로 기었다. 그러나 그의 몸은 식탁에 막혔다. 앞은 리사가 봉쇄했다. 그녀는 공격하려던 자세 그대로 목만 돌렸다. 데보라에게 말했다.

"왜?"

짙은 립스틱 색이 뚜렷했다. 데보라는 떨리는 팔을 감추며 대답했다.

"재클린이…… 아는 사람이…… 실종됐어요. 납치당했거나, 여튼……. 그가 위치를 알 거예요."

"……."

리사는 별 대답 없이 남자에게로 시선을 주었다. 대답을 재촉하는 얼굴이었다. 그가 딸꾹질을 시작했다. 리사가 어깨를 으쓱했다. 그녀는 상대에게 눈을 치켜떴다. 일 초라도 기다리기 지루한 기색이 역력했다. 남자는 고개를 저었다.

"모, 모, 모, 몰라……! 난 모른다고……!"

리사의 고개가 직각으로 기울어졌다. 남자는 심하게 딸꾹질을 했다.

"그, 그, 그, 그게……."

리사의 눈꺼풀이 반쯤 내려갔다. 그녀의 표정에 따분함이 짙어졌다. 남자는 턱을 떨었다. 리사는 권총을 든 손을 앞으로 뻗었다. 남자가 손을 허둥댔다.

"대, 대, 대답할게……!"

탕, 탕, 탕. 그러나 리사는 기다리지 않고 세 발의 총알을 그의 사타구니 가운데에 쏘았다. 그가 게거품을 물고 기절했다.

데보라도 경악했다. 리사는 그의 앞으로 뚜벅뚜벅 걸어갔다. 기절한 남자의 다리 아래 깔린 러그를 발 끝으로 들추었다. 바닥에, 굵은 자물쇠들이 달린 문이 있었다. 데보라는 황급히 뛰어갔다. 자물쇠는 리사가 쏜 총으로 산산조각 나 있었다. 잔해를 구둣발로 치우면서 리사가 중얼거렸다.

"우리랑 취향이 비슷하네, 역겹게."

리사가 데보라에게 말했다.

"여기서 소리가 들려, 사람 목소리."

데보라는 허둥지둥 문을 열었다. 그 사이 리사는 쓰러진 남자의 뒷목을 끌어다가 옆으로 치웠다. 어느새 그녀의 손톱은 원래대로 돌아왔다. 데보라는 깊고 어두운 공간을 향해 외쳤다.

"재클린, 재클린! 여기 있어요?"

"데보라! 당신이었군요!"

재클린의 목소리가 들렸다. 데보라는 탄성을 지르며 손을 뻗었다.

"데보라, 도와주세요!"

환희에 찬 재클린의 목소리가 가까워졌다. 그녀가 한 걸음, 한 걸음 계단을 오르는 소리가 들렸다. 그런데 혼자가 아니었다. 그녀는 누군가를 부축하면서 왔다. 데보라는 한달음에 달려가 그들을 모두 지상으로 끌어올렸다. 머리가 엉망이 된 재클린과 헐벗은 여성 한 명이 탈출했다. 반나체 상태의 여성은 빛을 보자마자 흐느끼기 시작했다. 그녀의 신분을 확인한 데보라는 소스라쳤다.

실종되었던 여성 목회자였다. 데보라가 사건을 담당할 뻔했던 그 실종자.

경찰청 출입기자인 재클린도 그녀를 알고 있었다. 사진에서 보았던 이목구비와 분명 같은 얼굴이었다. 하지만 지하실에 얼마나 갇혀 있었는지, 피골이 상접할 정도로 말랐다. 해쓱한 안색이 빛바랜 해골 같았다. 그녀는 퀭한 눈으로 울면서 자초지종을 설명했다.

그녀는 교단의 첫 여성 목사가 되고자 했다. 그녀가 안수를 주장하자 극렬한 반대에 부딪혔다. 특히 이번에 살해당한 목사가 가장 강경하게 반발했었다. 서로의 갈등은 난폭하게 치솟았다. 그녀는 끈질기게 항의하고 설득했다. 어느 날, 교파 내 차별을 얘기하던 중, 남자 목사들이 그녀를 납치해 이곳에 가두었다. 그리고 감금한 채 고문했다. 가장 악랄했던 자가 '그'였다.

데보라는 사건의 전말을 깨닫고 분노했다. 남자 목사들은 데보라와 재클린을 그녀의 지지 세력이 보낸 걸로 착각했던 것이다. 목사 살해 사건도 여성 측의 배후가 있으리라 추측했겠지. 그들이 잔인하고 추악한 일들을 행한 것처럼, 다른 이들도 그러리라 여기고 두려워 한 것이다. 데보라는 참았던 숨을 한 번에 뱉었다. 그때, 재클린이 비명을 질렀다. 금발의 여성이 마구잡이로 끌고 가는 두 구의 시체를 보았기 때문이었다.

데보라는 퍼뜩 정신이 들었다.

'그렇다면……'

데보라는 리사를 돌아보았다. 리사는 평온한 얼굴로 오른손에 기절한 남자의 뒷목을, 다른 손엔 죽은 시체 두 구를 한꺼번에 쥐고 걸었다. 홀로 건장한 중년 남자 셋을 옮기다니. 엄청난 괴력이었다. 데보라는 오싹함을 느꼈다.

'그렇다면……'

머릿속에 리사, 멜리니, 바네사가 차례로 스쳤다.

'그녀들은 누구지?'

리사의 궤적을 따라 핏줄기가 길게 묻었다. 리사는 바닥을 굴러다니는 머리통도 줍더니 옆구리에 끼웠다. 그녀는 고인 핏물을 손가락으로 찍어 맛보았다. 리사의 미간이 찌푸려졌다.

"에이, 아깝네. 상하면 맛이 없는데."

리사가 투덜거렸다. 데보라의 총이 그녀의 허리춤에서 흔들렸다. 리사는 세 여자를 돌아봤다.

"경찰이 있었는데도 살인이 일어났다면 곤란하지? 이것들은 내가 책임지고 처리할게. 대신 약속 지켜."

어느새 그녀의 말투는 오만하게 변했다. 부탁이라기엔 압도적인 명령이었고, 명령이라기엔 공명정대했다. 기절했던 남자가 깨어났다. 그는 주위를 둘러보더니, 목에서 쉰 소리를 내며 버둥거렸다. 리사는 흔들리지 않고 그의 뒷덜미를 틀어쥐었다.

"빌린 총은 나중에 우리 막내에게 돌려보낼 거야. 그때, 부디 잘 부탁해. 몇 년 정도만…… 안전한 교도소에 넣어 줘. 걔는 보호받을 곳이 필요하거든. 알았지?"

그녀의 말뜻을 아무도 이해하지 못했지만, 데보라는 일단 고개를 끄덕였다. 그녀들의 집을 떠나고부터 일어난 사건들은 현실감이 없었다. 눈앞의 일조차 믿기 어려웠다. 하지만 재클린이 데보라의 팔을 잡았다. 그녀는 다른 팔로 여성 목회자도 지탱했다. 리사는 그녀들에게 윙크를 보냈다. 올 때와 마찬가지로, 맹수처럼 꼿꼿한 자세였다. 그대로 남자와 시체들을 끌고 나갔다. 아직 목숨이 붙어 있던 남자가 소리를 질렀다.

"살려 줘! 악마야, 사탄이야! 괴물이야!"

"닥쳐, 지가 더 사탄같이 생긴 게."

단칼에 그의 말을 자른 리사는 남자의 머리를 문지방에 찧어 입을 다물도록 했다. 그녀는 푸른빛을 뿜는 밤하늘 아래에서 유유히 걸어 사라졌다.

데보라와 재클린은 서로를 구출해서 돌아왔다. 집으로 가는 길을 달리는 내내…… 누구도 상황을 명명하지 못했다.

***

“멜리니, 백 명의 여자가 죽으면 한 명의 괴물이 탄생해. 천 명의 여자가 살면…… 한 명의 삶이 돌아온단다.”

바네사는 멜리니를 끌어안고 속삭였다. 그 말을 한 뒤로 바네사는 정신을 잃었다. 변이가 폭주하기 시작했다. 그녀의 깊고 어두운 눈동자에서 현란한 금빛이 깜박였다. 맥박처럼, 깜박. 깜박. 깜박. 개화하는 꽃잎처럼 눈빛이 흩어졌다. 바네사의 눈은 황홀한 천체처럼 빛났다가, 독사의 눈알처럼 사나워졌다.

뱀의 눈이 될 때마다 바네사는 몸부림쳤다. 괴물의 이빨을 내보였다. 달이 차올랐다. 바네사는 자주 정신을 잃었다. 그때마다 그녀의 목소리 대신, 괴물의 목소리가 울렸다. 숨이 가빠졌다. 그녀의 표정에 괴로움이 역력했다. 신체의 모습이 자꾸 바뀌었다. 조각난 거울처럼. 몸과 입술이 갈라졌다. 그녀의 의지가…… 한계에 다다르고 있었다. 이제 그녀는 자신을 유지하기 어려웠다.

멜리니는 목을 가린 스카프를 풀었다. 송곳니가 파고들었던 두 개의 구멍이 붉었다. 멜리니는 독주를 가져와 바네사의 입술을 적셨다. 매캐한 향이 풍겼다. 바네사는 자신의 손을 스스로 침대 기둥에 묶었다. 그러면서 마구잡이로 비명을 질렀다. 그녀의 몸이 요동쳤다. 고통 받는 뱀처럼 펄떡였다.

멜리니는 붓을 가져왔다. 바네사의 왼쪽 쇄골 아래, 심장이 자리한 부위에 황금 장미를 그렸다. 리사가 은탄환을 장전했다. 준비한 총을 멜리니에게 내밀었다. 멜리니는 바네사를 껴안았다. 멜리니의 목덜미 근처에서 바네사의 송곳니가 번뜩였다 사라졌다. 그녀의 유일한 저항이 엿보였다. 리사는 불안한 얼굴로 그들을 지켜보았다. 멜리니가 바네사에게 말했다.

"언니. 많이 힘들었지."

그녀는 바네사의 목덜미에 얼굴을 묻었다. 그녀의 어깨가 잔잔히 들썩였다. 바네사의 시선은 어디에도 멈추질 못했다. 정신없이 허공을 헤맸다. 리사가 멜리니를 불렀다.

"멜리니, 보름달이 떴어."

멜리니는 계속 중얼거렸다.

"많이 아팠지, 언니."

멜리니가 총을 들었다. 리사가 견디지 못하고 고개를 돌렸다. 바네사의 눈은 순백이었다. 빛도 어둠도 없는 흰자위. 차라리 그녀의 뺨에 흐르는 눈물이 금빛이었다. 총구가 심장의 황금 장미 표식을 조준했다. 존재하지 않는 황금 장미. 세상에 있었다면 가장 고귀하고 더러웠을 장미.

"언니, 우리는 서로를 위해 장미처럼 살았어. 당신이 내 모든 추한 순간을 나누었던 것처럼. 이제는 내가, 내가 당신에게……."

멜리니는 그녀에게 마지막 키스를 했다. 바네사의 송곳니가 그녀의 입술을 깨물고, 찢고, 상처를 냈다. 멜리니는 그래도 입술을 떼지 않았다. 바네사는 멜리니의 피를 핥으려 몸부림쳤다. 멜리니는 그녀의 턱을 쥐며 속삭였다.

"언니.

내가 당신을 천 명에게 폭로하면. 은폐된 것이 드러나 삶을 얻으면.

우리 꼭 다시 만나.

진실로, 진실로.

맹세해요."

멜리니가 방아쇠를 당겼다. 총알이 바네사의 심장을 관통했다. 그녀가 몸을 경련했다. 살이 천천히 부스러졌다. 피와 물이 흘렀다. 그녀의 형체가 머리부터 발끝까지…… 허물어졌다. 바네사가 웃었다. 그녀의 생생한 목소리가 리사와 멜리니에게 들렸다.

다 이루었더라.

그녀는 별자리처럼 흩뿌려져 숨을 거두었다. 멜리니는 흔적들의 위로 기었다. 바네사가 있었던 자리에…… 그녀의 심장만 남았다. 뜨거운 온도로, 태양 같은 빛을 뿜는, 황금색 심장만이. 멜리니는 그걸 주워들었다. 아직도 펄떡거리는 심장에 입을 맞췄다. 리사가 가느다란 마로 짠 수의를 가져왔다. 천 사이사이에 금실이 찬란했다. 둘은 심장을 수의로 감쌌다. 리사가 그걸 품속에 감추었다.

4부

에필로그

“제가 말씀드릴 건 이게 전부에요.”

푸른 연청색의 수감복을 입은 멜리니가 웃었다. 그녀는 책상 하나를 두고 흰 가운의 여성과 앉았다. 상대의 목에는 ‘교정 임상 심리 치료 인력 마리안나’라는 글씨가 적혀 있었다. 마리안나는 차트 위에 필기를 마쳤다. 뒷목이 뻐근했다. 그녀는 필기구를 내려놓고 멜리니를 응시했다. 눈앞의 붉은 머리 소녀는 천진한 얼굴로 자신을 바라보았다. 입소할 때 검정이었던 그녀의 머리는 다시 본래의 색을 드러냈다. 확연한 빨강에 마리안나는 머리가 아팠다.

멜리니는 오 년 전, 목사 살해 사건의 가해자로 자수했다.

해당 사건으로 세상이 떠들썩한 때가 있었다. 한 여성 경찰과

기자가 감금되었던 목회자를 구출했다. 이후 죽은 목사의 이중생활이 낱낱이 밝혀지며 여론이 들끓었다. 해당 교단에서 목사 몇이 더 실종되었지만 미결 사건으로 남았다. 동정론과 비난론이 난무했다. 젊은 신도들이 지지를 철회했다. 그들은 교단을 떠나 새로운 터전을 일구었다. 그들은 사건이 일어났던 절벽 아래에 무지개색 십자가를 걸고 외쳤다.

신은 그분의 형상을 따 인간들을 창조하셨습니다. 그리하여 만인은 평등하고 존귀합니다!

그러나 수사는 진척되지 않았다.

한편, 새 연방 경찰청장으로 마흔다섯의 데보라 낸시가 임명되었다. 그녀는 서른다섯에 목회자 실종 사건 및 여타 미제 사건들을 해결한 인재였다. 총리는 그녀가 끝없이 정체된 현상들을 타파할 개혁적이고 헌신적인 인물이라 설명했다. 조직을 이끌 최고의 적임자로 각광받았다. 선견지명이 적중하여, 그녀는 사내 처우 개선 및 시스템의 혁신 등에 일대 변화를 일으켰다. 그녀가 청장으로 취임한지 이 년째 되던 해.

멜리니가 데보라를 찾아왔다.

멜리니, 아니, 메리 제인은. 낡은 권총 한 자루와 남자의 머리를 들고 왔다. 실종된 목사의 머리였다. 방부 처리가 된 머리는 살아생전의 모습을 그대로 유지했다. 죽기 직전의 표정도 생생했다. 추가적인 조사나 증거도 필요가 없었다. 그녀를 목격한 부하 경찰관들의 말을 따르면, 멜리니는 술렁이거나 경악하는 사람들을 가로질러 태연하게 걸었다. 아무도 그녀를 선불리 막지 못했다. 몇 명이 총을 뽑았으나 차마 쏘지는 못했다. 검은 단발 아래로 뿌려진 주근깨는 사람들에게 옆집 소녀나, 딸자식을 연상하게 만들었다. 그녀는 유유히 청장실까지 걸어가 데보라의 책상에 목사의 머리를 올려놓았다.

약속을 지키러 왔어요.

데보라 경찰청장의 얼굴이 그토록 새파래지는 건 처음이었다.

이후 데보라는 미제 사건 해결의 선구자로 더욱 이름을 날렸다. 사건의 첫 취재는 오직 한 언론사에게만 허용되었다. 담당 편집장의 이름은 재클린이었다.

목을 토막내는 연쇄살인마 메리 제인. 멜리니는 그 이름으로 유명해졌다. 어디에서나 볼 수 있는 주근깨의, 빼빼 마른 단발머리 소녀. 그러나 그녀의 끔찍한 범행 수법은 인식의 불일치를 일으켰다. 국민들은 '어떻게 이런 일이 있을 수 있는지'에 대해 떠들었다. 그러나 실재하는 건 '이미 일어난' 일이었다.

그녀의 불우한 가정사가 전국으로 퍼졌다. 복지 예산을 증진해야 한다는 사람들과 범죄자 처벌법을 강화해야 한단 사람들 간에 싸움이 일었다. CCTV 회사들은 이때다 싶어 감시 카메라 설치를 늘리자고 정부에 로비를 했다. 어떤 이들은 그녀의 사진을 얻어 인터넷에 올렸다. 외모 품평이나 욕설, 때때로 추앙하는 글까지도 올라왔다. 법정에 출두한 메리의 목덜미에는 황금장미 문신이 있었다. 십 대들 사이에 그 표식이 유행했다. 가장 주목받은 건 법정 진술을 하는 메리의 태도였다. 그녀는 단정하고 명료한 자세로, 어떤 흔들림도 없이 자신이 범인이라 인정했다. 누구에게 교사 받은 것도 아닌, 순수한 자신의 의지라고 표명했다. 그녀의 종신형이 결정된 후, 언론은 대대적으로 그걸 떠들었다. 동시에, 당시 묻혔던 다른 사건들이 재조명되기 시작했다. 사람들은 교단과 정치, 정치와 범죄의 유착관계가 왜 그때 제대로 조사되지 않았는지 물었다. 저 어린 소녀도 응당 자수하여 죗값을 치르는데, 그들은 왜 속죄하지 않는가? 다시금 진실을 요구하는 운동들이 시작되었다. 더 많은 수사가 재개되었다.

"오늘…… 리사가 절 데리러 올 거예요."

메리가 창밖을 보며 말했다. 그녀는 꿈결 같은 미소를 지었다. 마리안나는 서류를 뒤적였다. 오늘 면회 신청을 한 사람은 아무도 없었다. 이미 몇 년 동안 한 명도 없었다. 그녀를 찾는 일가친척이나 동네 친구조차 전무했다. 바깥 연락은 가끔 일주일에 한 번 정도 누군가와 통화를 나누는 게 전부였다.

그녀는 독방에 수감되었다. 메리는 어떠한 저항도 하지 않았다.

법정에서 증언을 할 때를 제외하고, 몇 년간 누구에게도 입을 열지 않고 침묵했다. 그녀의 일과는 하루 종일 벽을 응시하는 것이었다. 가끔 산책이 허락되면 담 아래 핀 꽃을 뜯었다. 방구석에 웅크려 그림만 그렸다. 짓이겨 둔 꽃잎을 물감으로 사용했다. 그런 메리의 모습은 정말로 평범한 소녀에 지나지 않았다. 사건의 전말을 모르는 사람이면 절대 그녀를 살인범으로 지목할 수 없을 정도였다.

마리안나는 삼 년 전 교정 치료사로 취직했다. 그녀는 메리와의 첫 상담을 똑똑히 기억한다.

……*나를 믿어요?*

복역기간 중 처음으로 메리가 입을 떼었다. 기본적인 대답들을 제외하고 그녀는 거의 침묵했다. 그런 메리가, 마리안나에게 먼저 응답했다. 마리안나는 황급히 고개를 끄덕였다. 치료자로서의 열의와 진심이 불탔다. 한편으로는 누구에게도 입을 다물었던 유명 연쇄 살인범이 자신에게만은 말을 했다는 우월감을 느꼈다.

마리안나는 비밀 보장 원칙부터 여러 가지를 주절주절 떠들었다. 그러나 메리는 그 후 상담이 종료되는 사십 분까지 어떠한 말도 하지 않았다. 오직 평온한 미소로 마리안나를 지켜보기만 했다. 마리안나는 점점 깨달았다. 자신이 그녀의 입을 연 게 아니라, 그녀가 자신을 '선택'했다는 걸. 주도권을 가진 사람만이 여유를 부릴 수가 있었다. 지금 발화의 주인은 메리였다.

그 후로 메리는 종종 가벼운 사담을 털어놓았다. 메리는 독방 벽면에 그림을 그리기 시작했다. 꽃잎을 짓이긴 액으로 놀라울 만큼 세세한 초상화를 그렸다. 그건 전부 어떤 여성들의 얼굴이었다. 메리는 벽 한 쪽 끝에서 다른 쪽 끝까지 얼굴을 채웠다. 울긋불긋한 여인들의 얼굴이 그녀의 방을 덮었다. 마리안나는 그녀의 병리성이나 성격 구조를 탐색하려 애썼다. 메리는 교묘하게 모범적인 이야기들만 나누었다. 녹취록을 들으면 평화로운 카페에서 이루어지는 담소 같았다.

그런데 오늘. 메리는 갑자기 어디에서도 밝히지 않았던 이야기들을 털어놓았다.

마리안나는 목구멍이 바짝 말랐다. 그녀의 이야기는…… 도저히 믿기 힘들었다.

볼펜이 딸각거렸다. 마리안나는 무의식적으로 볼펜을 만졌다. 초조함의 발현이었다. 메리는 깍지 낀 손을 무릎에 올렸다. 여전히 태연하고 침착했다. 마리안나가 어떤 말을 건넬지 신중한 사이, 메리가 먼저 말했다.

"나는 여기에서…… 언니의 말을 오래도록 생각했어요. 천 명의 여자가 살면, 한 명의 삶이 돌아온다. 언니는 우리에게 삶도 죽음도 맡겼죠."

"그렇……군요."

"언니를 다시 만나려면 우린 천 명을 살려야 했어요. 나는 그 방법이 무엇일지 계속 고민했어요. 나는 나대로, 리사는 리사대로 각자의 방법을 찾았어요."

"……그게 어떤 거죠?"

마리안나는 애써 태연함을 가장하며 물었다. 한편으로 고민이 되었다.

'이건 망상장애나 정신분열증의 조짐인지도 몰라. 약물 처방이나 격리 입원을 요청해야 할까? 하지만, 메리는 지금까지 중 가장 차분하고 명료해 보여. 논리의 이탈이나 부적절한 정서도 없는데. 게다가 이 이야기들은 매혹적이고…… 수많은 세부사항들이 너무나 현실적인데다 생생해.'

메리는 마리안나와 눈을 맞췄다. 영롱하고 투명한 눈빛. 오히려 먼저 시선을 피한 건 마리안나였다. 그녀는 기록지를 검토하는 척 했다. 시야에 황금 장미 문신의 잔상이 스쳤다. 메리는 곧바로 대답하지 않고 말을 돌렸다.

"선생님께도…… 감사해요. 언니의 이야기를 마음껏 한 건 오랜만이거든요. 언니는 기억하길 바랐고, 기억되길 원했어요."

"도움이 되었다면 기쁘네요."

"……있잖아요, 저도 언니를 끔찍하다고 생각한 적이 있어요. 언니가 도끼를 든 괴물로 변했을 때요. 그러면서도 나를 물지 않았을 때요. 곰곰이 이유를 생각했어요. 나는 왜 언니가 혐오스러웠을까…… 구토를 할 정도로 싫었을까. 그리고 드디어 깨달았지요."

"무슨 이유였나요?"

"난…… 태어나서 그렇게 미칠 듯이 강력한 존재는 처음 봤어요. 언니 안에 몸부림치던, 인식과 지각의 수준을 넘는, 어마어마하고 황홀한 존재를요. 그건 정말로…… 압도적이고…… 무시무시했어요."

"……굉장했겠군요."

마리안나는 더듬더듬 말했다. 그러나 메리의 말에 적절한 공감을 표현하기가 어려웠다. 머릿속이 어지러웠다. 그녀를 정의할 증상을 찾아야 하는데 진단을 내릴 수가 없었다. 비현실적인 이야기를 진열하는 건, 망상 증상에 가까웠다. 그러나 메리의 이야기를 그렇게 명명할수록 불편한 기분이 들었다. 메리는 얼마간 다시 창밖을 보았다. 바깥은 갓 새봄을 맞았다. 잡풀들과 햇살의 빛깔이 풋풋했다.

"선생님. 여긴 참 유용해요. 어떤 '사냥감'을 잡을지, 정보가 가득하거든요. 수감자들이 나누는 대화에 귀 기울이면 사냥의 냄새가 나요. 재소자들은 대부분 돈이 없어서 왔더라고요. 그런데 신기하게도 돈을 쥔 진짜 범죄자들은 그들 너머에 잔뜩 있었어요……."

"……."

"그래서 나는 그 정보들을 리사에게 주었어요. 리사는 사냥을 해요. 지난주 일요일이 구백구십구 번째 사냥이었대요. 어제 드디어 천 번째에 성공했구요. 마침 나도 천 명째의 그림을 완성했어요. 아시죠? 언니가 죽고 나서부터, 나는 아주 많은 얼굴들을 떠올리게 되었어요. 한 번도 마주한 적 없었지만, 분명 아는 사람들이었어요. 실존했던 이들이었고…… 끊임없이 그들의 얼굴과 목소리가 아우성쳤어요. 나는, 기억의 방식으로 그들을 살렸어요."

"……."

"오늘 리사가 날 마지막으로 물기 위해 올 거예요. 언니를 위해 지금까지 인간으로 살았지만 이젠 내가 원하는 삶을 살 거예요. 그게 내 선택이에요."

"멜리니…… 아니, 메리 제인. 당신이 원하는 삶은 무엇이죠?"

마리안나는 '외상 후 스트레스로 인한 양성 증상을 추정함'이라고 파일에 적으면서 물었다. 메리는 무릎을 끌어안았다. 마리안나를 직시했다. 그녀의 입술이 유난히 붉었다. 태양이 불길을 내린 듯한 머리색도 선명했다. 그녀의 눈동자는 미동도 하지 않았다. 마치 이렇게 묻는 것 같았다. 나를 믿어요? 그녀의 작달막한 입술이 열렸다.

"언니의 삶을 지키는 거요. 다시는 빼앗기지 않도록. 누구도 빼앗을 수 없도록."

단호하고 또렷한 목소리. 침묵으로 일관하던 어느 때보다도 그녀는 강렬했다. 마리안나는 펜을 힘주어 붙잡았다. 그렇지 않으면 허튼 말을 뱉을 것만 같았다. 마리안나는 심호흡을 했다. 메리는 차분하게 말을 이었다.

"언니는…… 다시 올 거예요. 하지만 완전히 새로운 언니에요. 그녀는 선택할 수 있을 테고……. 무슨 일이 있어도 그건 내가 지킬 거예요. 바로, 이 내가."

"왜 그렇게까지 하는 거죠? 지금 흡혈귀를 정말로 믿는다는 말……. 아니, 미안해요."

격양된 쪽은 마리안나였다. 그녀는 황급히 그걸 알아차리고 사과했다. 손을 내젓는데 가슴이 이상하게 두방망이질 쳤다. 전문가답지 못한 태도였다. 어찌되었든 내담자의 말 이면의 뜻을 찾고 해석했어야 하는데, 마리안나는 자책했다. 직전의 반응은 경솔했다. 한편으로 마리안나는 당황스러웠다. 메리의 말을 듣고 있으면 발끝부터 가슴까지 묘한 흥분에 휩싸였다. 마치 오르가즘을 느끼기 직전의 감각처럼. 뜨겁고, 자극적이고, 희열이 느껴졌다. 마리안나는 제 안에서 현란한 붉은 빛이 휘몰아치는 상상을 떠올렸다. 그 순간, 몹시 난처했다. 가끔 내담자가 자신의 경험이나 감정을 치료자에게 전달하는 경우가 있었다. 또는, 내담자의 어떤 부분이 상대의 패턴을 건드려 치료자도 역전이를 느끼는 때가 있었다.

'이번은…… 어느 쪽이지.'

마리안나는 여전히 답을 내리지 못했다. 자꾸만 두 가지 모두, 또는 전부 다 아니라는 생각이 들었다. 메리는 은근한 미소를 지었다.

"약한 존재들은 자신이 모르면 있는 것도 없는 걸로 만들어요. 심지어 그게 틀렸다고 비난하기도 하죠. 누구나 그럴 수 있어요. 이해해요."

"……사과할게요. 사실…… 당신의 이야기를 다 받아들이는 게 어렵네요. 다만…… 음…… 메리, 흡혈귀 이야기는 지금의 메리 제인에게 어떤 의미가 있나요?"

메리는 현실의 어느 부분을 흡혈귀라는 망상에 빗대어 표현하는 게 분명했다. 마리안나는 길을 찾았다고 생각했다. 그녀의 머릿속 상징 체계를 알아내면, 증상의 단서를 잡을지도 몰랐다. 그 후 현실을 직시하도록 객관적 자료들을 알려주고, 받아들이도록 해야 할 터였다. 마리안나는 가까스로 머릿속을 정리했다. 마음을 다잡으며 필기하던 손을 멈추고 메리를 쳐다봤다.

그러나 마리안나는 다시 한 번 놀랐다. 메리는 완전히 꿈속을 거니는 표정으로 변했다. 동화를 읽는 소녀처럼, 그녀의 눈동자는 투명하고 부드러운 빛을 냈다. 창백하던 뺨에 장미색 홍조가 올랐다. 그 얼굴은 갓 핀 꽃처럼 싱그러웠다. 메리가 입을 열었다. 찬란한 음조가 들렸다. 정확히 설명할 수 없었지만, 마리안나는 그걸 찬란한 목소리라고 느꼈다.

"모든 순간들이 의미로 가득했어요."

"……."

"선생님, 모든 순간이요. 내가 숨을 쉬고 밥을 먹고 잠을 자던. 모든 순간이요. 그녀는 내 전부이자, 우리의 모든 것이었어요. 하나도 빠짐없이. 전부, 오롯이 말이에요. 선생님……. 전 오직 그때만 살아 있었답니다. 그녀가 나를 살게 했어요. 황금빛 눈동자가 나를 비출 때……. 죽음도 삶도 내 손아귀에 쥘 수 있었다는 걸…… 비로소 알았답니다."

***

그 날 밤,

멜리니는 사라졌다.

***

마리안나는 사무실에 남아 녹취록을 정리했다. 그러다 깜박 잠이 들었다.

꿈속에서 그녀는 메리의 방에 있었다. 벽면에 꽃물로 그려진 여성들의 얼굴이 가득했다. 마리안나는 얼굴들의 수를 세었다. 하나, 둘, 셋, 넷, 다섯……. 정확히 천 개의 얼굴이 있었다. 벽에서는 탄창과 그을린 연기의 냄새가 났다. 전쟁과 고기 타는 냄새도 풍겼다. 그녀는 별안간 비명을 지르며 깨어났다. 마리안나는 허겁지겁 파일을 펼쳤다. 그간의 모든 상담기록과 자료를 훑었다.

망상장애, 우울, 조현병, 히스테리, 울증 삽화가 전환될 때의 공격성, 적대적 반항장애, 경계선 성격장애……. 글자들이 사슬처럼 얽혔다. 갑자기 문장과 문장 사이에서 피가 흘렀다. 포도주처럼 끈적거렸다. 사이에서 수만 마리의 뼈만 남은 고래들이 튀어나왔다. 마리안나는 손을 떼지 못했다. 날개를 단 거대한 꽃이 등 뒤에서 뛰어올랐다. 깃마다 줄줄이 붉은 수정을 꿰었다. 짐승 소리가 커졌다. 유황이 흘러 책을 전부 태웠다. 시공간에 금이 갔다. 종이를 쥔 손끝이 불탔다. 마리안나는 비명을 질렀다. 손톱부터 팔, 머리, 갈비뼈와 심장이 불탔다. 기억이 무너졌다. 눈을 돌리는 곳마다 낙엽처럼 마른 나비가 수북했다. 학살당한 고기들이 국이 되어 흘렀다. 삶은 목이 굴러다녔다. 포도와 쑥색으로 흐물댔다. 사산된 아기들이 기어다녔다. 그들은 서로를 껴안고 뭉쳤다. 한 덩어리가 되어 굴러다녔다. 거꾸로 된 못이 옆구리를 뚫었다. 자살들이 뛰쳐나왔다. 그림자처럼 몸을 늘렸다. 뇌가 녹고 입이 사라졌다. 가냘픈 가슴들이 휘날렸다. 명투성이 흰자위가 한꺼번에 그녀를 보았다. 긴 머리의 사람들이 우물이나 절벽으로 투신했다. 심장이 반으로 갈렸다. 절단된 틈새에서…… 황금색 덩굴이 뻗었다. 줄기 끝에 거대한 입과 장미가 피었다. 황금빛 입은 게걸스럽게 심장과 머리들을 씹어 먹었다. 토사물이 장미 아래로 흘렀다. 짓무른 향기가 풍겼다. 마지막으로, 새벽의 별이 광휘를 뿜었다. 마리안나의 전신이 부서졌다.

마리안나는 경악하며 깨어났다. 꿈이었다. 자신은 여전히 불 꺼진 사무실에 있었다. 비상벨이 울렸다. 마리안나는 방을 뛰쳐나가 시커먼 복도를 달렸다.

***

메리 제인이 사라졌다.

***

간수들이 머리를 쥐어뜯었다. 어디에도 탈출의 흔적이 없었다. 문도 창도 멀쩡했다. 그녀의 소지품이나 옷도 그대로였다. 오직 메리 제인만 사라졌다. 건너편 방의 수감자는 횡설수설했다. 그가 보고한 내용은 다음과 같았다. 눈을 뜨니 붉은 연기가 자욱했다. 한 여자아이의 웃음소리가 들렸다. 고개를 흔들자 누군가와 키스하는 메리 제인이 보였다. 갑자기 눈 앞에 황금색 눈동자가 유령의 불처럼 타올랐다. 다른 수감자들이 자다 말고 "그녀가 부활했다! 우리가 보았다!" 하고 외쳤다. 그들은 옷을 벗어 던지고 춤을 추었다. 모두가 동시에 까무룩 기절했다 깨어났다. 메리 제인은 사라지고 없었다.

희대의 살인마가 탈옥했다. 그러나 어떻게 그녀가 탈출했는지 밝힐 수 있는 사람은 없었다. 전국에 공개 수배령이 내렸다. 특수부대가 파견되었지만 행방의 기미조차 찾지 못했다.

한편 열여섯 살 소녀 하나가 빈집에 숨어들었다. 그녀는 자신을 세 번 팔아 넘겼던 사람으로부터 도망치는 중이었다. 세 번 신고했지만 검찰이 전부 기각했다. 그녀의 등엔 전깃줄과 채찍질 상처가 남았다. 밤을 노려 뛰쳐나왔지만 갈 곳이 없었다. 으슥한 곳의 집 창문을 깨고 들어갔다. 범죄라도 각오하고 침입했다. 그러나 오랫동안 인기척이 없었다. 동이 틀 때까지 기다려도 아무도 없었다. 집은 놀랍도록 적막했다. 먼지 한 톨 없이 관리되어서 거주자가 있으리라 생각했는데. 소녀는 집 안을 돌아다니다가 어딘가에 발이 걸려 넘어졌다. 몸이 아래로 훅 빨려 들어갔다. 그녀는 계단으로 굴렀다. 다행히 부러진 곳은 없었다. 그녀는 욱신거리는 등을 감싸며 일어섰다. 휴대폰을 더듬어 불을 켰다. 주변을 비추자마자, 소녀는 비명을 질렀다.

깨끗하게 닦인 천 개의 해골이 벽면을 따라 전시되어 있었다.

방 한 가운데에는 검은 관이 있었다.

속은 텅 비어 있었다. 황금 장미 한 송이만 있었다. 꽃은 금방 핀 것처럼 물기를 머금었다.

〈끝〉

괴물 장미

1판 1쇄 펴냄 2019년 6월 7일
1판 6쇄 펴냄 2022년 3월 8일

지은이 | 정이담
발행인 | 박근섭
편집인 | 김준혁
펴낸곳 | 황금가지

출판등록 | 2009. 10. 8 (제2009-000273호)
주소 | 06027 서울 강남구 도산대로 1길 62 강남출판문화센터 5층
전화 | **영업부** 515-2000 **편집부** 3446-8774 **팩시밀리** 515-2007
홈페이지 | www.goldenbough.co.kr

도서 파본 등의 이유로 반송이 필요할 경우에는 구매처에서 교환하시고
출판사 교환이 필요할 경우에는 아래 주소로 반송 사유를 적어 도서와 함께 보내주세요.
06027 서울 강남구 도산대로 1길 62 강남출판문화센터 6층 민음인 마케팅부

ISBN 979-11-5888-525-0 03810

㈜민음인은 민음사 출판 그룹의 자회사입니다.
황금가지는 ㈜민음인의 픽션 전문 출간 브랜드입니다.